STEFAN GEMMEL

DER ZEITENHERRSCHER

SCHATTENGREIFER

ISBN 978-3-8339-3709-5

Coverbild und Illustrationen: Silvia Christoph
Lektorat: Katharina Jacobi
Redaktion: Harald Kiesel
Satz: Helmut Schaffer
Gesetzt aus der Minion Pro

Printed in Germany

Gesamtverzeichnis schickt gern:
Baumhaus Verlag GmbH
Schanzenstraße 6-20, 50163 Köln
www.baumhaus-verlag.de

5 4 3 2 1

STEFAN GEMMEL

DER ZEITENHERRSCHER

Zweiter Band

der Trilogie

SCHATTENGREIFER

BAUMHAUS VERLAG

Flammen auf Mastspitzen

Simon rannte. Jagte davon. Seine Lunge drohte zu zerplatzen. Seine Beine spürte er schon lange Zeit nicht mehr. Alles in ihm wehrte sich gegen diese Anstrengung.

Doch er musste rennen. Weiter und weiter.

Den Blick starr vor sich auf die Straße gerichtet, lief er um sein Leben. Er war auf der Flucht, und er kannte seine Verfolger. Ebenso, wie er sich bewusst war, dass sie aufholten.

Simon kämpfte gegen die Erschöpfung und gegen die Schmerzen an. Er mühte sich weiter, Schritt für Schritt, den Blick fest auf die Straße geheftet.

Doch plötzlich schnitt ihm etwas ins Ohr. Simon schrie auf und warf den Kopf in den Nacken. Eine riesige Krähe war dicht an ihm vorbeigeflogen und hatte ihn mit ihren scharfen Flügelspitzen gestreift. Simon verfolgte ihren Flug mit seinen Blicken. Die Krähe beschrieb einen weiten Bogen, dann kam sie direkt auf Simon zugeflogen.

Sie gehörte zu seinen Verfolgern. Mit einem ohrenbetäubenden Krächzen kam sie auf den Jungen zugestürzt. Simon duckte sich und spürte ihren Luftzug im Gesicht, als sie über ihn hinwegfegte. Noch immer behielt Simon sie im Blick. Er drehte den Kopf, sah der Krähe hinterher, und im gleichen Augenblick bemerkte er seinen zweiten Verfolger. Nur wenige Schritte von ihm entfernt.

Im Licht der Nacht erkannte er hinter sich nur einen Schatten, der ihn verfolgte. Einen Schatten und dessen schneeweiße Hände, die aus dem schwarzen Umhang hervorschauten und sich im Mondlicht spiegelten: lange, spindeldürre Finger, die sich nach Simon reckten. Und weit hinter ihm, im Dunkel der Nacht kaum auszumachen, ein Schiff auf dem Meer, mit brennenden Fackeln auf seinen zwei Mastspitzen.

Schnell wandte Simon wieder den Kopf und hielt den Blick auf die Straße gesenkt. Da spürte er, wie er gepackt wurde. Wie sich eine Macht um seinen ganzen Körper legte, ihn einschnürte und ihm jede Bewegungsmöglichkeit nahm.

Simon schrie auf. Er versuchte, sich zu wehren, versuchte zu kämpfen, doch er war gefangen.

„Simon!“

Der Junge wandte den Kopf, versuchte weiter, sich zu befreien, doch …

„Du hast geschrien!“

Diese Stimme – so vertraut.

Er japste nach Luft, konnte sich noch immer nicht bewegen.

„Simon! Was ist mit dir?“

Allmählich schwanden die Bilder vor seinen Augen, und er kam zu sich. Er blickte verwirrt um sich, in die Richtung, aus der die Stimme kam. Seine Mutter saß neben ihm und sah ihn voller Sorge an. Ihre Hand ruhte auf seiner Schulter. „Albträume?“, fragte sie.

Simon sah an sich herunter. Er hatte sich im Schlaf so sehr in seiner Bettdecke gewunden, dass sie ihn wie eine zweite Haut umspannte und ihm jede Möglichkeit zur Bewegung nahm. Also doch kein Zauber, in dem er gefangen war. Seine eigene Decke hatte ihm einen Streich gespielt.

Nun kam auch sein Vater ins Zimmer gestürzt. Er rieb sich schlaftrunken die Augen. Dann warf er einen Blick auf seinen Sohn, der völlig verstört in seinem Bett lag. „Wieder Albträume?“, fragte auch er sofort, und Simon nickte stumm.

„Was ist nur mit dir los?“ Simons Mutter half, ihn aus der Bettdecke zu befreien. „Immer wieder diese Träume. Es war ja einige Zeit wirklich besser, und ich dachte schon, das hört von alleine auf. Aber in den letzten Wochen … beinahe jede Nacht …“

Simon blickte hilflos in die besorgten Gesichter seiner Eltern. Wie hätte er ihnen das alles erklären sollen? Wie hätte er ihnen sagen können, dass er bereits seit langer Zeit auf diese Träume gewartet hatte? Dass er diese Bilder kannte. Ja, dass er sie herbeigesehnt hatte?

Diese Träume waren Zeichen. Sie waren seine Verbindung. Wie ein Rufen aus der Unendlichkeit der Zeit. Und Simon wollte auf dieses Rufen antworten.

Er war bereit.

Langsam erhob er sich von seinem Bett. „Es geht schon wieder“, sagte er mit belegter Stimme. „Vielleicht hab ich gestern Abend nur etwas Falsches gegessen oder getrunken. Oder …“

„Klar!“, erwiderte der Vater. „Das wird es sein. Das Glas Milch zum Abendessen war bestimmt von einer Monsterkuh. Und deshalb bekommst du auch Monsterträume und …“

„He!“, unterbrach ihn Simons Mutter mit strengem Blick. Doch die Stimmung im Zimmer entspannte sich spürbar, und ihr war anzusehen, dass sie ihrem Mann sehr dankbar für seine Sprüche war.

„Es geht schon wieder“, brachte Simon hervor, und ohne einen weiteren Blick auf seine Eltern ging er ins Bad.

Endlich!

Das schrille Klingeln der Schulglocke. Schulschluss!

Hastig packte Simon seine Sachen zusammen.

„Du gehst bestimmt wieder einmal nicht mit uns nach Hause, oder?“ Tom hatte sich an seine Seite gestellt. „Bist bestimmt wieder auf dem Weg zur Schulbibliothek? Fleißig lesen!“

Simon sah verlegen auf seine Tasche. „Ich hab da noch was zu erledigen. Ich muss …"

„… etwas nachschlagen. Ist schon klar", unterbrach ihn Tom scharf. „Ich muss mir unbedingt die Telefonnummer von der Bibliothek besorgen. Falls ich mal mit dir sprechen will."

Simon sah auf. „Bist du sauer?"

Tom winkte nur ab. „Ach, lass mal. Schon in Ordnung. Wirst deine Gründe haben."

Grübelnd blickte Simon seinem besten Freund hinterher, dann machte er sich auf den Weg in die Bibliothek.

Die Leiterin empfing ihn mit einem Lächeln: „Simon. Ich hab mich schon gefragt, wo du bleibst! Schau mal, ich hab dafür gesorgt, dass dein PC-Platz frei ist."

„Super, vielen Dank!" Simon ging zu dem Computertisch und stellte die Tasche neben seiner halb vollen Wasserflasche ab, die er gestern dort vergessen hatte. Auch sein Geschichts-Lexikon lag noch dort. Aufgeschlagen, so wie er es liegen gelassen hatte.

Simons Herz tat einen Sprung, als er auf das Buch blickte. Seine Hand strich über die Buchstaben. Jeden Tag las er die wenigen Zeilen dieses Berichtes. Eine Randnotiz nur, doch für Simon die wichtigste Information in diesem tausendseitigen Band.

Kaum hatte Simon auf dem Stuhl vor dem Computertisch Platz genommen, zog er auch schon das Lexikon zu sich und ließ die Finger über die Stelle wandern, die er schon so oft gelesen hatte und doch immer wieder lesen musste.

Neben einem gezeichneten Stadtplan der historischen Stadt Karthago war ein längerer Text über den Untergang dieser Stadt abgedruckt. Von Scipio, dem römischen Konsul, war dort die

Rede, der 146 vor Christus mit seinen Truppen die Stadt zerstört hatte.

Am Ende dieses Artikels gab es eine Randbemerkung, die Simon inzwischen auswendig hätte aufsagen können. Wort für Wort. Selbst dann, wenn man ihn nachts um drei aus dem Schlaf geschüttelt und ihn danach gefragt hätte.

Von einer Legende um einen Jungen aus Karthago war dort die Rede: Von Basrar, der mit seinen 13 Jahren in der Nacht des Untergangs einige hundert Menschen der Stadt gerettet hatte. Er sei gewarnt worden, hieß es, und er hätte alles darangesetzt, seine Familie, Freunde und Nachbarn in der Nacht des Untergangs zu warnen, um mit ihnen zu flüchten.

„Wer dem Jungen erschienen sein soll, ist bis heute ein Rätsel", hieß es in dem Lexikon-Artikel. Und weiter: „Wissenschaftler vermuten, dass es wohl niemals einen Menschen geben wird, der dieses Geheimnis lüften kann."

Simon lächelte. Er wusste genau, worauf diese Rettung zurückzuführen war. Und er kannte auch denjenigen, der Basrar gewarnt hatte. Denn derjenige saß hier, an diesem Tisch. Den Finger auf dem Artikel.

Und dies alles war erst der Anfang. Bald schon würde noch mehr geschehen. Schon sehr bald. Denn das verrieten ihm seine Träume der letzten Tage.

Er schaltete den Monitor an seinem Computer-Platz ein und rief das Online-Lexikon auf, mit dem er am liebsten arbeitete. Hier hatte er bisher noch alle Antworten auf seine Fragen erhalten. Und es waren viele Fragen, die ihn beschäftigten.

Schon sausten seine Finger über die Tastatur. „Pestzeit" gab er ein und „Europa". Sofort erschienen die vertrauten Bilder, und Simon ließ den Mauszeiger über die ebenso vertrauten Artikel wandern. Er musste sich alles genau einprägen. Er musste vorbereitet sein. Jeden Moment könnte es so weit sein, dass …

Jemand stieß ihm in die Seite. Simon sah von seinem Monitor auf.

„Na?"

Tom war in der Bibliothek erschienen. Er zog sich einen Stuhl heran und setzte sich neben Simon. Mit dem Kopf wies er in Richtung Monitor. „Mal wieder auf der Suche?"

Simon zog die Schultern in die Höhe. „Na ja, du kennst mich ja."

„Gib mir Bescheid, wenn du deine Doktorarbeit beendet hast, ja?" Tom grinste. „Entschuldige wegen vorhin."

„Nein, kein Problem", wehrte Simon schnell ab. „Ich kann dich ja verstehen."

„Aber ich dich nicht", erwiderte Tom. „Seit fast einem Jahr sitzt du jede freie Minute an diesem Platz. Vergräbst dich in Büchern, starrst auf den Bildschirm und springst durch die Vergangenheit. Was hat das alles zu bedeuten?"

Simon seufzte. „Ich werde es dir erklären. Irgendwann. Aber jetzt kann ich einfach noch nicht darüber sprechen. Ich muss vorbereitet sein. Für eine bestimmte Sache."

Tom winkte ab. „Das hast du mir schon hundert Mal gesagt. Ich will dich ja auch nicht drängen. Aber …"

„Ja?"

„Kann ich dir vielleicht helfen?"

Über Simons Gesicht zog sich ein Lächeln. „Du meinst …"

„Die ganze Sache scheint dir sehr wichtig zu sein. Und du bist mir wichtig. Und da könnten wir uns doch zusammentun, oder?"

„Das wäre toll!“ Simon sah Tom dankbar an. Er musste Acht geben: Simon durfte nicht nur an seine Freunde aus der Vergangenheit denken, er durfte auch die Freunde der Gegenwart nicht vergessen.

Tom rückte sich auf seinem Stuhl zurecht. „Also, was kann ich tun?“

„Du kannst mich abfragen“, war die spontane Antwort. „Es gibt ein paar historische Ereignisse, über die ich genau Bescheid wissen muss. Und du kannst mir helfen, die Lücken zu füllen.“

„Kapiert. Womit fangen wir an?“

Schnell schob Simon seinem Freund eines der Lexika zu und setzte sich in seinem Stuhl zurück. Sein Blick ging nach draußen, auf die Klippe am Meer, die wegen ihrer besonderen Form und dem roten Sand, den es nur in dieser Gegend gab, Rotkopf-Klippe genannt wurde. Tatsächlich konnte man mit nur etwas Fantasie ein Gesicht in den Klippen erkennen. Einen Mann, der hinaus auf das Meer schaute. Auf Simons Meer. Er war schon lange nicht mehr mit seinem Vater rudern gewesen. Alles, was ihm früher wichtig gewesen war, hatte er zurückgestellt. Denn es gab etwas Neues in seinem Leben. Etwas, das …

„Fangen wir auch mal an?“, erkundigte sich Tom mit einem spöttischen Lächeln.

Simon riss sich wieder zusammen und wandte den Blick von der Rotkopf-Klippe ab. „Ja, klar. Pass auf!“ Und dann begann er zu erzählen, was er sich nun schon seit langer Zeit so genau wie möglich einzuprägen versuchte.

Er begann mit der längst untergegangenen Stadt Ur, die 2500 vor Christus die erste Hochkultur der Menschheit darstellte. „Die Stadt lag in Mesopotamien, im heutigen Iran“, erklärte Simon seinem Freund, der sich mehr und mehr beeindruckt zeigte von all dem Wissen, dass Simon sich angeeignet hatte. „Doch die Menschen wirkten von ihrem Äußeren her eher asiatisch."

„Ist das wichtig?", hakte Tom ein.

Und Simon nickte. Für ihn war das sehr wichtig. Denn in seinen Gedanken sah er sie wieder vor sich: Nin-Sis Augen. Und gleich daneben tauchte Neferti auf, die Ägypterin. Und Salomon, der Junge, der die erste große europäische Pestzeit erlebt hatte. Und natürlich Moon, der Lakota-Indianer. Simons Freunde der Vergangenheit.

Und seine Sehnsucht, sie alle wieder zu sehen, wuchs ins Unendliche.

Sein Zauber zeigte Wirkung.
Er konnte die Angst des Jungen spüren, nachts, wenn er sich in dessen Träume schlich und ihn auf das Wiedersehen vorbereitete.
Er konnte den Jungen schreien hören in der Nacht.
Er konnte dessen Flüstern vernehmen. Ja, selbst das Geräusch seiner Herzschläge drang bis zu dem Magier.
Seine Macht über den Jungen war größer geworden.
Und das würde er zu nutzen wissen.
Bald schon.
Bald …

Gerade hatte Simon seine Schultasche in die Ecke geworfen und war ins Wohnzimmer gekommen, als er erschrocken zusammenzuckte. Sein Vater saß am Esstisch und blickte seinen Sohn mit einem Gesichtsausdruck an, bei dem es Simon kalt den Rücken hinunterlief.

Es war kein grimmiger Blick. Simon erkannte eher Verunsicherung darin. Und obwohl ihn sein Vater nicht direkt finster ansah, lag dennoch etwas Unheimliches in dessen Augen. Etwas, das Simon nicht geheuer war.

„Ist was?“

Sein Vater winkte ihn zu sich heran. „Können wir reden?“

„Natürlich.“ Simon setzte sich ihm gegenüber an den Tisch.

„Es geht um diese Träume in der letzten Zeit“, eröffnete ihm sein Vater ohne Umschweife. Er sah Simon sehr konzentriert an. Etwas schien seinen Vater zu beschäftigen. Sehr sogar.

„Ja?“

„Was genau träumst du nachts?“

Simon überlegte, wie er seinem Vater die Bilder erklären könnte. „Es ist nichts Greifbares“, sagte er. „Sehr verschwommen und durcheinander. Eher wie …“

„Träumst du immer dasselbe?“, unterbrach ihn sein Vater auf einmal.

Simon nickte.

„Jede Nacht?“

Wieder nickte Simon.

Sein Vater beugte sich zu ihm vor. Er sah Simon so fest in die Augen, dass dem Jungen der Ernst der Situation sofort klar wurde. Und noch etwas wurde Simon bewusst: Er würde seinem Vater alles erzählen. Jetzt. Einen ähnlichen Moment wie diesen hatte Simon noch nie erlebt. Nicht einmal während der unzähligen Tage, die Simon und sein Vater allein und vertraut rudernd oder segelnd auf dem Meer verbracht hatten. Es war der Blick des Vaters. Und sein fragender Gesichtsausdruck. Etwas ging in seinem Vater vor.

Der Vater atmete hörbar ein: „Es ist wichtig", begann er langsam. „Denk bitte gut nach, bevor du antwortest, ja? Sag mir: Siehst du nachts in diesen Träumen …"

Die Tür wurde aufgerissen, und Simons Mutter kam herein. „Oh, störe ich?"

Sofort fiel alle Spannung von Simons Vater ab, und mit einer schauspielerischen Glanzleistung, die nichts von der innigen Stimmung der letzten Sekunden verriet, gab er zur Antwort: „Nein, überhaupt nicht. Wir reden nur ein bisschen."

„Dann ist es ja gut. Ich könnte mal eure Hilfe gebrauchen."

„Klar!"

Simon und sein Vater erhoben sich zeitgleich. Sein Vater nickte ihm kurz zu, um ihm zu bedeuten, dass das Gespräch auch später fortgesetzt werden könnte.

Doch Simon war enttäuscht. Vielleicht hätte es gutgetan, sich jemandem anzuvertrauen; Endlich einmal über all das zu sprechen, was ihn in den letzten Monaten beschäftigt hatte.

Aber er musste wohl warten.

Dunkelheit. Ein kurzes Flackern. Ein Schatten an der Wand. Und dann wieder: Dunkelheit.

Dazu diese kalte, feuchte Luft.

Simon konnte das Meer rauschen hören. Wie aus der Ferne und doch sehr nahe.

Wo war er? Und wie war er hierhergekommen?

Wieder flammte Licht auf. Wieder sah er den Schatten an der Wand, doch dieses Mal wurde Simon klar, dass es sein eigener Schatten war, auf den er blickte.

Er wandte sich um. Hinter ihm lag eine Fackel auf dem Boden. Die Flamme war kurz davor zu erlöschen. Simon bückte sich und hob die Fackel vorsichtig in die Höhe. Er pustete sanft gegen die winzige Flamme, und als hätte er sie damit geweckt, bäumte sie sich knisternd auf und erhellte den ganzen Raum.

Simon befand sich in einer Höhle. Sie war nicht viel höher als sein eigenes Zimmer, dafür aber führte sie tief in einen Felsen hinein.

Langsam drehte er sich mit der Fackel in der Hand im Kreis und sah sich um. Vor dem Höhleneingang, nur durch einen sehr schmalen Sandstreifen getrennt, konnte Simon das Meer erkennen. Das Rauschen der Wellen wurde in der Höhle verstärkt. Dadurch wirkte es gleichzeitig so nah und doch so fern.

Auf einer der Wände konnte Simon Zeichnungen entdecken. Höhlenmalereien, wie er sie aus Büchern kannte: Jagdszenen und auch Tierzeichnungen. Simon ging näher darauf zu. Echte Höhlenmalereien. Und kein bisschen verblasst. Im Gegenteil. Es schien beinahe so, als wären sie gerade erst gemalt worden. Langgliedrige Menschen konnte er erkennen, mehrere Raubtiere, gegen die sich die Menschen wehrten, und sogar ein Mammut.

Simon riss sich von diesem beeindruckenden Anblick los und inspizierte weiter die Höhle. Das Ende konnte er nicht ausmachen. Wie ein langer, schmaler Schlauch zog sich die Höhle durch das Gestein.

Schließlich wandte sich Simon den Höhlenmalereien an der Wand gegenüber zu und stutzte. Kohlestriche erkannte er dort. Kohlestriche, wie er sie nur zu gut kannte. Wieder trat er näher heran. Diese Linien, dicht beieinander. Kein Zweifel, dies war eines der Bilder aus seinen Träumen. Diese Kohlestriche waren ihm vertraut. Er hatte sie wieder und wieder gesehen. Nachts.

Langsam streckte er eine Hand danach aus und berührte mit den Fingerspitzen eine der schwarzen Linien. Er fuhr darüber und war überrascht, dass er die Kohle verstreichen konnte. Diese Striche mussten frisch sein. Simon drehte seine Hand und blickte auf seine rußgeschwärzten Fingerkuppen. Wie konnte das sein?

Er hielt die Hand näher vor seine Augen, um den Ruß auf seinen Händen besser betrachten zu können, und zog auch die Fackel immer näher zu sich heran. Plötzlich schrie er auf und ließ die Fackel fallen. Er hatte sich mit der Flamme seinen Zeigefinger verbrannt.

„Mist!"

Schnell hob er die Fackel auf und betrachtete seine Hand. Der Zeigefinger schmerzte und war bereits rot angelaufen. Doch Simon schenkte dem keine Beachtung. Genauso, wie er die aufkommende Angst in sich ignorierte. Er musste herausbekommen, was das alles zu bedeuten hatte.

Noch einmal trat er mit der Fackel an die Wand heran und betrachtete eingehend die Kohlestriche. Es waren nicht viele. Simon zählte nach: zehn Linien.

Er ging noch näher heran und streckte schon wieder seine Hand danach aus, als Bewegung in die Linien kam. Simon dachte zunächst, er wäre einer optischen Täuschung erlegen, verursacht durch das Flackern der Flamme. Doch die ersten drei Linien bewegten sich eindeutig aufeinander zu. Sie fanden mit ihren unteren Enden zueinander und bildeten gemeinsam die Form eines Fächers. Die Striche wurden nun dicker und breiter. Sie verformten sich. An den oberen Enden entstanden Spitzen, und plötzlich zuckte dieses Gebilde auf, die drei Striche bewegten sich wie die Finger einer Hand, und aus dem Fächer entstand augenblicklich eine Vogelkralle. Sie löste sich aus der Wand und griff nach Simon.

Der Junge wich schnell zurück und hielt die Fackel vor sein Gesicht.

Hinter der Kralle bildete sich ein Fleck auf der Wand. Erst nur so groß wie eine Hand, doch die schwarzen Umrisse wuchsen schnell an, bis sie die Form eines Vogels annahmen.

Simon trat einen weiteren Schritt zurück. Er dachte daran, zu flüchten, doch etwas hielt ihn auf. Wie erstarrt blickte er zur Wand. Der Vogel löste sich aus dem Schatten. Als schwarze Krähe flatterte er mit den Flügeln. Die Krähe schrie auf und funkelte Simon an, bevor sie davonflog, in Richtung des Höhleneingangs.

Simon rannte ihr nach, mit der Fackel in der Hand. Die Krähe verließ die Höhle und flog auf das offene Meer hinaus.

Simon blieb stehen und sah ihr nach. Die Krähe schoss über das Meer auf ein Schiff zu, dessen Anblick Simon aufatmen ließ. Er lachte. Alle Anspannung fiel in diesem Moment von ihm ab.

Auf dem Meer vor ihm lag der Seelensammler, das Schiff, auf dessen Ankunft Simon seit einem Jahr so sehnsüchtig gewartet hatte.

Er ließ die Fackel fallen und rannte zum Höhleneingang. Schon sah er die bekannten Flammen auf den Mastspitzen und die zerfetzten Segel des Schiffes. Er schrie vor Freude auf: Dort vor ihm waren seine Freunde aus der Vergangenheit und erwarteten ihn.

Er rannte, so schnell es ging, aus der Höhle heraus, als er jäh gestoppt wurde. Jemand hatte seinen Arm ergriffen und hinderte ihn daran, weiterzulaufen. Der Junge wurde herumgewirbelt, und aus den Augenwinkeln konnte er sehen, was seinen Lauf gestoppt hatte: eine klauenartige Hand mit weißen, spindeldürren Fingern daran.

Mit einem lauten Schrei fuhr Simon herum, befreite sich mit einem Ruck aus dem Griff und stürzte zu Boden.

Zusammengekrümmt lag er da, hielt die Hände schützend über den Kopf und wartete darauf, dass etwas geschah. Gleich würde er wieder ergriffen oder auf die Beine gezerrt werden.

Doch nichts passierte.

Langsam zog er die Hände zurück und öffnete vorsichtig die Augen. Er kauerte wieder auf dem Fußboden seines eigenen Zimmers, direkt neben seinem Bett, und tiefe Enttäuschung machte sich in ihm breit. Wieder nur ein Traum? Hatte er doch nicht das Schiff gesehen?

Er zog sich am Bett hoch und stellte sich auf die Füße.

„Autsch!"

Sein linker Zeigefinger schmerzte. Er drehte die Hand und erschrak: Quer über die Fingerkuppe zog sich eine frische rote Brandverletzung. Die anderen Finger waren von Ruß geschwärzt.

„Was …?" Verblüfft sah er sich um, und erst jetzt bemerkte er den Lichtstrahl. Ein schwaches Licht nur, doch es zog sofort Simons ganze Aufmerksamkeit auf sich. In dem Jungen regte sich ein Hoffnungsschimmer. Er stürzte zum Fenster, und tatsächlich: Dort vor ihm auf dem Meer sah er den Seelensammler. Die Flammen auf den Mastspitzen reckten sich in den Himmel. Die Segel bäumten sich im Wind auf. Sogar die außergewöhnliche Bugfigur, der übergroße Krähenkopf, war von hier aus klar und deutlich zu sehen.

Nein, dies war gewiss kein Traum!

„Man erwacht nicht von einem Traum in den nächsten“, flüsterte Simon, während seine Hände bereits nach seinem T-Shirt suchten. Er zog sich hastig das Shirt über, schlüpfte in seine Jeans und in seine Schuhe. Endlich, der Moment war gekommen. Der Augenblick, auf den er seit einem Jahr gewartet hatte.

Seine Freunde waren zurück!

Am liebsten wäre er jubelnd die Treppe hinuntergesprungen, doch stattdessen schlich er mit angehaltenem Atem an dem Schlafzimmer seiner Eltern vorbei. Sie durften ihn nicht erwischen. Er hatte keine Zeit, sich auf Erklärungen einzulassen. Und das Gespräch mit seinem Vater, das er so gern noch geführt hätte, musste warten.

Er musste los. Rauf auf das Schiff. Jetzt!

Nachdem er die Haustür leise geschlossen hatte, war er nicht mehr zu halten. Wieder rannte er, so schnell er konnte. Doch dieses Mal flüchtete er nicht. Er lachte. Wie ein kleines Kind kam er sich vor, das sich auf dem Weg zur Großmutter befand, wohl wissend, dass ein großes Geschenk auf es wartete.

Simons Geschenk bestand aus seinen vier Freunden aus der Vergangenheit: Neferti, Nin-Si, Salomon und Moon, die ihn auf dem Schiff erwarteten. Zwei Mädchen und zwei Jungen, wie sie unterschiedlicher nicht sein konnten. Aber es waren auch vier Freunde, wie man sie sich im Leben wünscht.

Wäre Tom nur auch dabei!

Im Bootshaus sprang er ins Ruderboot und legte sich in die Riemen. Zum zweiten Mal in seinem Leben trat er diesen ungewöhnlichen Weg an: Er ruderte durch die Nacht auf das geisterhafte Schiff zu. Immer heller leuchteten die Fackeln auf den Masten zu Simon in seinem kleinen Boot hinüber, während er sich stetig dem Seelensammler näherte – einem Schiff, wie es kein zweites auf der Welt gab.

Etwa auf der Hälfte der Strecke blickte er sich um. Der Krähenkopf am Bug schien ihm entgegenzulachen. Und die hölzernen Flügel, die an den beiden Schiffsseiten herausragten, wirkten geradezu einladend auf ihn.

Aber wo war die Mannschaft? Simon hatte erwartet, dass die Zeitenkrieger ihn an der Reling willkommen hießen. Dass sie ihm vielleicht entgegenwinkten oder ihm etwas zuriefen. Doch der Seelensammler lag ruhig auf den Wellen. Alles wirkte wie ausgestorben.

In Simon machte sich Beklemmung breit. Er stieß die Paddel wieder tief ins Wasser und zog an den Rudern, bis er die Strickleiter an der Backbordseite erreicht hatte.

Trotz seiner Unruhe nahm er sich die Zeit, das Ruderboot mit mehreren Knoten an der Strickleiter zu vertäuen. Er wollte nicht noch einmal denselben Fehler begehen wie bei seinem ersten Besuch, als der Strick des Bootes sich gelöst hatte.

Mit einiger Mühe zog sich Simon schließlich an der Strickleiter in die Höhe und kletterte die Sprossen empor. Oben angekommen, hielt er inne und wagte einen Blick auf das Deck. Keine Menschenseele. Alles lag wie verlassen da. Fässer, Taue, und auch die riesige Kiste neben der Kajüttür, in der sich Simon bei seinem ersten Besuch verstecken musste, waren zu sehen. Alles auf dem Schiff war, wie Simon es kannte. Nur die Besatzung fehlte. Keine Spur von den Zeitenkriegern.

Simon kletterte über die Bordwand. Ein Raunen ging durch das Schiff und Simon spürte, wie die Beklemmung ein wenig von ihm wich. Unwillkürlich lächelte er. Was ihn bei seinem ersten Besuch noch erschreckt hatte, wirkte nun wie der erste herzliche Willkommensgruß des Schiffes. Die Zeitmaschine, im Inneren des Schiffes, vibrierte wie zur Begrüßung, und Simons Blick fiel unwillkürlich auf die riesige Bodenluke vor der Kajüte, unter der die Zeitmaschine sich befand.

Für einen kurzen Moment schloss er die Augen und genoss es, hier zu sein. Das Knarren der Schiffsplanken, das Plätschern der Wellen gegen die Schiffswand. Selbst die leisen Bewegungen der Krähen in ihren Mastkörben glaubte er zu hören.

Simon fühlte sich wie zu Hause. Er war zurückgekommen. Nein, er war angekommen.

Er öffnete wieder die Augen und ließ seinen Blick über das Deck schweifen, nach vorn, an den Bug des Schiffes. Dort, nahe der Rückseite der übergroßen Bugfigur, befand sich eine viel kleinere Bodenluke: der Eingang zu dem Mannschaftsraum im Schiffsinneren. Die Luke war geschlossen.

Was war hier los?

Gerade wollte Simon auf die kleine Luke zugehen, als er in den Augenwinkeln eine Bewegung ausmachte. Dicht an der Kajüttür stand jemand, den Rücken fest an die Wand gepresst, den Schatten ausnutzend, den das kleine Vordach im Licht des Mondes warf.

Simon wollte sich schnell verstecken, doch es gab in seiner Nähe nichts, das ihm hätte Schutz bieten können. Und es war auch zu spät. Er spürte bereits die Blicke des anderen auf sich ruhen.

Simon strengte seine Augen an und versuchte, mehr von der Gestalt im Dunkeln auszumachen. Zwar konnte er dessen Gesicht nicht wahrnehmen, doch Teile der offensichtlich zerrissenen Kleidung und vor allem die Füße konnte Simon durch das Licht der flackernden Mastfackeln erkennen. Seiner Gestalt nach zu urteilen schien es sich um einen Jungen zu handeln, allerdings um keinen seiner Freunde! So viel stand fest.

Aber – wer stand dort im Dunkeln? Und wo waren Simons Freunde? Was war hier geschehen?

In Simon stieg Angst auf. Angst um seine Freunde.

Hatte der Schattengreifer sie davongejagt? Hatte er sie vertrieben? Oder gar Schlimmeres mit ihnen angestellt?

Simon konnte erkennen, wie der andere kurz den Kopf drehte, in das Fenster der Kajüte spähte und dann den Kopf wieder Simon zuwandte.

Erneut vibrierte das Schiff.

Dieses starre Warten zerrte an Simons Nerven. Er musste handeln.

Vorsichtig trat einen Schritt nach vorn, und im gleichen Moment reagierte der andere, indem er an seine Seite griff und ein Messer hervorzog, dessen Klinge im Mondlicht aufblitzte.

Simon erstarrte und spannte die Muskeln an. Sollte es zu einem Kampf kommen, war er bereit.

Endlich sprach der andere. Es war mehr ein Flüstern, doch Simon konnte jedes Wort verstehen: „Du bist keiner von uns“, raunte der Fremde.

„Von uns?“

Simon konnte deutlich sehen, wie sein Gegenüber die andere Hand an den Gürtel gleiten ließ und ein weiteres Messer hervorzog.

„Wie bist du hierhergekommen? Niemand hat dich eingeladen.“

„Ich …“ Die Bedrohlichkeit der Situation ließ Simon den Atem stocken. Er fühlte sich machtlos angesichts dieses bewaffneten Fremden. Zu gern hätte er gewusst, mit wem er es zu tun hatte.

„Wer bist *du*?“, fragte Simon zurück.

Erneut sah der Fremde kurz in das Kajütfenster und wandte sich dann wieder Simon zu. „Geh wieder“, raunte er kaum hörbar aus der Dunkelheit heraus. „Verschwinde dahin, wo auch immer du hergekommen bist.“

Simon verlor die Geduld. Er musste etwas tun. Also trat er langsam auf den Fremden zu.

„Hör mal …“

Weiter kam er nicht. Was nun geschah, lief so schnell ab, dass Simon es in den wenigen Sekunden kaum registrieren konnte: Der Fremde schoss aus dem Schatten heraus und warf sich auf Simon, sodass dieser den Halt verlor und hintenüber auf das Schiffsdeck fiel. Trotz der beiden Messer in seinen Händen konnte der andere Simon packen, herumschleudern und ihn auf den Bauch drehen. Schon im nächsten Moment saß er auf Simons Rücken, eine der Klingen an Simons Hals.

„Du bist nicht gerade sehr gescheit, oder?“, fragte der Angreifer. „Ich hatte dich gebeten zu verschwinden. Was war daran unverständlich?“

Simon keuchte. Noch immer hatte er keinen Blick auf das Gesicht des Fremden werfen können. Dazu war alles viel zu schnell gegangen. Hätte er doch nur gewusst, mit wem er es überhaupt zu tun hatte!

„Ich war schon einmal hier. Ich bin …“, versuchte er eine Erklärung, doch sein Gegner fuhr ihm ins Wort. „Wenn ich Geschichten hören möchte, besuche ich meine Großmutter. Ich möchte, dass du gehst. Ich möchte …“ Die Klinge drückte sich nun fester an Simons Hals. „Ich möchte, dass du …“

„Halt!“ Ein Schrei ließ den Gegner innehalten. „Lass ihn los!“

Simons Gesicht hellte sich auf. Er kannte die Stimme.

„Lass ihn los!“

Der Fremde zögerte noch, doch dann lockerte er tatsächlich seinen Griff und zog das Messer langsam zurück. Mit einem Satz sprang er von Simons Rücken herunter, und Simon konnte sich endlich aufrichten.

Vor ihm stand Neferti. Ihre Augen strahlten ihn an. Doch nur für eine Sekunde. Dann sprang sie auf ihn zu und fiel ihm um den Hals. „Du bist wieder da!“

Im nächsten Moment lief Nin-Si zu Simon und nahm ihn in die Arme. „Endlich. Es kam mir wie eine Ewigkeit vor!“

Hinter den beiden Mädchen erschienen jetzt auch Salomon und Moon. Hastig kletterten sie aus der Luke am Bug, ihrer Schiffskammer.

„Simon!“, rief Moon und suchte sich einen freien Platz am Körper seines Freundes, um ihn ebenfalls zu drücken.

„Na, jetzt lasst mir auch was übrig von ihm“, lachte Salomon. „Schön, dich zu sehen.“

„Ihr – ihr kennt ihn?“

Simon löste sich aus der Umarmung und wandte sich um. Endlich konnte er seinem Angreifer in die Augen sehen. Ein etwa 13-jähriger Junge stand vor ihm. Er hatte die gleiche Größe wie Simon. Seine Kleidung war tatsächlich völlig zerrissen, und unter seiner Stoffmütze schauten schulterlange braune Locken hervor. Die beiden Messer noch immer in seinen Händen, besah er sich mit wachsamen Augen die Szene. Wie ein lauerndes Tier stand er hinter den anderen, bereit zum Sprung und zum Angriff.

„Das ist Simon“, erklärte Nin-Si dem Fremden. „Wir haben dir doch von ihm erzählt.“

Der andere zog eine Augenbraue in die Höhe. „Das soll Simon sein? Den habe ich mir anders vorgestellt. Stärker. Geschickter. Anders.“

„Danke!“, brummte Simon zurück. „Und wer bist du?“

Der Junge baute sich auf und streckte sich. „Mein Name ist Caspar.“

„Caspar? Ein seltener Name.“

„Nicht dort, wo ich herkomme.“

Sofort wichen alle Angst und Zurückhaltung von Simon, und er trat auf Caspar zu. „Bist du ebenfalls aus der Vergangenheit hierhergekommen?“

„Ich wurde 1199 geboren. Wenn das für dich zur Vergangenheit zählt ...“

Salomon trat zwischen die beiden. „Er ist ein neuer Zeitenkrieger. Er ist erst sehr kurz bei uns und ...“

Simon erschrak. „Neuer Zeitenkrieger? Heißt das ...“

Mit betretenem Gesicht sah Salomon ihn an. „Ja. Nachdem du nach Hause zurückgekehrt bist, hat der Magier mit uns eine weitere Zeitreise angetreten. In die Zeit, die du Mittelalter nennst. Zu Caspar. Wir waren machtlos. Wir ...“

„Wir hatten versucht, Kontakt zu dir aufzunehmen und zu verhindern, dass der Schattengreifer wieder jemanden auf das Schiff holt“, erklärte Neferti. Und bevor Simon nachhaken konnte, was sie damit meinte, sagte sie: „Aber es ist uns nicht gelungen. Seit kurzer Zeit ist deshalb Caspar hier.“

Simon sah zu ihm hin. „Ich habe noch nie einen Menschen gesehen, der sich so schnell bewegt.“

Jetzt strahlte Caspar stolz über das ganze Gesicht.

Simon suchte Nefertis Blick. „Wo seid ihr denn vorhin gewesen? Das ganze Schiff lag wie ausgestorben da. Nur Caspar …"

„Wir haben uns versteckt. Wir wussten nicht, wo diese Reise hingehen sollte. Wir waren verängstigt. Deshalb haben wir uns erst einmal in unseren Raum gesetzt. Nur Caspar wollte mehr herausfinden. Hätten wir gewusst, dass wir zu dir reisen …" Sie lachte ihn an, und die anderen nickten.

„Und du bist auf Deck geblieben?"

„Ja, ich wollte alles beobachten."

„Beobachten? Was …"

Ein plötzliches Knarren ließ Simon innehalten. Das Geräusch kam aus Richtung der Kajüte hinter seinem Rücken. Jemand öffnete die Tür.

Caspar, Neferti und Salomon, die Simon gegenüberstanden, blickten entsetzt zum Heck des Schiffes.

Schritte folgten dem Knarren. Und Simon wusste sofort, wer gerade aus der Kajüte das Deck betrat. Es war nicht nötig, dass er sich umwandte. Diese Schritte hätte er noch in Hunderten von Jahren wiedererkannt. Der Schattengreifer war hier. Er war es also gewesen, den Caspar beobachtet hatte, als Simon auf dem Schiff angekommen war.

Das Schiff rumorte und knarrte immer lauter.

Die eiskalte, krächzende Stimme ließ Simon erstarren. „So bist du also meinem Ruf gefolgt."

Nun drehte sich Simon doch langsam herum. Der Schattengreifer kam auf ihn zu, die schmalen Lippen in seinem weißen Schädel zu einem unheimlichen Lächeln verformt. Seine Klauen mit den langen Fingern streckte er Simon zum Gruß entgegen.

Die Zeitenkrieger wichen einen Schritt zurück, doch Simon blieb bewegungslos auf der Stelle stehen. Zu gern hätte er ebenfalls Schutz in den Winkeln des Schiffes gesucht, doch er wollte jetzt keine Schwäche zeigen.

Der Schattengreifer trat nahe an ihn heran. Der Mond spiegelte sich auf der schneeweißen Kopfhaut des Magiers.

„Willkommen zurück auf meinem Seelensammler!" Die Worte des Schattengreifers waren deutlich zu hören, doch seine schmalen, dunklen Lippen bewegten sich nicht. „Ich sehe, meine Nachricht hat dich erreicht. Du hast meine Bilder in deinen Träumen erhalten."

„Meine Träume", brachte Simon mit erstickter Stimme hervor, doch mit jedem weiteren Wort wurde seine Stimme fester. „Das war Euer Werk?! Aber was hat das alles zu bedeuten? Wofür stehen die Kohlestriche an der Wand? Wo ist diese Höhle? Und …"

Der Schattengreifer lachte auf. Ein scharrendes, ohrenbetäubendes Geräusch. „Der gute alte Simon. Noch immer voller Fragen. Doch dieses Mal sollst du deine Antworten erhalten. Dieses Mal habe ich dich gerufen, um dir Antworten zu geben, so wie ich es dir zugesagt hatte. Bald schon wirst du Bescheid wissen. Bald schon."

Nach diesen Worten entfernte sich der Schattengreifer von Simon. „Hab Geduld", warf er ihm nur noch zu, dann streckte er seinen rechten Arm aus, und nur wenige Sekunden darauf landete eine riesige Krähe auf seinem Arm. Gleichzeitig bildete sich eine dichte Nebelwolke am Bug des Schiffes, gleich hinter der Bugfigur. Der Schattengreifer trat mit seiner Krähe auf dem Arm in die Wolke hinein und war kurz darauf verschwunden.

Simon atmete heftig ein und aus. Sein Herz raste, und er versuchte, sich zu beruhigen. Er blickte noch immer zum Bug, dorthin, wo der Magier verschwunden war und wo nun auch die Nebelwolke mehr und mehr verblasste, als Nin-Si an ihn herantrat und leise sagte: „Es ist gut, dich wieder bei uns zu haben.“

Der Auftritt hatte gewirkt.
Seine Bemühungen der letzten Zeit – die Träume, die er dem Jungen geschickt hatte, die Bilder, die er ihm zeigen konnte – all das hatte seine Wirkung nicht verfehlt.
Er hatte es spüren können. Vorhin, als er ihm gegenüberstand. Er hatte Simons Angst gefühlt. Aber auch seinen Wissensdurst und vor allem seinen Respekt. Den Respekt vor ihm, dem Magier.
Alles ging seinen Weg. Alles verlief nach Plan.
Nur noch kurze Zeit, und er würde den Jungen einweihen. Er würde ihm die Antworten auf all seine Fragen geben, und dann wären sie dem Ziel so nahe wie nie zuvor.
Der Junge als sein Schüler.
Als sein Partner.
Im großen Plan.
Auf dem Weg zu dem großen Ziel.

Simon blickte sich in der Runde um. Hier am Feuer, das Moon in einer riesigen Silberschale angefacht hatte, kam es ihm vor, als hätte es das vergangene Jahr gar nicht gegeben. Ihm war, als hätte er nicht eine Sekunde das Schiff verlassen. Noch immer wirkte alles so vertraut auf Simon. Er fühlte sich wohl – hier, inmitten seiner Freunde.

Wieder schloss er die Augen und genoss für einen Moment die Klänge der Nacht und die Geräusche des alten Seelensammlers. Was taten wohl die Krähen in ihren Körben an den Mastspitzen? Schliefen sie? Lauschten sie?

Simon öffnete die Augen. Einzig Caspar, der ihm gegenübersaß, war fremd für ihn. Und Simon wusste ihn nicht so recht einzuschätzen. Der Junge aus dem Mittelalter war so ganz anders als die übrigen Zeitenkrieger. Zumindest kam es Simon so vor. Aber sie hatten auch einen schlechten Start gehabt. Eine Klinge am Hals und ein Knie im Rücken waren keine gute Ausgangsbasis, um einander kennenzulernen.

„Wann bist du hierhergekommen?“, fragte Simon ihn daher. Vielleicht konnten sie beide einfach von vorn beginnen. Mit seiner Geschichte statt mit seinen Waffen.

„Was weiß denn ich?“, begann Caspar ruppig. „Dieser Seelensammler hat ja seine eigenen Regeln und Gesetze. Das habe ich schon verstanden. Anscheinend können wir auch nur deshalb miteinander reden, obwohl wir aus völlig verschiedenen Ländern stammen und auch aus völlig verschiedenen Epochen. Und Zeit hat hier, wie's scheint, auch keine echte Bedeutung. Dennoch würde ich sagen, dass es erst ein paar Tage her sein kann, dass ich dem Schattengreifer begegnet bin.“

„Ein paar Tage nur.“ Simon nickte. Caspar war somit selbst noch ein Fremder auf dem Schiff. Das erklärte einiges.

„Wir alle hatten noch keine rechte Gelegenheit, uns vorzustellen“, wandte sich Salomon jetzt mit entschuldigendem Gesichtsausdruck an Caspar. „Wir Zeitenkrieger waren zwar dabei, als dich der Schattengreifer zu einem von uns machte, doch wir wissen nichts über dich. Wir haben lediglich die Küste gesehen, an der er dich gesucht hat. Und die Schiffe. Die Zelte, die Männer mit ihren Schwertern. Und vor allem diese vielen, vielen verzweifelten Mädchen und Jungen. Doch was das alles zu bedeuten hatte, das wissen wir nicht.“

Die Zeitenkrieger sahen nun voller Interesse auf Caspar, seine Geschichte erwartend. Nur Simon ließ seinen Blick noch einmal über seine vier Freunde schweifen. Sie alle waren von dem Schattengreifer aus allerhöchster Gefahr errettet worden. Neferti zum Beispiel, die Ägypterin – „die Katze“, die unter dem besonderen Schutz einer ägyptischen Katzengöttin stand und die behauptete, wie eine Katze sieben Leben zu besitzen. Sie hatte der Schattengreifer retten können, als die Gegner des Pharaos, in dessen Palast sie lebte, einen blutigen Aufstand ausführten.

Und Salomon, der direkt neben ihr saß, hatte der Schattengreifer aus der Pestzeit hierher gebracht. Der Schattengreifer hatte den Jungen ebenso vor dem sicheren Tod bewahrt wie Moon, den Indianerjungen, der von dem Magier während eines Massakers gerettet wurde. Nur Nin-Sis Geschichte kannte niemand auf diesem Schiff. Ihre Erziehung verbot es ihr, darüber zu sprechen.

Alle Zeitenkrieger wurden aus Katastrophen heraus gerettet, gleichzeitig jedoch auch ihrer Schatten beraubt, und seitdem waren sie an den Schattengreifer und das Schiff gebunden. Deshalb war Simon auch sicher, dass Caspar ebenfalls aus höchster

Not heraus auf dieses Schiff gefunden hatte. Salomons Worte schienen das zu bestätigen, und so sah nun auch Simon erwartungsvoll zu dem Jungen aus dem Mittelalter hinüber.

Caspar ließ sich jedoch Zeit mit der Antwort. Er blickte zu Boden und schluckte hart. Im Licht des Feuers konnte Simon es nicht klar erkennen, doch er glaubte zu sehen, wie sich das Gesicht des Jungen verzog. Caspar kniff die Augen zusammen, gerade so, als wehre er sich gegen die Bilder, die Salomons Frage wohl in ihm heraufbeschworen hatte.

Für einen Moment fühlte sich Simon dem Jungen sehr nahe. Das Messer am Hals war vergessen. Hier litt jemand unter der Vergangenheit, aus der er kam. Anscheinend war Caspar nicht nur der raue Kerl, der er vorgab zu sein.

Sie alle ließen Caspar Zeit.

Der Junge verharrte noch einen Moment in seiner Position, dann hob er den Kopf und blickte sich in der Runde um, als zögere er noch, seine Vergangenheit preiszugeben.

„Ich wollte immer Schildknappe werden", begann er schließlich. Aus seinem Gürtel zog er eines seiner Messer hervor und ließ es von einer Hand zur anderen wandern. „Doch dieser Traum war hoffnungslos. Ich habe sehr früh meine Eltern verloren und bin als Waise in einem Kloster groß geworden. Man weiß nur, dass sie einfache Bauersleute waren. Völlig verarmt. Mit acht Jahren verließ ich das Kloster und schlug mich mit Betteln und mit kleinen Arbeiten durch. Mal half ich auf Feldern, mal hütete ich Schafe, doch meist bettelte ich auf den Marktplätzen." Er rollte das Messer verspielt zwischen seinen ausgestreckten Händen. „So einer wie ich kann kein Schildknappe werden. Das ist unmöglich. Dann jedoch lernte ich Albert kennen. Er war gerade dabei, zu einem Knappen ausgebildet zu werden. Abends, wenn wir uns trafen, zeigte er mir alles, was er erlernte. Von ihm habe ich auch diese vier Messer geschenkt bekommen. Albert brachte mir alles bei, was ein Knappe können muss. Und so arbeitete ich hart an mir. Tag und Nacht. Ich wollte besser sein als Albert. Ich wollte …"

Caspar unterbrach sein Messerspiel kurz. Er warf das Messer in die Luft, wo es sich mehrfach drehte, und fing es wieder auf. „Glaubt mir: Ich war gut. Schon bald beherrschte ich die Messerkunst. Besser als Albert. Besser als jeder andere. Und ich war schnell. Doch mit jedem neuen Kampfgriff, mit jedem neuen Messerwurf, wuchs in mir die Wut. Ich wäre fähig gewesen, ein guter Schildknappe zu werden. Einer der besten vielleicht. Doch durch meine Abstammung war mir dieser Weg versperrt. Ich verlor alle Hoffnung. Und schließlich verlor ich auch noch Albert als Freund. Nach einem dummen Streit haben wir uns getrennt. Nichts war mir mehr wichtig. Ich wanderte ziellos umher und bettelte weiter."

Nun packte Caspar das Messer an der Klinge und hielt es so vor sein Gesicht, dass es wie ein kleines Kreuz wirkte. „Doch dann, ich war gerade dreizehn Jahre alt geworden, hörte ich in einer Stadt von einer großen Bewegung, die im Gange war. Kinder, Jugendliche und auch einige Erwachsene fanden sich zu einem riesigen Heer zusammen. Von einem Kreuzzug war die Rede. Einem Kreuzzug, der vor allem aus Mädchen und Jungen bestehen sollte. Sofort machte ich mich auf den Weg, um mich ihnen anzuschließen. Und es brauchte auch nicht lange, da hatte ich sie gefunden: Hunderte, vielleicht Tausende, befanden sich auf dem Weg nach Jerusalem, um die Stadt von den Ungläubigen zu befreien. Der Anführer des Kreuzzuges war selbst noch ein Kind: Nicolaus. Er gab uns allen Hoffnung. Die

Ritter und Heerscharen vergangener Kreuzzüge hatten versagt. Sie waren mit all ihren früheren Sünden in das Heilige Land eingereist und konnten somit Jerusalem nicht befreien. Nur wir Kinder und Jugendliche, die noch reinen Herzens waren, konnten imstande sein, den Heiligen Auftrag zu erfüllen."

Er nahm sein Messer wieder in die rechte Hand und hielt es mit der Spitze in Richtung des Feuers. „Wir alle folgten Nicolaus aus vollem Herzen. Er gab uns Hoffnung und Mut. Er führte uns über Tage und Wochen an Höfen und Klöstern vorbei, in denen wir zu Essen bekamen und wo wir in Scheunen schlafen konnten. Nicolaus kannte den Weg. Und er versprach uns, das Meer vor unseren Augen zu teilen, wenn wir die Küste erreicht hatten, sodass wir trockenen Fußes das Heilige Land betreten konnten. Dort wollte ich mich beweisen. Meine Kampfkunst, die ich mir angeeignet hatte, sollte mir helfen, die Stadt Jerusalem zu befreien. Als Held wollte ich nach Hause zurückkehren. Und bestimmt hätte man mich dann zum Ritter geschlagen. Ich hatte nur für diesen einen Zweck so hart an mir gearbeitet – um in diesem Kampf, in diesem Kreuzzug, zu bestehen."

Caspar ließ das Messer sinken, bis es mit der Spitze das Schiffsdeck berührte. „Dann gab es die ersten Toten. Nicolaus führte uns über die Berge, wo Hunger und Kälte uns zusetzten. Immer mehr Leichen sahen wir auf unserem Weg: Kinder, Säuglinge, die im Schnee lagen. Die verhungert waren oder vor Erschöpfung zusammengebrochen. Viele stürzten auch zwischen den hohen Bergspitzen in den Tod. Wir wurden immer weniger. Und dennoch hielt ich durch. Meine Hoffnung trieb mich voran. Meine Hoffnung und die Gewissheit, dass Nicolaus uns sicher zu unserem Ziel führen würde. Wir sprachen unterwegs immer und immer wieder von dem Wunder, das uns bevorstand. Von den Wassermassen, die nur für uns auseinanderströmen und eine Gasse durch das Meer bilden würden. Alles das gab uns Antrieb."

Sacht strich Caspar mit einer Hand über die Klinge seines Messers, dann legte er es zu Boden.

„Schließlich hatten wir das Meer erreicht. Jubelnd rannten wir an den Strand und warfen uns dankbar auf die Knie. Nun hatte das Leid ein Ende. Nicolaus würde das Meer teilen und unsere Feinde in Jerusalem dadurch das Fürchten lehren. Ich würde mich beweisen können und als Sieger aus der Stadt hinausziehen. Wir alle blickten voller Hoffnung auf Nicolaus. Also trat er an das Meer, stellte sich in die Wellen. Er nahm das Kreuz, das um seinen Hals hing, und hielt es in die Höhe. Er betete und stieß einen Ruf aus. Und wir alle blickten auf das Meer, bereit, Zeugen dieses unglaublichen Wunders zu werden."

Alle Blicke ruhten jetzt auf Caspar. Keiner wagte es, auch nur zu atmen. Selbst der Wind schien sich gelegt zu haben.

Caspar atmete noch einmal tief ein. „Nichts geschah", sagte er schließlich. „Nicolaus stand über Stunden am Wasser, und nichts geschah. Nach und nach verließen alle voller Enttäuschung den Strand."

Nun nahm Caspar sein Messer wieder auf. „Doch ich hielt zu ihm. Zu Nicolaus und zu meinen Träumen, die ich mit diesem Kreuzzug verband. Ich wollte nicht aufgeben. Ich glaubte immer noch an ein Wunder. Und tatsächlich. Ihr werdet es kaum glauben. Ein Wunder geschah! Zwar teilte sich nicht das Meer vor unseren Augen, doch plötzlich erblickten wir Schiffe, die auf uns zukamen. Sieben Schiffe, die direkt Kurs auf unseren Strand hielten. Der Jubel war groß. Allen, die noch geblieben waren, war klar: Diese Schiffe hatte uns der Herr geschickt."

Caspar ließ das Messer auf seinen ausgestreckten Fingern balancieren. Es bewegte sich auf und ab wie ein Boot auf unruhigen Wellen.

„Fünf dieser Schiffe erreichten auch schließlich das Heilige Land. Die anderen beiden waren während eines heftigen Sturms auf dem Meer versunken. Wir beklagten das Schicksal unserer Freunde, doch wir ahnten nicht, dass die, die im Meer ertranken, das Glück auf ihrer Seite hatten."

„Was?" Salomon horchte auf. „Du meinst …"

Caspar nickte. „Die Schiffe waren nicht von Gott zu uns gelenkt worden. Ganz im Gegenteil. Kaum hatten wir das rettende Ufer erreicht, wurden wir zusammengetrieben und aneinandergebunden. Von unserem Heiligen Auftrag war nun keine Rede mehr. Aus den Dünen der Wüste tauchten zahllose bewaffnete Reiter auf, und uns allen wurde schnell bewusst, dass wir verkauft worden waren. Wir sollten als Sklaven auf den arabischen Märkten angeboten werden. Wer sich wehrte, wurde sofort hingerichtet. Schnell färbte sich der Wüstensand rot. Man hatte uns verraten. Nicolaus schickte Gebete zum Himmel. Doch er wurde nicht erhört. Wir alle waren zur Sklaverei verdammt. Oder zu noch Schlimmerem. Wir …"

Noch einmal strich Caspar fast liebevoll über die Klinge seiner Waffe. „Dank meiner versteckten Messer konnte ich mich in der Nacht von den Fesseln befreien und das Lager verlassen. Mein Plan war es, nach Jerusalem zu laufen und den dortigen Kreuzrittern von unserem Schicksal zu berichten. Ich wollte ihre Hilfe. Doch es kam wieder ganz anders. Schon nach wenigen Stunden Flucht wurde ich entdeckt. Meine Spuren im Wüstensand hatten meine Verfolger direkt zu mir geführt. Sie waren mir nachgejagt und hatten rasch meine Flucht gestoppt. Wieder wurde ich gefesselt und sollte zurück ins Lager gebracht werden. Ich hatte alles verloren: Meine Freunde, meine Hoffnung, meine Träume, mein Leben. Mit gezogenen Schwertern führten sie mich ab, als plötzlich, wie aus dem Nichts …"

„… der Schattengreifer erschien", vermutete Nin-Si, und Caspar gab ihr nickend recht.

„Die Männer wichen zurück beim Anblick dieses Mannes. Hinter ihm baute sich aus dem Nichts, aus dem Wüstensand heraus, eine Feuerwand auf, und die Männer flüchteten ängstlich. So stand ich dem Magier allein gegenüber. Er streckte wortlos eine Hand aus und griff sich meinen Schatten. Danach bin ich ohnmächtig geworden und erst auf diesem Schiff wieder erwacht."

Simons Blick ruhte auf dem Messer in Caspars Hand, das im Schein des Feuers silbern aufschimmerte. Auch die anderen wirkten betroffen und nachdenklich. Niemand sagte ein Wort. Ihnen allen war es so ergangen. Nach der Entführung durch den Schattengreifer waren sie hier auf dem Schiff erwacht. Als seine Gefangenen.

Was nur hatte der Schattengreifer vor? Simon stellte sich die Frage gewiss zum hundertsten Mal.

Er hob die Hand und strich Caspar über die Schulter, denn er fand keine rechten Worte, um sein Mitgefühl auszusprechen. Ebenso wie alle anderen hier hatte Caspar ein Schicksal hinter sich, das Simon verstummen ließ.

Caspar schien froh zu sein, dass alle schwiegen und ihn nicht mit weiteren Fragen überhäuften.

Ein Vibrieren durchzog das Schiff.

Kurz.

Simon dachte an die Zeitmaschine im Rumpf. An die Glaskugel in der Mitte der Apparatur, in der sich das Herz des Schattengreifers befand und dessen Herzschläge für die Vibrationen verantwortlich waren. Jetzt, in der Stille dieser Runde, wirkt das Rumoren lauter als sonst, dachte Simon, als dem ersten Vibrieren auch schon ein zweites folgte. Simon horchte auf. So dicht hintereinander? Das war ungewöhnlich. Normalerweise brauchte es einige Zeit, bis das Herz sich aufgebläht hatte und dann rumorend in sich zusammenfiel. Es …

Wieder durchzog ein heftiges Vibrieren das Schiff. Der Seelensammler knarrte laut.

Ich bilde mir das nicht ein, schoss es Simon durch den Kopf. Das Vibrieren ist häufiger und stärker als sonst.

Ein erneutes Rumoren. Das Herz kam in Gang.

Auch die anderen hatten es inzwischen bemerkt. Sie blickten einander an.

„Was geht hier vor?"

Statt Salomon eine Antwort zu geben, sprang Simon auf die Füße. „Komm!", rief er seinem Freund zu und packte ihn am Arm. Vor den erstaunten Blicken der anderen rannten sie zu der großen Bodenluke vor der Kajüte.

Simon ließ sich auf die Knie fallen und ergriff den Eisenring, mit dem sich die Luke öffnen ließ. „Hilf mir!", forderte er Salomon hektisch auf. Ihm waren die schwarzen Gewitterwolken nicht entgangen, die sich in rasender Eile über dem Schiff bildeten.

Der Seelensammler wurde von einem Rumoren ergriffen, das ihn bis in den letzten Winkel erzittern ließ.

„Warum kommt die Zeitmaschine in Bewegung? Von allein? Das hat sie noch nie getan!", rief Simon, während er nach dem Eisenring griff.

Salomon schien darauf antworten zu wollen, zuckte dann jedoch nur mit den Schultern, und gemeinsam zerrten sie an der Luke.

Auch die anderen Zeitenkrieger waren inzwischen aufgesprungen. Nin-Si stand an der Reling und beobachtete angestrengt das Meer, das rund um das Schiff in Bewegung geraten war. Spitze Wellen schlugen in völlig unnatürlichen Bewegungen gegen die Schiffswand. Mit jeder Sekunde wurden diese Wellen spitzer, größer und aggressiver.

Moon löschte mit einem Eimer voll Wasser das Feuer in der Silberschale, während Neferti die Decken zusammensuchte, auf denen sie gesessen hatten. Allen standen die Überraschung und Ratlosigkeit ins Gesicht geschrieben. Keiner von ihnen wusste, was hier geschah – am allerwenigsten wohl Caspar, der mit gezücktem Messer in der Schiffsmitte stand.

In diesem Moment kam ein Sturm auf, der an den Segeln zerrte. Gleichzeitig fiel das Herz in der Zeitmaschine mit einer solchen Kraft in sich zusammen, dass das gesamte Schiff davon ergriffen wurde: Mit einem ohrenbetäubenden Knarren zog es sich urplötzlich zusammen, und Simon wartete nur darauf, dass das Schiff in der Mitte zerbrach. Doch mit einem weiteren Knarren dehnte es sich wieder aus.

Die Krähen stoben kreischend aus ihren Körben. Aus den Augenwinkeln heraus konnte Simon auch die kleine Krähe erspähen, die er so mochte.

„Wir müssen die Maschine schnellstens nach oben schaffen!“, rief er Salomon zu. „Einen weiteren Druck von innen hält der Seelensammler nicht mehr aus!“

Endlich gelang es ihm und Salomon, die Bodenluke zu öffnen. Im Dunkel des Schiffsrumpfes konnte Simon nur erkennen, dass der Apparat bereits unter Hochdruck arbeitete. Es wirbelte und polterte im Inneren des Schiffes. Der Lärm der Maschine verdichtete sich mit dem Heulen des Sturmes zu einem schmerzhaften Getöse, und die Wellen peitschten bereits über die Reling.

Moon und Nin-Si waren zu dem Tau an der Backbordseite gesprungen, mit dem sich die Maschine wie bei einem Flaschenzug über den Querbalken am Mast nach oben ziehen ließ. Mit vereinten Kräften zerrten sie an dem Tau. Endlich konnte auch Caspar sich aus seiner Erstarrung lösen. Er rannte zu den beiden und half ihnen.

Aus dem Inneren des Schiffes erhob sich majestätisch die Zeitmaschine. Zuerst war die Raubtierkralle auf dem goldenen Bogen zu erkennen, der die gesamte Maschine überspannte. Die Kralle, die eigentliche Kompassnadel der Maschine, schwang in rasender Eile auf dem goldenen Bügel hin und her, stets über den riesigen Globus hinweg, der sich als Nächstes zeigte. Auch die kleinen Modelle der Planeten umkreisten den Globus in einem atemberaubendem Tempo. Und dann war die Glaskugel zu sehen, auf deren Spitze der Globus angebracht war und in der sich das Herz befand. Es hatte sich schon wieder so weit ausgedehnt, dass es kaum noch Platz in seiner Kugel hatte.

„Schnell!", rief Simon seinen Freunden zu. „Ihr müsst euch beeilen. Das Herz wird gleich wieder in sich zusammenfallen. Und bis dahin muss es aus dem Rumpf heraus sein. Der Druck wird sonst zu stark für das Schiff."

Moon, Neferti und Caspar zogen so stark, wie ihre Kräfte es zuließen. Nin-Si eilte an ihre Seite und ergriff ebenfalls das Seil.

Die riesige Steinplatte, auf der die Glaskugel, der Globus und der goldene Bogen angebracht waren, tauchte aus dem Schiffsinneren auf.

Simon konnte schon die zwölf eingravierten Sternzeichen erkennen, über denen in hektischer Eile zwei Schwertklingen hin und her sausten. Die Steinplatte war eine Uhr, mit den Schwertern als Zeiger.

Das Herz füllte nun die gesamte Kugel aus. Es konnten nur noch Sekunden sein, die …

Es krachte. Das Herz fiel in sich zusammen und erzeugte dabei in seiner Glaskugel einen solchen Druck, dass das gesamte Schiff sich wieder krümmte, sich weit zur Seite neigte und die Jugendlichen ihren Halt unter den Füßen verloren. Simon und Salomon hielten sich aneinander fest, während die anderen vier das Tau losließen und an der Reling Halt suchten. Donnernd krachte die Zeitmaschine zurück in den Schiffsbauch. Es gab einen Schlag durch den gesamten Seelensammler, und in diesem Moment schoss eine riesige Welle über die Reling, die sowohl Simon als auch Salomon von den Füßen riss und sie gegen die Reling schleuderte.

Der Seelensammler richtete sich wieder auf.

Simon prustete und versuchte hastig, wieder auf die Beine zu kommen. Als er auf dem nassen Boden ausrutschte, reichte Salomon ihm eine Hand, und gemeinsam halfen sie sich auf die Füße.

Sie rannten zu den anderen, die sich bereits wieder das Tau gegriffen hatten. Es galt nun, keine Sekunde mehr zu verlieren. Ein weiterer Schlag aus dem Schiffsinneren würde den Seelensammler gewiss zerfetzen.

Sie zerrten erneut an dem Tau. Salomon übernahm das Kommando und gab das Tempo vor: „Ziehen – umgreifen – ziehen!"

Es blieb nicht einmal Gelegenheit, sich nach der Luke umzusehen. Simon stellte sich vor, wie der Globus mit seinen Planeten erneut an der Oberfläche erschien. Wie die Glaskugel und die riesige Steinplatte folgten. Nun fehlte nur noch die hohe Sanduhr, die mit ihrem blutroten Sand die Zeit des Seelensammlers maß, die das Schiff in einer fremden Zeit zubringen konnte. Und schließlich noch der Tisch aus Stein mit den Mulden darin für die Jugendlichen.

Noch einmal gab Salomon das Zeichen, als es plötzlich laut knackte. Simon spürte, wie der Zug am Tau nachließ. Sie wandten sich um und blickten zur Luke. Die Vorrichtung war eingerastet. Die Zeitmaschine stand in ihrer ganzen Größe über der Luke. Sie hatten es geschafft.

Und keine Sekunde zu früh: Das Herz füllte die Glaskugel bereits wieder gänzlich aus. Die Jugendlichen sprangen vom Tau fort und suchten sich Halt.

Simon ergriff eines der Taue, die am Segel festgemacht waren. Die Gischt einer Welle schlug ihm hart ins Gesicht.

Sein Blick ging nach vorn, zum Bug des Schiffes. Und wie er erwartet hatte, baute sich dort eine meterhohe Wand aus Wasser auf, in der sich das Schiff spiegelte. Simon drehte den Kopf und sah zum Heck. Dort konnte er ebenfalls eine Wand erkennen, die sich aus den Fluten des Meeres heraus hinter der Kajüte aufbäumte. Simon wusste, was das bedeutete: Der Seelensammler trat tatsächlich eine Zeitreise an. Und niemand von ihnen wusste, wohin das Schiff sie bringen sollte.

Endlich fielen die beiden Wasserwände in sich zusammen. Sie überspülten den Seelensammler, und Simon wurde schwarz vor Augen. Alles in ihm rebellierte gegen diese Anstrengung. Es war ihm, als würde er verbogen und verdreht werden wie ein Handtuch, das ausgewrungen wurde.

Doch kurz darauf verlor sich das Gefühl, und Simons Körper entspannte sich. Er öffnete die Augen und konnte beobachten, wie sich innerhalb von Sekunden die Gewitterwolken verzogen und das Meer sich beruhigte. Das Schaukeln hörte auf, und kurz darauf lag der Seelensammler ruhig auf der Wasseroberfläche, gerade so, als sei in den vergangenen Augenblicken nichts geschehen.

Die Zeitmaschine kam langsam zum Stillstand. Sie waren angekommen.

Simon ließ das Tau los, das ihm als Halt gedient hatte, und blickte sich um. Die anderen kamen ebenfalls allmählich zu sich.

Moon versuchte, sich aus einem Gewirr von Tauen und Seilen zu befreien. Er hatte es wohl nicht mehr geschafft, sich Halt zu suchen, und war während der Zeitreise in die Ecke geschleudert worden, in der sie ihre Taue aufbewahrten.

Simon lief zu ihm und half ihm unter den Stricken hervor. „Was war das?", fragte er, immer noch völlig fassungslos. „Wie konnte das Schiff selbstständig eine Zeitreise antreten, ohne den Schattengreifer an Bord oder ohne eure Hände in den Mulden der Zeitmaschine?"

Moon drückte die Taue zur Seite, die ihn gerade noch behindert hatten, und setzte sich auf.

„Du bist lange nicht hier gewesen", sagte der Indianer. „Es hat sich einiges geändert."

„Geändert?" Simon gefiel diese Antwort überhaupt nicht.

„Er ist stärker geworden. Mächtiger."

„Du meinst, diese Zeitreise gerade – die hat er gesteuert? Aus seinem Reich heraus?"

„In der Zeit, in der du nicht hier warst, hat er uns immer wieder seine Macht gezeigt. Mal lässt er Feuer regnen, mal spielt das Meer verrückt."

„Aber …“

„Er will uns Angst machen. Er will uns warnen. Gerade jetzt, wo du wieder an Bord bist, befürchtet er wohl, wir könnten wieder versuchen, einen von uns zu retten. Deshalb diese Zeitreise. Versteh sie als Warnung.“

Simon zeigte über die Bordwand. „Wohin hat er uns wohl geführt? An welchen Ort? In welche Zeit?“

Moon machte ein ratloses Gesicht.

Simon erhob sich und rannte an die Reling. An der Steuerbordseite sah er nur das Meer. Bis zum Horizont nichts als Wellen. Simon rannte zur Backbordseite, doch auch hier waren keine Insel, kein Strand, keine Küste in Sicht. Nur Wasser und der blaue endlose Horizont.

Simons Blick wanderte die Schiffswand entlang nach unten, zu seinem Ruderboot, das noch immer an der Strickleiter des Schiffes festgemacht war. Doch etwas ging mit dem Boot vor sich. Simon sah genauer hin. Durch die Paddel der Ruder zogen sich tiefe Risse, und das Holz des Bootes begann sich zu verdunkeln. Das Boot alterte! Vor Simons Augen wurden in nur wenigen Augenblicken die Wände morsch. Wasser sickerte in das Boot hinein, und die Ruder verformten sich so, dass sie aus den Halterungen glitten. Der Sitz des Bootes brach ab. Das Holz wurde weich und zog sich in sich zusammen. Das Boot löste sich auf. Was sonst ein Prozess von vielen Jahren war, verlief vor Simons Blicken innerhalb von Sekunden. Bis das Boot sich schließlich völlig aufgelöst hatte und Simon als traurigen Rest des Ganzen nur noch ein verwittertes Stückchen seines Knotens an der Strickleiter des Seelensammlers ausmachen konnte.

Simon verstand: Es gab nun kein Zurück mehr für ihn.

Erschöpft ließ er sich fallen.
Auch wenn es ihn unendliche Kraft gekostet hatte, er konnte mit sich zufrieden sein.
Der Junge würde verstanden haben. Er würde eingesehen haben, dass die Macht, über die der Magier verfügte, inzwischen beinahe unendlich groß war.
Beinahe alles war ihm möglich.
Der Junge mochte sich vorbereitet haben.
Doch auch er, der Magier, hatte sich vorbereitet.
Er hatte an sich gearbeitet.
An sich und an seiner magischen Kunst.
Das musste der Junge verstanden haben.
Es würde ihn ängstigen.
Gewiss würde er es nun nicht mehr wagen, die Pläne zu durchkreuzen.
Vielleicht würde er endlich verstehen.
Seinen Platz darin.
Der Magier atmete erleichtert aus und überließ seinen Geist seiner Erschöpfung.
Er wird verstanden haben. Das war der letzte Gedanke, bevor der Schlaf sich über ihn legte.

Simons hatte keine Zeit, seinem Boot nachzutrauern. Er wollte jetzt nicht in Grübeleien verfallen. Seine ganze Sorge galt erst einmal seinen Freunden. Er fühlte sich verantwortlich. Er war der Einzige auf dem Schiff, der einen Überblick über alle Epochen hatte. Und deshalb hatten sie auch Simon zu ihrem Anführer gemacht.

Nachdenklich wandte er sich wieder von der Reling ab und blickte sich um. Sorgen brauchte er sich allerdings keine zu machen. Die Zeitenkrieger waren schon wieder eifrig bei der Sache: Moon sortierte die Taue und Seile neu, in die er sich verheddert hatte. Nin-Si war auf das Dach der Kajüte gelaufen, um ebenfalls nach etwas Ausschau zu halten, das ihr verraten konnte, wo sie sich befanden. Und Caspar mühte sich mit Salomon an dem Tau des Flaschenzuges ab und half ihm dabei, die Zeitmaschine wieder in den Rumpf des Schiffes zu versenken.

Neferti kam von dem vorderen Mast, an dem sie vorhin in aller Eile Halt gesucht hatte, auf Simon zu. Sie stellte sich an seine Seite, und gemeinsam blickten sie auf den endlosen Himmel und auf das Meer, das wie schlafend vor ihnen lag.

Trotz der Schrecksekunde vorhin genoss Simon diesen einen Moment der Nähe Nefertis und das vertraute Schweigen zwischen ihnen. Dann überlegte er, ob er ihr von seinem Boot erzählen sollte, als die Ägypterin eine Hand auf Simons Hand legte und sagte: „Ich hatte schon befürchtet, du würdest nicht mehr kommen.“ Sie wies mit dem Kopf auf das Schiffsdeck. „Alle hatten Angst, dass du uns vergessen haben könntest.“

Simon blickte sie erstaunt an. „Was? Euch vergessen? Aber … aber ich hatte euch doch versprochen, dass ich wiederkommen werde. Dass ich …“

Sie nickte. „Ich weiß, nur …“

Nun war es Simon, der sich zu Neferti umwandte und ihre andere Hand ergriff. „Was ist los?“

„Wir waren schon einmal bei dir“, gab sie zur Antwort. „Und wir haben auf dich gewartet.“

Simon sah sie verblüfft an. „Wann war das?“

Sie zog die Schultern in die Höhe. „Du weißt doch, hier auf dem Schiff vergeht die Zeit anders. Ich kann dir nicht genau sagen, wann das gewesen sein könnte. Wir …“

„Sag mir einfach, was geschehen ist.“

Nefertis Blick glitt in die Höhe, zu dem oberen der beiden Masten, dorthin, wo die Krähen ihr Nest hatten. „Es war der Vorschlag der kleinen Krähe. Sie kam eines Tages auf uns zu und brachte uns ein Hemd.“

„Ein Hemd?“

Neferti kicherte. „Sie trug es in ihrem winzigen Schnabel und hatte alle Mühe, sich damit zu bewegen. Sie konnte sich kaum auf den Beinen halten. Ein lustiges Bild.“

„Was war mit dem Hemd?“

„Sie legte es vor uns auf das Schiffsdeck und sagte, dass sie es leid sei, ewig unsere Wehklagen zu hören, dass wir dich verloren hätten.“ Neferti räusperte sich etwas verlegen. „Es ist schon wahr: Wir haben oft von dir gesprochen. Du hast unser Leben verändert und wir … ich … vor allem ich …“ Sie drückte sanft seine Hände und räusperte sich noch einmal. „Die Krähe meinte, dass wir mit diesem Hemd in deine Welt zurückkönnten.“

„Mit einem Hemd? Das klingt verrückt.“

„Das dachten wir zuerst auch. Doch dann haben wir getan, was die Krähe vorschlug.“ Neferti blickte zu der Kajüte, wo Salomon und Caspar gerade die Bodenluke schlossen, unter der die Zeitmaschine nun wieder ruhen konnte, und auf dessen

Dach Nin-Si noch immer Ausschau nach etwas hielt, das ihr verraten könnte, wo sie sich befanden. Doch inzwischen war allen klar, dass es nicht darum ging, wo sie sich aufhielten. Diese Reise hatte nur einen einzigen Zweck gehabt. Es war eine Machtdemonstration des Schattengreifers.

Das Schiff vibrierte kurz.

„Du weißt ja, wie sie normalerweise funktioniert, die Zeitmaschine. Wir Zeitenkrieger legen unsere Hände in die Mulden des Tisches, und dann beginnt die Reise. Die Krähe schlug nun vor, dass wir in eine der freien Mulden das Hemd legen sollten, um …"

Simon sah sie skeptisch an. „Ich verstehe nicht …"

„Das Hemd ersetzte einen von uns. Es bestimmte die Route. Und die Krähe hatte recht: Die Zeitmaschine begann zu arbeiten, und wir landeten in deiner Welt. Vor deiner Küste. Deinem Zuhause."

Simons schwirrte der Kopf. „Ein Hemd hat euch zu mir geführt? Das klingt völlig verrückt. Kann ich es sehen?"

„Natürlich." Neferti ließ seine Hände los, rannte zum Schiffsbug, durch die kleinere Klappe in den Mannschaftsraum, und kam kurz darauf mit einem Bündel Stoff in der Hand zur Reling zurück. „Das ist es", sagte sie und entfaltete das Bündel. Ein hellblaues Hemd kam zum Vorschein.

Simon biss sich auf die Zähne. Er kannte dieses Hemd! Ganz bestimmt sogar. Er griff danach und nahm es genau in Augenschein. Ein gewöhnliches blaues Hemd, wie es bestimmt Millionen auf der Welt gab. Bis auf den zweiten Knopf: Hier war der frühere weiße Plastikknopf durch einen runden Holzknopf ersetzt worden. Das dunkle Braun stach zwischen den anderen weißen Knöpfen und dem hellen Blau hervor.

Simon hatte dieses Hemd schon einmal irgendwo gesehen. Doch es wollte ihm nicht einfallen, wo.

„Ist es deines?", fragte Neferti.

Simon schüttelte den Kopf. „Nein, nicht meines. Aber …"

„Dann verstehe ich es nicht", sagte sie. „Wenn es dein Hemd gewesen wäre, dann hätte alles einen Sinn ergeben. Salomon ist der Ansicht, dass dieses Hemd aus deiner Zeit stammt und dass es uns deshalb zu deinem Zuhause geführt hat. Etwas von dir hatte dich selbst an der Zeitmaschine ersetzt. Deshalb wurden wir zu dir nach Hause geleitet. Doch wenn dies nicht dein Hemd ist, wie konnte das alles dann passieren? Wem gehört es? Und warum hat es uns an die Küste deines Heimatortes gebracht?"

Wieder schüttelte Simon nur den Kopf. „Ich kann mir das auch nicht erklären", sagte er, während sein Verstand fieberhaft in seiner Erinnerung nachforschte, woher er das Hemd kannte. „Ich muss noch mal mit der kleinen Krähe sprechen. Sie hat früher schon einmal angedeutet, dass sie mehr weiß. Sie muss mir endlich alles sagen!"

Neferti nickte: „Ja, das sollte sie tun. Denn wie gesagt: Unsere Zeitreise hatte nichts genützt. Du bist nicht aufgetaucht."

„Warum seid ihr nicht an Land gekommen?", erwiderte Simon. „Ihr hättet bei mir zu Hause klopfen können."

Neferti machte ein betretenes Gesicht. „Ich weiß es selbst nicht so recht. Hätte die Krähe mit ihrem Rat recht gehabt, wärst du schon von selbst aufgetaucht. Davon waren wir überzeugt. Aber wir wollten dich nicht belästigen. Wir wussten ja nicht, ob … ob du … uns überhaupt noch …"

Sie blickte schnell zur Seite, und Simon nahm sie fest in die Arme.

„Jetzt bin ich da“, flüsterte er in ihr Ohr, und er spürte ihre und seine Erleichterung gleichermaßen. „Ich bin jetzt da. Das allein zählt.“

„Sagt mal: Kommt euch im Moment nichts anderes in den Sinn?“ Nin-Si war hinter den beiden aufgetaucht und blickte sie aufgebracht an. Simon zog sofort seine Arme zurück. Das Blut schoss ihm in den Kopf. Auch Neferti wirkte verlegen.

„Wir sollten uns lieber vorbereiten“, fuhr Nin-Si verärgert fort und tat so, als bemerke sie die Verlegenheit der beiden nicht. „Der Schattengreifer scheint mit jedem Tag stärker zu werden. Das ist euch ja wohl nicht entgangen. Und wir hatten doch gemeinsam etwas vor, oder nicht? Oder ist das alles schon vorbei und vergessen?“

Nun kamen auch die anderen auf die drei zu. In ihren Gesichtern konnte Simon ganz klar die Hoffnung erkennen, die er früher in ihnen geweckt hatte. Einzig Caspar blickte ihn mit einer Mischung aus Neugier und Misstrauen an. Die Zeitenkrieger hatten ihm anscheinend noch nicht alles erzählt.

Simon stand noch immer sehr nahe an Nefertis Seite. Er wusste nicht recht, wohin mit seinen Armen. Mit jeder Bewegung hätte er sie berührt. Und das wollte er auf keinen Fall – jetzt, wo alle anderen da waren. Andererseits konnte er sich auch nicht erklären, warum er so dachte. Also steckte er die Hände in die Hosentaschen. So wirkte er zwar trotzig, aber wenigstens musste er sich um seine Arme keine Gedanken mehr machen.

„Nichts ist vergessen“, gab er endlich zur Antwort, und er war überrascht, welche Wirkung seine Worte auf die Orientalin hatten. Sofort hellte sich ihr Gesicht auf. Sie strahlte regelrecht, und Simon wurde schlagartig bewusst, dass wirklich alle

Zeitenkrieger auf dem Schiff Angst gehabt hatten, er könnte sie alle vergessen haben.

Auch Salomon war seine Erleichterung anzusehen. „Du meinst …“

„Wir hatten uns vorgenommen, einen nach dem anderen von diesem Schiff zu befreien“, erklärte Simon mit Nachdruck. „Wir wollten jeden von euch in seine Zeit zurückbringen, nicht wahr? Und außerdem müssen wir den Schattengreifer daran hindern, sich immer wieder neue Zeitenkrieger zu suchen. Wir müssen nur noch mehr über ihn erfahren.“

Nin-Si zeigte auf die Bodenluke über der Zeitmaschine. „Hat dir die kleine Machtdemonstration vorhin keine Angst gemacht?“

Simon blickte in die Runde und schluckte hart. Natürlich war der Spuk nicht spurlos an ihm vorbeigegangen. Dennoch sagte er: „Also, wenn ihr weiterhin bereit seid, den Kampf gegen den Schattengreifer aufzunehmen – ich bin an eurer Seite.“

Nin-Si schrie vor Begeisterung, und Neferti fiel Simon um den Hals. Endlich konnte er seine Finger wieder aus den Hosentaschen nehmen und die Ägypterin an sich drücken. Allerdings nur sehr kurz. Salomon schüttelte ihm die Hand, und Moon trat dicht an ihn heran und legte ihm beide Hände auf die Schultern. „Danke!“

Einzig Caspar verhielt sich merkwürdig. Er seufzte nur leise, dann ging er auf die Kajüte zu und setzte sich unter die Holztreppe, die zum Dach führte.

Zu gern wäre Simon ihm gefolgt und hätte ihn angesprochen. Doch er wurde von den anderen regelrecht belagert. Erst musste er mit ihnen sprechen, bevor er sich um Caspar kümmern konnte.

Moon ließ Simons Schultern wieder los und fragte: „Weißt du, wie lange du nicht auf dem Seelensammler gewesen bist? Ich meine, nach Menschenzeit gerechnet?“

Da brauchte Simon nicht lange nachzudenken: „Auf den Tag genau ein Jahr. Ich hab die Stunden, ja fast die Minuten gezählt, bis ich euch endlich wiedersehen konnte.“

„Ein Jahr?“, grübelte Moon. „Es kam mir länger vor. Auf diesem verfluchten Schiff weiß man nie …“

„Ein Jahr also?“, unterbrach ihn Salomon. „So hatte der Schattengreifer sehr viel Zeit, seine Macht zu vergrößern. Wir wissen nicht, wie mächtig er nun wirklich ist.“

Neferti nickte. „Wir können also nicht die möglichen Gefahren für uns einschätzen.“

„Ich bin allerdings auch gut vorbereitet“, entgegnete Simon. „Immerhin hatte ich ein ganzes Jahr Zeit, um mehr über die Ereignisse herauszufinden, bei denen ihr dem Schattengreifer begegnet seid. Und ich denke, dass wir dieses Wissen nutzen können. Das verschafft uns bestimmt einen Vorteil.“

„Ich sehe, du hast nichts von deinem Mut eingebüßt“, sagte Moon stolz. „Mit dir an der Seite können wir den Kampf aufnehmen!“

„Deinen Kampf!“, erinnerte Salomon. „Es ist genau ein Jahr her, da wollten wir die Reise in deine Zeit antreten, als der Schattengreifer uns zuvorgekommen ist. Wisst ihr noch?“

„Wie könnte ich das vergessen?“, erwiderte Moon, und mit Blick auf seine Freunde fügte er hinzu: „Wie könnte irgendjemand von uns das vergessen?“

„Dann lasst uns doch dort beginnen, wo wir aufgehört haben“, schlug Simon vor. „Lasst uns nicht länger zögern! Lasst uns die Zeitreise in Moons Heimat antreten.“ Und genau wie ein Jahr zuvor im Rumpf des Schiffes, streckte Simon nun auf dem Deck eine Hand aus. „Schlagt ein! Für Moon."

Moons Hand landete blitzschnell auf Simons. Es schien tatsächlich so, als habe er das ganze Jahr nur für diesen einen Augenblick gelebt.

Neferti, Salomon und Nin-Si schlugen ebenfalls ein. „Für Moon!", riefen sie aus, und der Indianer strahlte vor Glück.

Nur Caspar blieb schweigend unter der Treppe sitzen und wandte den Blick von den anderen ab.

Unter Feinden

Moons lautes Lachen schallte über das gesamte Schiffsdeck. „Da hätten wir uns vorhin die Mühe nicht machen müssen!“, rief er aus. „Nun können wir die Maschine wieder nach oben ziehen!“ Mit Salomon an der Seite ging er über das Schiffsdeck, um über das dicke Tau an der Backbordseite die Zeitmaschine nach oben zu befördern.

Salomon lachte. „Jetzt weiß ich wieder, was mir gefehlt hat in der letzten Zeit. Endlich können wir mit deiner Hilfe, Simon, den Kampf gegen den Schattengreifer erneut aufnehmen und uns wieder füreinander starkmachen.“

„Awanyanka heißt das in meiner Sprache“, erklärte der Indianer. „Füreinander da sein. Awanyanka ahokipa – füreinander da sein, einander beschützen. Wunderbare Sprache, oder?“

Salomon nickte. „Es klingt jedes Mal, als ob du singst.“

„Meine ganze Kultur ist wie ein einziges Lied. Oh, mir fehlt mein Land. Meine Freunde. Meine Familie.“

„Vielleicht nicht mehr lange“, erwiderte Salomon und zwinkerte Moon zu, während die beiden an dem Tau zogen.

Neferti und Nin-Si standen an der offenen Bodenluke und achteten darauf, dass die Zeitmaschine unbeschadet an Deck kam.

Simon hingegen trat auf die Kajüte zu, den Blick fest auf Caspar gerichtet, der noch immer schmollend unter der Treppe saß. Während der ganzen Zeit, in der die anderen Pläne geschmiedet und sich gegenseitig motiviert hatten, hockte er dort und gab keinen Ton von sich.

Simon machte sich ernsthaft Sorgen um den Neuen. Wenngleich er ihn auch nicht einschätzen konnte, eins stand für Simon bereits jetzt fest: Caspar war ein merkwürdiger Mensch.

„Alles in Ordnung bei dir?“, fragte Simon ihn, als er die Treppe erreicht hatte.

Caspar gab nur ein leises Brummen von sich.

„Sag schon, was mit dir los ist“, bohrte Simon weiter nach. „Das alles ist doch bestimmt sehr verwirrend für dich.“

Doch wieder erhielt er nur ein Brummen als Antwort.

Simon seufzte. „Aber …“

„Worte sind nutzlos“, stieß Caspar hervor. „Was soll denn nur immer das ewige Gerede?“ Doch wenigstens blickte er jetzt zu Simon auf.

„Weißt du, wir alle haben uns am Anfang schwergetan auf dem Schiff …“

Caspar war mit einem Sprung auf den Füßen, alle Muskeln angespannt. „Was genau willst du von mir?“

Am liebsten wäre Simon auf dem Absatz umgekehrt und hätte den Neuen stehen lassen. Caspar hatte bestimmt Schreckliches durchlebt. Aber seine schroffen Antworten halfen ihm jetzt auch nicht weiter. Salomon und Moon wären für etwas Hilfe an dem Tau sicher dankbar gewesen. Und hier verschwendete Simon seine Zeit, nur um sich angiften zu lassen. Dennoch wagte er einen letzten Vorstoß: „Ich sehe doch, dass es dir nicht gut geht, und wollte dir meine Hilfe anbieten. Etwas belastet dich. Was ist es? Das, was du erlebt hast? Oder diese fremde Zeit, Moons Vergangenheit, in die wir reisen wollen? Ich kann dir davon erzählen. Ich habe mich schlaugemacht über die Epochen. Und in Moons Vergangenheit kenne ich mich richtig gut aus. Wenn es das ist, was dir Angst macht, dann …“

Blitzschnell zückte Caspar ein Messer und kam auf Simon zugesprungen. „Sag nicht, dass ich Angst habe“, raunte er ihm zu, während er die Messerspitze an Simons Bauch hielt. Die überraschten und empörten Reaktionen der Zeitenkrieger auf dem Deck interessierten Caspar anscheinend nicht. Gerade war der Mechanismus des Flaschenzuges eingerastet und die Zeitmaschine sicher an Deck. Eilig liefen die übrigen Zeitenkrieger zu Simon und Caspar hinüber.

„Was ist denn mit euch los?“

Caspar beachtete sie nicht. Er hielt weiterhin das Messer vor Simons Bauch. „Sag niemals wieder, ich hätte Angst. Niemand nennt mich einen Angsthasen. Verstanden? Ich, Caspar, ängstige mich vor gar nichts.“

Simon verschlug es die Sprache. Mit dieser heftigen Reaktion hatte er – wie seine Freunde auch – niemals gerechnet. „Ich hab's doch nur gut gemeint“, versuchte er eine Erklärung, doch Caspar winkte ab. „Ich brauche niemanden, der es gut mit mir meint. Ich kann sehr gut allein auf mich achten. Hast du das jetzt endlich verstanden?“

Simon nickte stumm, und Caspar zog das Messer zurück.

In diesem Moment zerrte Neferti Caspar am Arm. „Hast du deinen Verstand verloren? Bist du …“

Caspar zog schon wieder reflexartig sein Messer in die Höhe, doch Simon kam ihm zuvor und zog Neferti an sich.

„Lass ihn“, warnte er sie. „Das ist seine Sache. Wenn er sich nicht helfen lassen will, ist das seine eigene Entscheidung.“

„Ich – ich verstehe nur nicht …“

„Ich verstehe es ja auch nicht“, erwiderte Simon schnell. „Wir sollten ihn einfach in Ruhe lassen, wenn es das ist, was er will.“

Neferti funkelte Caspar noch einmal wütend an, dann wandte sie sich ab. Doch schon im nächsten Moment drehte sie sich wieder zu Caspar um: „Wie kannst du es wagen, einen von uns anzugreifen? Wir werden alle auf diesem Schiff festgehalten und sollten füreinander da sein!“

Caspar sah sie nur wortlos an, was Neferti noch mehr aufbrachte. „Sag mir: Stehst du überhaupt auf unserer Seite? Oder bist du auf der des Schattengreifers?"

Wieder gab Caspar keine Antwort.

Neferti ließ nicht locker: „Los, sag schon: Bist du einer von uns?"

Caspar sah ihr fest in die Augen, dann steckte er das Messer in seinen Gürtel und wandte sich nun seinerseits wortlos ab.

Neferti setzte bereits zu einem weiteren Angriff an, als Simon ihr zuvorkam: „Lasst uns lieber die Zeitmaschine weiter vorbereiten", schlug er vor. „Salomon hat recht mit dem, was er vorhin sagte: Wir sollten keine weitere Zeit verlieren." Er ging zu der Maschine und blies den Staub aus den Mulden des Tisches. Doch es fiel ihm sehr schwer, so zu tun, als berühre ihn das alles nicht, was gerade geschehen war.

Er schlief.

Und zum ersten Mal seit Jahrtausenden träumte er auch wieder.

Bilder entstanden vor seinem inneren Auge. Vertraute Bilder.

Erinnerungen.

Spiegelungen aus der Vergangenheit.

Eine weiße Schneedecke. Schier unendliche Weiten, mit Schnee bedeckt. Nur hin und wieder war ein knorriges Gebüsch oder ein kahler Baum in dem Weiß zu sehen.

Er wusste, wohin dieser Weg führte. Er war ihn selbst schon einmal gegangen. Sogar jetzt, in seinem Traum, war ihm das bewusst.

Doch plötzlich brach der Traum ab. Die Erinnerung wurde getrübt. Mehrere Fußspuren?

Er zuckte im Schlaf.

War er den Weg nicht allein gegangen damals?

Wieso waren jetzt so viele Spuren hier, und weshalb …

Eine Krähe. Auf einem der Gebüsche.

Sie reckte den Kopf, breitete die Flügel aus und schrie ihm etwas zu. Sie krächzte und nickte mit dem Kopf. Doch durch den eisigen, schneidenden Wind konnte er sie nicht verstehen.

Es war eine seiner Krähen. Sie war groß und hatte einen krummen Schnabel.

Was tat sie hier? Hier in seinem Traum? Hier, in dieser Umgebung?

Sie war damals nicht dabei gewesen.
Noch einmal zuckte er zusammen. Seine Lider vibrierten.
Schon befand er sich nicht mehr in seinem tiefen Schlaf.
Die Krähe schrie erneut auf. Lauter als zuvor. Eindringlicher.
Und jetzt verstand er.
Augenblicklich riss er die Augen auf und erhob sich mit einem Ruck von seinem Lager.

Die beißende Kälte war das Erste, was Simon spürte, als er wieder zu sich kam. Die Benommenheit, die er auch schon zuvor nach den Zeitreisen verspürt hatte, wich schnell aus seinem Körper.

Ein eisiger Wind fuhr ihm unter die Kleidung und schnitt in seine Haut. Schlotternd zog er sich zusammen, legte sich auf die Seite und umfasste mit den Armen seine Knie, was ihm jedoch nicht leichtfiel. Jede noch so kleine Bewegung kostete ihn übermäßige Anstrengung. Alles an ihm schien vor Kälte erstarrt zu sein. Selbst seine Augenlider fühlten sich an, als seien sie eingefroren. Es strengte ihn an, sie zu öffnen.

Langsam löste er sich aus seiner gekrümmten Haltung. Er setzte sich auf und ließ seinen Blick umherschweifen. Nebliger Rauch bildete sich bei jedem Atemzug vor seinem Gesicht.

Der Himmel war grau überzogen. Ein unangenehmes winterliches fahles Grau, das allem herum die Farbe zu nehmen schien.

Von der Reling hingen dünne Eiszapfen herab. Und eine spiegelnde Fläche hatte sich auf dem Holz des Decks gebildet.

Die Segel waren gesetzt. Der eisige Wind verfing sich in dem Stoff und versuchte, die von der Feuchtigkeit starren Segel aufzublähen. Jeder Windstoß wurde vom Mast mit einem lauten Knarren beantwortet. Das ganze Schiff ächzte. Es schien beinahe so, als wehre es sich gegen den Mantel aus Eis, der ihm umgelegt worden war.

Neferti ließ unter Bibbern und Zittern die Truhe los, die ihr während der Zeitreise Halt geboten hatte. Ihr als Ägypterin setzte die Kälte sicherlich weitaus mehr zu als Simon, der verschneite Winter gewohnt war.

Er blickte sich nach Nin-Si und Salomon um, die sich gemeinsam an den Vordermast geklammert hatten und gerade dabei waren, sich die Eiskrusten von den Kleidern zu schlagen, die sich auf ihnen gebildet hatten.

Caspar kauerte unter der Treppe zum Kajütdach und hielt sich mit verzerrtem Gesichtsausdruck den Kopf. Simon konnte sich ein Lächeln nicht verkneifen. Es brauchte eben einige Zeitsprünge, bis der Körper sich an diese Strapazen gewöhnte.

Schließlich suchten Simons Augen den Platz auf, an dem sich Moon vor dem Aufbruch befunden hatte. Mit klopfendem Herzen schaute Simon zur Bugfigur. Das Letzte, was er gesehen hatte, bevor die Wassermassen über dem Schiff zusammengebrochen waren, war Moons freudiges Lächeln gewesen. Ungeduldig und voller Vorfreude hatte er sich an eines der Taue gehängt, die neben der Bugfigur an der Reling festgemacht waren.

Nun hingen die Taue schlaff herunter. Moon war nicht mehr da. Der Zauber hatte gewirkt. Die Zeitmaschine hatte ihren Dienst verrichtet: Sie waren in Moons Zeit angekommen, und er befand sich in diesem Moment bei seiner Familie. Simon beschlich wieder dieses merkwürdige Gefühl bei dem Gedanken, dass Moon sich nicht mehr an sie erinnern würde. Dass er seine Freunde gar nicht kannte. In dieser Zeit – in seiner Zeit.

Ein Gefühl der Hoffnung machte sich in Simon breit. Aber auch Aufregung. Würden sie Moon rechtzeitig finden? *Bevor* der Schattengreifer in sein Leben trat?

Simon lief zur Zeitmaschine. An ihr hing ebenfalls Eis. Die Sanduhr war gänzlich damit überzogen.

Simon hauchte gegen das untere Glas und rieb so lange daran, bis er endlich etwas erkennen konnte: Der rote Sand darin rieselte bereits. Ihre Zeit hier war nur begrenzt. Nur etwa eine Tageslänge blieb ihnen, um Moon zu retten.

Simon stellte sich an die Reling. So also sieht der „Wilde Westen“ aus, dachte er nur und lachte. Das alles hatte kaum etwas gemeinsam mit den Bildern, die er aus Filmen oder Büchern kannte. Keine sengende Hitze über Steppe und Prärie. Keine Wildpferde, die über die Weiten stoben, und auch keine Kuhherden, die von pfeifenden und brüllenden Cowboys durch die Landschaft getrieben wurden. Nur Hügelformationen, auf denen sich gelegentlich abgestorbene Büsche oder entlaubte Bäume zeigten. Eine dünne Schneedecke, aus der die Spitzen brauner Grashalme herausschauten, ließ die gesamte Gegend wie schlafend erscheinen.

Aber Simon war keineswegs überrascht. Er hatte mit diesem Anblick gerechnet. Aus den Lexika der Bibliothek wusste er, dass sie sich nicht im Sommer des „Wilden Westens“ befanden, sondern dass es gerade Dezember war. Und im Winter gab es nun einmal keine Rinder jagenden Cowboys in der Steppenhitze.

Der Seelensammler knarrte erneut. Winzige Eisbrocken, die auf der Wasseroberfläche schwammen, kratzten an seiner Hülle. Sie trieben auf einem schmalen Fluss, der viel zu eng für dieses riesige Schiff war.

„Und nun?“ Salomon war neben Simon aufgetaucht. Er hielt die Hände dicht an seinem Oberkörper, um die Kälte abzuwehren, doch sein Zittern zeigte, dass ihm das nicht viel nützte.

„Irgendwo da draußen ist Moon und braucht uns.“

„Und wo sollen wir mit der Suche beginnen? Rund um uns herum gibt es nur eisigen Wind und dünnen Schnee. Welche Richtung sollen wir einschlagen?“

Simon dachte nach. All sein Wissen, das er sich angeeignet hatte, nützte ihm im Moment wenig. Zwar hatte er die Karte von Süd-Dakota direkt vor Augen, doch er wusste ja nicht, wo genau sie gelandet waren. Er …

Ein knarrendes Geräusch ließ die beiden Jungen herumfahren. Die Zeitmaschine bewegte sich. Nein, etwas *an* der Zeitmaschine bewegte sich. Simon und Salomon liefen darauf zu.

Es war die Raubtierkralle an dem goldenen Bügel, die sich bewegte. Zitternd rührte sie sich erst zur einen, dann zur anderen Seite, bis sie unvermittelt stehen blieb.

Salomon ging näher heran. „Was hat das zu bedeuten?"

„Sie zeigt nach Nordwesten", gab Simon zur Antwort. „Vielleicht sollten wir in dieser Richtung mit unserer Suche beginnen."

Nun kam Nin-Si auf die beiden zu. „Bist du sicher?", fragte sie misstrauisch. „Wer sagt dir, dass es nicht die Magie des Schattengreifers ist, mit der er uns verwirren will? Vielleicht sitzt er gerade in seiner Welt und bewegt von dort aus diese Kralle, um uns in die Irre zu führen."

Simon verzog das Gesicht. „Das ist gut möglich. Dennoch, ich bin dafür, dass wir es in dieser Richtung versuchen. Der Fluss führt in dieser Richtung ohnehin nach Nordwesten, und irgendwie müssen wir ja beginnen."

„Das sehe ich auch so", stimmte ihm Neferti zu, und als auch Salomon nickte, gab sich Nin-Si geschlagen. „Aber lasst uns vorsichtig sein", bat sie.

Simon rannte auf das Dach der Kajüte und nahm das Steuerrad in die Hand. Mit all seiner Geschicklichkeit versuchte er, das Schiff den schmalen Fluss entlangzusteuern. Ganz gewiss trug der Lauf des Flusses in diesen Monaten mehr Wasser als in den Sommermonaten. Dennoch stieß Simon immer wieder mit dem Schiff an oder kratzte an Steinen entlang, die er unter der

Wasseroberfläche nicht entdecken konnte. Der Seelensammler knarrte mehrmals so laut, als würde er aufschreien.

Schließlich gab Simon auf. „Ich fürchte, wir müssen zu Fuß weiter", sagte er seufzend und vertäute das Steuerrad. „Ich kann sonst nicht für das Schiff garantieren."

„Wie weit werden wir wohl laufen müssen?", erkundigte sich Salomon, doch Simon machte nur ein ratloses Gesicht. „Wir sollten uns auf einen längeren Marsch einstellen."

„Na, dann müssen wir uns aber wärmer anziehen", sagte Salomon und seufzte ebenfalls. „Mal schauen, was wir finden."

Gemeinsam kletterten sie in den Mannschaftsraum im Schiffsbauch. Dort suchten sie alle Decken und Kleidungsstücke zusammen, die sie finden konnten, um sich gegen die Kälte zu schützen.

Neferti reichte Simon das blaue Hemd, mit dem sie in seine Heimat gelangt waren. Simon zog es an – es passte perfekt.

„Und es ist wirklich nicht deines?", hakte Neferti nach.

Simon schüttelte den Kopf. Es war ihm etwas unangenehm, dieses Hemd zu tragen. Es barg ein Geheimnis, und das machte es unheimlich.

Warum nur hatte er sich keine Wintersachen mitgenommen, in der Nacht, als er von zu Hause zum Schiff gerudert war? Er hatte doch gewusst, dass er möglicherweise in den Winter des Jahres 1890 reisen würde.

Schließlich fanden sie sich auf dem Schiffsdeck ein. Alle hatten sich in mehrere Lagen Decken und Kleidung gehüllt. Alle, bis auf Caspar.

„Ich gehe nicht", verkündete er knapp.

„Bist du sicher? Du könntest doch …" Simon verstummte. Vor seinem geistigen Auge sah er wieder das Messer aufblitzen, mit dem Caspar ihn in der ersten Nacht auf dem Schiff willkommen geheißen hatte. Es war gewiss besser, Caspar nicht umzustimmen.

„Dies ist euer Kampf", sagte der auch nur knapp. Dann ging er wieder in den Mannschaftsraum hinunter.

„Ich weiß wirklich nicht, was ich von ihm halten soll", brachte Neferti hervor.

„Ich auch nicht. Aber darüber können wir uns später Gedanken machen", erwiderte Nin-Si. „Lasst uns Moon suchen!"

Einer nach dem anderen verließen sie das Schiff. Der Seelensammler lag so dicht am Flussufer, dass die vier leicht vom Ende der Strickleiter auf das Land springen konnten.

Die dünne Schneedecke knirschte unter ihren Füßen. Eingehüllt in ihre Decken und Stoffe und mit einem Rucksack voller Proviant, den Salomon eilig gepackt hatte und nun auf dem Rücken trug, kamen sie nur mühsam voran. Der eiskalte Wind machte ihnen zu schaffen, und die Kälte kroch ihnen bald unter ihre dicke Stoffhaut.

Simon führte wieder die Gruppe an, was ihm dieses Mal allerdings nicht recht war. Weil er ihnen erzählt hatte, dass er viel über das Massaker wusste, aus dem heraus Moon gerettet worden war, hatten die Zeitenkrieger ihm wieder die Führung überlassen. Zwar wusste Simon tatsächlich eine Menge über das, was sie erwartete, doch er hatte keine Ahnung, ob sie sich auf dem richtigen Weg befanden. Woran hätte er sich auch orientieren sollen?

So versuchte er nur, die nordwestliche Richtung entlang des Flusslaufs beizubehalten.

Gewiss waren schon einige Stunden vergangen, als Salomon keuchend vor Erschöpfung bat: „Simon, kannst du uns etwas über das verraten, worauf wir gerade zugehen? Was genau wird dort geschehen am – wie sagtest du heißt das? *Wounded Knee*?"

Simon war seinem Freund dankbar für diese Frage. Schweigend hintereinander herzugehen und dem Wind zu trotzen, ließ sie nur ihre Übermüdung und Kraftlosigkeit spüren. Vielleicht war es wirklich das Beste, die anderen ein wenig vorzubereiten.

Also erzählte Simon seinen Freunden alles, was er über das Massaker am *Wounded Knee* gelesen und gelernt hatte.

„Heute ist einer der bisher schrecklichsten Tage in der Geschichte dieses Landes. Unzählige Kriege, Schlachten und Streitigkeiten sind dem vorausgegangen. Auseinandersetzungen zwischen Indianern und Weißen und auch zwischen verschiedenen Indianerstämmen untereinander. Wir bewegen uns gerade in einer Zeit, in der die Menschen voller Angst und Hass sind. Unterdrückung und Missverständnisse machen alles immer schlimmer – bis es zur Katastrophe kommt. Heute, am 29. Dezember 1890."

„Was genau wird geschehen?", hakte Salomon nach.

„Das Land war von den Weißen in Reservate aufgeteilt worden, in denen die Indianerstämme leben mussten. Wie gesagt: Es hatte Kriege gegeben. Die Ureinwohner Amerikas hatten sich dagegen gewehrt, von dem Land vertrieben zu werden, in dem bereits ihre Vorfahren gelebt und gejagt hatten. Vor allem boten die Reservate keine gute Grundlage für ihr Leben. Jagen konnten sie dort nicht. Und auf dem harten Boden konnten sie kein Getreide anbauen. Doch all ihr Widerstand nützte nichts. Gegen die Waffen und gegen die Verschlagenheit der Weißen hatten die Indianer keine Chance. Immer mehr Indianerhäuptlinge unterwarfen sich mit ihrem Volk den Gesetzen der Weißen und zogen wieder in die Reservate. Verzweifelt und in ihrem Stolz verletzt waren sie. Aber sie mussten nicht nur ihre Heimat verlassen, nein, auch lang überlieferte alte Traditionen, ja sogar ihre Religion, wurden ihnen dadurch genommen. So stand es in den Büchern. Ich könnte euch die Artikel auswendig zitieren, so oft habe ich sie gelesen.

Ein Indianervolk allerdings wehrte sich bis zuletzt: die Sioux-Indianer, zu denen auch die Lakota gehören."

„Moons Stamm", warf Neferti ein.

„Genau. Moons Familie. Sie leisteten bis zuletzt Widerstand. Sie wollten ihr Land an den *Black Hills* nicht verlassen. Sie kannten die Reservate. Viele hatten sogar versucht, dort zu leben. Doch vergeblich. Es war dennoch wieder zu Kriegen gekommen. Und wieder unterlagen die Indianer den Soldaten der amerikanischen Kavallerie. Als schließlich am 15. Dezember einer der obersten Häuptlinge, Sitting Bull, in einer Schlacht erschossen wurde, da verloren die Indianerstämme ihren Mut. Sie gaben den Widerstand auf. Das 7. US-Kavallerieregiment ..."

Plötzlich stockte Simon. Aus dem Augenwinkel heraus war ihm etwas aufgefallen. Eine Bewegung. Kurz nur, doch ausreichend, ihn aufmerksam werden zu lassen.

Er hob den Kopf, denn während seiner Rede hatte er unentwegt auf den Boden vor sich gestarrt.

Noch immer wanderten sie über eine schneebedeckte, eintönige Landschaft. Grau und Weiß, wohin man blickte. Aus dem pulverigen Schnee und den braunen Grasspitzen am Boden erhoben sich nur dann und wann einige Gebüsche. Nackte Sträucher bloß, an denen schon lange Zeit kein Laub mehr hing. Diese Gewächse ließen die ganze Gegend tot erscheinen. Wie

Teile eines vergessenen Skelettes standen sie in der Trostlosigkeit dieser Ebene.

Simons Blick fiel auf einen solchen Strauch zu seiner Linken, nur einige Schritte von ihm entfernt. Er entdeckte eine Krähe, die oben auf einem der abgestorbenen Äste saß. Die Krähe blickte zurück. Es schien, als starre sie die Gruppe der Jugendlichen aufmerksam an.

Das Tier erinnerte Simon an die Krähe im Seelensammler. An eine der größeren Krähen. Die mit dem krummen Schnabel.

Der Vogel behielt die Gruppe im Auge, aber Simon beschloss, sie vorerst zu ignorieren, und nahm seine Rede von vorhin wieder auf: „Das 7. Kavallerieregiment rückte an, um die Lakota-Indianer in ihr Reservat zu führen und ihnen ihre Waffen abzunehmen", erklärte er, während er seine Freunde weiter den Weg entlangführte.

„Ihnen sollten die Waffen abgenommen werden?", hakte Nin-Si nach. „Das ist es doch, was Moon uns erzählt hatte. An diesem Tag kam es zu dem fürchterlichen Blutbad."

Simon nickte. „Die Soldaten der Kavallerie hatten das Lager der Indianer umstellt und ließen sich deren Waffen bringen. Die Situation war sehr angespannt, als ein Indianer nach dem anderen hervortrat und sein Gewehr und sein Messer auf die Erde legte. Doch die Soldaten waren nicht zufrieden mit der Anzahl der Waffen, die ihnen die Indianer aushändigten. Also begannen sie, die Indianer abzutasten. Nur widerwillig ließen diese es zu, und die Stimmung drohte zu kippen.

Noch immer gaben sich die Soldaten nicht mit dem zufrieden, was sie an Waffen zusammenbekommen hatten. Also gingen sie in die Zelte der Indianer, um dort zu suchen. Die Nerven lagen blank.

Dann geschah das Unglück. Einer der Indianer, Black Coyote, besaß ein Gewehr, auf das er sehr stolz war und wofür er sehr viel bezahlt hatte. Er war nicht bereit, es den Weißen einfach so auszuhändigen. Ein Soldat wollte es ihm entreißen. Er rang mit dem Medizinmann um das Gewehr. Und dann löste sich ein Schuss.

Ihr könnt euch denken, was nun geschah. Aus allen Ecken und Winkeln wurde geschossen. Die Angst voreinander und die Wut aufeinander – all das entlud sich in dieser Sekunde. Doch die Indianer waren ja entwaffnet und konnten sich kaum wehren. Und die Schüsse hörten nicht auf. 350 Indianer verloren ihr Leben. Männer, Frauen und Kinder – sie alle wurden regelrecht hingerichtet."

Nin-Si wandte sich ab. „Wie schrecklich!"

„Ja. Alles geschah wegen dieses einen Versehens. Nur weil sich dieser Schuss aus Black Coyotes Gewehr gelöst hatte, kam es zu der Tragödie. Aus Angst und in Panik wurde geschossen. Es trat erst Ruhe ein, als die Soldaten sicher waren, dass …"

Plötzlich stockte Simon erneut. Rechts von ihm hatte er eine zweite Krähe entdeckt, die ebenfalls auf einem ausgedorrten Strauch saß und scheinbar angestrengt zu ihnen herüberblickte.

„Hast du was?" Neferti sah nun gleichfalls in die Richtung der zweiten Krähe.

„Ich weiß nicht genau", war Simons Antwort. „Ich habe …"

Eine dritte Krähe! Auf dem Ast eines Gebüsches vor ihnen. Normalerweise hätte Simon keine Notiz von den Tieren genommen. Er hätte vermutet, dass sie hierher gehörten. Doch die Ähnlichkeit des ersten Vogels mit der Krähe auf ihrem Schiff und die Tatsache, dass alle diese Krähen sie anstarrten, ließen das Ganze unheimlich erscheinen.

Da – eine vierte und eine fünfte Krähe. Die beiden saßen nebeneinander auf einem weiter entfernten Gebüsch. Und sie starrten zu den Freunden hinüber.

Simon blieb stehen und bedeutete auch den anderen innezuhalten. Gerade kam eine weitere Krähe angeflogen und landete auf einem der Sträucher, die unmittelbar vor ihnen aus dem Schnee aufragten. Simon erkannte den Vogel sofort. Er war groß gewachsen und hatte einen auffällig nach vorn gekrümmten Schnabel. Kein Zweifel: Dies war tatsächlich die Krähe aus dem Mastkorb des Seelensammlers. Sie war ihnen nachgeflogen, während Simon geredet hatte.

Simon stand im Schnee und fixierte mit seinen Blicken die Krähe. Und diese blickte zurück. Stumm.

Starr.

Bis sie plötzlich einen Schrei tat. Sie riss den Kopf nach oben und durchbrach krächzend die Stille des Ortes. Und wie ein tausendfaches Echo hallte es krächzend hinter den Freunden zurück. Die Zeitenkrieger fuhren erschrocken herum. Nin-Si schrie entsetzt auf. Neferti krallte sich an Simons Arm.

Krähenaugen, wohin sie auch blickten. Hinter den Freunden hatten sich unzählige Krähen versammelt. Federn und Flügel, so weit sie nur blicken konnten. Auf den Gebüschen, auf dem Boden – die Ebene schien von Krähen vollkommen bedeckt zu sein. Der Schnee war kaum noch zu erkennen. Die Freunde erblickten nur noch spitze Schnäbel, schwarze Federn und starrende Augen.

Das Schreien und Krächzen der Vögel hallte über die gesamte Ebene. Nin-Si hielt sich die Ohren zu. „Was wollen die von uns?“

Die vier rückten dichter zusammen. Doch im gleichen Moment ging ein Ruck durch die Vogelmassen am Boden, und sie bewegten sich nach vorn. Der Lärm ihres Geschreis verstärkte sich und hallte schmerzhaft in den Ohren der Freunde.

Bis sich eine raue Krähenstimme mit einem lauten Aufschrei durchsetzte und die Vögel augenblicklich verstummen ließ.

Die Krähe mit dem krummen Schnabel hatte die anderen zum Schweigen gebracht, und eine unheimliche Stille breitete sich aus. Die Krähe saß, als scheinbar oberste der Krähen, noch immer auf ihrem Ast, den Blick fest auf die Freunde gerichtet. Dann plötzlich ruckte sie mit dem Kopf, tat einen erneuten Schrei, und in diesem Moment kam Bewegung in die Vogelmassen. Die Krähen, die sich hinter den Freunden postiert hatten, erhoben sich mit lautem Flügelschlagen. Sie flogen um die Köpfe der vier und ließen sich direkt vor ihnen bei der obersten Krähe nieder. Die Vögel reihten sich vor ihnen zu einer dunklen, bedrohlichen Wand auf und versperrten so den Jugendlichen den Weg. Die Freunde waren wie eingekesselt. Die Krähen hatten sich vor ihnen und zu ihren Seiten versammelt.

Simon drehte den Kopf. Einzig der Weg zurück war frei. Die Krähen hatten eine regelrechte Sackgasse gebildet.

Die Botschaft war klar und eindeutig: Kehrt um!

Wie ruhig es hier war ohne die anderen. Einzig der Wind war zu hören, wie er sich pfeifend in den Ritzen und Ecken des Schiffes verfing oder wie er in die gerafften Segel fuhr und die zusammengeknoteten Stoffbahnen rumpelnd aufbäumen ließ.

Caspar stand grübelnd auf dem Schiffsdeck. Zum ersten Mal war er allein an Bord, und diese fast greifbare Ruhe bedrückte ihn. Normalerweise wären die anderen jetzt ebenfalls an Bord. Sie würden miteinander sprechen. Vielleicht würden sie auch miteinander schweigen. Egal. Es wäre zumindest jemand hier.

Noch nie zuvor hatte sich Caspar so einsam gefühlt. So fehl am Platz.

Doch das Gefühl des Alleinseins wich schnell einer unbändigen Wut. Einer Wut, wie er sie sehr gut kannte.

Sollten die anderen doch zum Teufel gehen und ihn hier zurücklassen! Was kümmerte es ihn? Keiner von den anderen hatte ihn bisher verstanden. Sie verhielten sich zwar, als ob sie zueinander gehörten, doch in Wahrheit dachte jeder nur an sich! Ähnlich wie seine Freunde in dem Kinderkreuzzug. Stets war davon geredet worden, dass alle zusammenhalten würden. Dass sie Jerusalem befreien und gemeinsam eine neue Heimat aufbauen würden. Doch was war geschehen? Kaum hatte ihr Anführer am Meer versagt, ließen sie ihn stehen und wandten sich ab. Das Meer hatte sich nicht geteilt, aber ein tiefer Riss war durch die Gruppe der Mädchen und Jungen gegangen. Und mit einem Mal waren die Schwüre und Versprechen der ganzen Wochen und Monate vergessen gewesen. Caspars sämtliche Freunde hatten den Rückweg angetreten. All sein Bitten, all sein Flehen, hatten nichts genützt. So hatte sich Caspar einer anderen Gruppe angeschlossen und war mit ihnen weitergezogen, ihrem schrecklichen Schicksal entgegen.

Nun saß er genauso hilflos auf diesem Boot fest wie einst am Strand. Wieder hatte man ihn zurückgelassen. Wieder war die Gruppe ohne ihn losgezogen.

Ach was! Er brauchte sie alle nicht. Er konnte auf sich selbst achten. Er war Caspar. Der geschickte Caspar. Der Mutige. Er konnte sehr gut allein zurechtkommen und … wenn es darauf ankam … er … er …

Hastig rannte er an die Reling. „Ich brauche euch nicht!“, rief er in die Stille der verschneiten Landschaft. „Geht doch!

Geht! Rettet den Indianer. Gebt ihm sein Leben in Angst zurück. Ich kann hier allein … Ich …“

Seufzend ließ er sich auf das Deck fallen. Tränen standen ihm in den Augen. Wem versuchte er hier etwas vorzumachen? Er war allein. Unverstanden. Einsam in seiner eigenen Welt und einsam in dieser Welt. Er sollte damit aufhören, anderen zu vertrauen. Er sollte seinen eigenen Weg gehen. Allein. Und sich damit abfinden. Freundschaften hatten ihm bisher immer nur Enttäuschungen gebracht.

Ein plötzlicher Schrei ließ ihn zusammenfahren. Aus dem Korb des vorderen Mastes erhob sich die kleine Krähe mit wildem Geflatter. Sie kreischte erst auf, dann flog sie mit hektischen Flügelschlägen über das Festland, in die Richtung, in die Simon vor Stunden mit den anderen losgezogen war.

Caspar sprang auf die Füße und blickte der kleinen Krähe nach, bis sie hinter einer Anhöhe seinem Blickfeld verschwunden war.

Ihr Krächzen hatte ihn aus seiner Grübelei und aus seiner Regungslosigkeit aufgeschreckt. Nun kam wieder Leben in ihn. Er musste etwas tun. Endlich sollte alledem ein Ende gesetzt werden. Caspar hatte einen Entschluss gefasst. Er würde sich alleine durchschlagen.

Er blickte sich um. Dieses Schiff … das war alles, was er im Moment besaß.

Vielleicht sollte er … Bei diesem Gedanken blieb ihm beinahe das Herz stehen. Vielleicht sollte er sich mit diesem Schiff davonmachen. Er könnte in eine Zeit reisen, in der es ihm besser gehen würde. In der er endlich ein Leben aufbauen könnte, das ihm gefiel. Vielleicht konnte er sogar Schildknappe werden. Oder noch mehr.

Das Leben hatte Caspar übel mitgespielt. Nichts war ihm bisher geschenkt worden. Nichts – bis auf dieses Schiff hier. Das war seine Wiedergutmachung für all die Enttäuschungen, die er hatte erleiden müssen.

Und die anderen? Nur einen kurzen Moment dachte er an Simon und die Zeitenkrieger. Sie hatten ihm seine Hoffnungen genommen – nun nahm er ihnen ihr Schiff. Das war gerecht.

Wie im Fieber trat Caspar an die Zeitmaschine heran. Das Herz in der Glaskugel begann zu zittern. Es blähte sich gerade auf.

Das Herz des Schattengreifers, durchfuhr es Caspar. Würde der Magier ihn nicht finden? Konnte ein Junge überhaupt der Macht des Schattengreifers entkommen?

Caspar schüttelte diese Gedanken schnell ab. Dies war seine Chance. Ein neues Leben wartete auf ihn. Und er wollte nicht mehr zögern.

Er würde diese Reise antreten.

Eine Reise in ein besseres Leben. In ein Leben, wie er es sich immer erträumt hatte.

„Diese Blicke", brachte Nin-Si plötzlich hervor. „Diese Blicke sind nicht zum Aushalten. Es macht mich verrückt. Diese Krähen schauen uns an, als wollten sie …"

Salomon nahm sie an der Hand. „Schau nicht in ihre Augen, Nin-Si. Lass uns versuchen …"

Die oberste Krähe reckte sich plötzlich. Sie streckte die Flügel weit aus und schrie erneut mit ihrem krummen Schnabel auf. Dieses Mal reckte sie sich jedoch nach oben. Gerade so, als wolle sie jemanden rufen. Sie ruckte mit dem Kopf rauf und runter und stieß einen zweiten Schrei aus, lauter noch als der zuvor.

Und plötzlich kam wieder Bewegung in die Krähen. Wieder flogen sie näher zu den Freunden heran und kreisten sie weiter ein. Wie eine Welle aus undurchdringlichem Schwarz bewegten sie sich auf die vier zu.

Neferti blickte ängstlich auf die spitzen Schnäbel. „Was sollen wir tun?"

„Wir haben nicht mehr viel Zeit!", gab Salomon zur Antwort. „Wir können hier nicht stehen bleiben und verharren. Moon wartet auf uns!"

Schnell wandte sich Simon zu ihm um. „Was hast du vor?"

Doch Salomon hörte schon nicht mehr hin. Seine Augen verengten sich zu Schlitzen. „Moon erwartet uns", wiederholte er nur und ließ langsam Nin-Sis Hand los.

„Salomon – was soll das?", rief Simon noch einmal, Salomon trat in dem Moment schon einen Schritt vor. Und wie zur Antwort bewegten die Krähen sich ebenfalls auf ihn zu.

Noch einmal wagte Salomon einen Schritt in Richtung der Krähen, und noch einmal taten es ihm die Krähen nach. Wie ein Echo auf Salomons Bewegung.

Der Junge ballte die Hände zu Fäusten und spannte die Muskeln an.

„Salomon! Nein!", schrie Simon, doch es war zu spät. Salomon stürzte los, auf die Krähen zu. Er hielt die Hände schützend vor die Augen und rannte.

Instinktiv folgten ihm die anderen drei. Doch die Krähen reagierten ebenfalls sekundenschnell. Aus ihren schwarzen Reihen lösten sich Hunderte von Vögeln, die sich nun ihrerseits auf die Freunde stürzten. Mit ihren Schnäbeln hackten die Krähen auf sie ein.

Simon und seine Freunde drohten, in einem Wirbel aus Federn und Schnäbeln unterzugehen. Das Gekreische der Krähen war nahezu unerträglich. Unter der Wucht des Angriffs fielen die Freunde auf die Knie. Salomon versuchte noch, mit dem Proviant-Rucksack nach den Krähen zu schlagen, doch die Vögel ließen ihm keinen Raum, richtig auszuholen.

Das wilde Geflatter und das Gezerre nahmen den vieren die Luft zum Atmen. Schon nach Sekunden waren sie unter der Last der Vögel wie vergraben und spürten nur noch die schmerzhaften Attacken der Schnabelspitzen auf ihrer Haut.

Caspars Blicke schwirrten über die komplizierte Apparatur, von dem goldenen Kompassbogen mit der Raubtierkralle über den Globus und seine kreisenden Planeten bis nach unten zur Sanduhr, die auf der wuchtigen Tischplatte ruhte und durch die noch immer der blutrote Sand rieselte.

Mit seiner rechten Hand fuhr Caspar über die Mulden in der Steinplatte. Seine Linke berührte die Schwerter, die als Zeiger an der Uhr angebracht waren.

Wie bediente man diese Maschine? Wie machte man ihr begreiflich, in welche Zeit man reisen wollte?

Das Herz in der Glaskugel blähte sich noch immer auf, wild zitternd, als wäre es aufgeregt.

Caspar legte seine Hände in zwei Mulden am Tisch und wartete darauf, dass etwas geschah. Doch außer dem Herz regte sich nichts an der Maschine. Also nahm Caspar seine Hände aus den Mulden und streckte vorsichtig einen Finger nach dem Globus aus. Er berührte einen der Kontinente, in der Hoffnung, die Maschine würde ihn verstehen und zu dem Land bringen, das er gerade antippte. Doch noch immer geschah nichts.

Allmählich verlor Caspar die Geduld. Seine Finger legten sich auf die längere der beiden Schwertklingen, auf den großen Zeiger der Uhr. Vielleicht konnte er diesen bewegen. Er drückte auf die Schwertspitze. In diesem Moment fiel das Herz in der Glaskugel mit einem starken Vibrieren in sich zusammen. Das Schiff wurde erschüttert, und Caspar erschrak so sehr, dass seine Hand auf der Klinge abrutschte und er sich tief in den Finger schnitt.

Nun war er mit seiner Geduld völlig am Ende. „So ein Unglück!" Er hieb mit den Fäusten auf die Steinplatte und trat wütend gegen die Maschine.

Jetzt kam Bewegung in das Gerät. Das Zittern des Herzens übertrug sich auf die gesamte Apparatur. Die Zeitmaschine begann zu rotieren. Der Globus schwankte, der goldene Kompass-Bogen neigte sich weit vor, und die Schwerter bewegten sich aufeinander zu, bis sie direkt übereinanderlagen.

Doch das Schlimmste: Der Sand im Inneren der Uhr begann mit größerer Eile zu rieseln. Der kleine Hügel, der sich bisher im unteren Glas gebildet hatte, wuchs in Sekundenschnelle an.

„Nein!", schrie Caspar. Er warf sich vor der Zeitmaschine auf die Knie und presste seine Hände gegen die Sanduhr. „Nicht!"

Aus dem dünnen Rinnsal aus Sand, das bisher durch den engen Zwischenraum geflossen war, bildete sich plötzlich ein wahrer Fluss. Innerhalb von Sekunden wuchs der bisherige kleine Hügel im unteren Glas auf die doppelte Größe an.

„Nein!", schrie Caspar noch einmal aus. „Bitte!"

Er legte beide Hände beschwörend auf das Glas. Und mit einem Mal hielt der Sand inne. Für einen kurzen Moment. Dann rieselte er in seiner gewohnten Ruhe weiter.

Nun liefen Caspar heiße Tränen über die Wangen. Was hatte er getan? Der Inhalt des oberen Glases hatte sich um mehr als die Hälfte entleert. Caspar hatte den Zeitenkriegern mit seiner Wut bestimmt mehrere Stunden gestohlen. Stunden, die sie benötigten, um Moon zu finden. Stunden, die sie benötigten, um wieder auf das Schiff zu gelangen.

Stunden, die sie alle ihr Leben kosten konnten.

Caspar sank in sich zusammen. Wie hatte es nur so weit kommen können? Wie hatte er den anderen das antun können?

Er hatte sie verraten. Er hatte sie schutzlos einer fremden Zeit und einem fremden Land überlassen.

Caspar wäre vor Reue am liebsten gestorben.

Es war ihnen kaum noch möglich zu atmen. Die Federn erstickten sie beinahe.

Die Krallen rissen ihnen die Haut auf. Die hackenden Schnabelspitzen drangen beinahe bis zu den Knochen vor. Zwischen dem Kreischen der Vögel hörte Simon immer wieder die Schreie seiner Freunde.

Sie waren verloren. Selbst wenn sie sich gegen diese Attacke hätten wehren können, es warteten ja noch immer weit mehr Vögel auf die Jugendlichen.

Simon schloss die Augen und machte sich auf das Schlimmste gefasst, als plötzlich …

Das Gekreisch endete so abrupt, dass es den Freunden noch einen Moment in den Ohren nachklang. Mit einem Mal herrschte vollständige Ruhe. Wie auf ein Zeichen hin hatten die Krähen blitzartig von den Jugendlichen abgelassen. Sie erhoben sich stumm in die Höhe, entfernten sich von den Zeitenkriegern und ließen sich hinter den wartenden Vögeln am Boden nieder.

Simons erster Blick galt seinen Freunden. Sie lagen, ebenso wie er, am Boden und rappelten sich langsam auf. Alle vier sahen zum Fürchten aus. Dünne Blutrinnsale liefen ihnen über Arme und Beine. Die Kleidung und die Decken waren zerrissen, und ihre Haare hingen wirr von ihren Köpfen, was gerade bei Nin-Si, die stets auf ihre kunstvoll hochgesteckte Frisur Wert legte, ulkig ausgesehen hätte, wäre die Situation eine andere gewesen. Auch jetzt griff sie sich schnell in ihre langen Haare und bemühte sich mit hastigen Bewegungen, die herabhängenden Strähnen wieder in Form zu bringen, denn eine gute äußere Erscheinung war in ihrer Kultur von größtem Wert.

Simon blickte sich verwundert zu den Krähen um. Was war die Ursache für das plötzliche Ende der Attacke?

Die Vögel hatten ihre Augen nicht mehr auf die Jugendlichen gerichtet. Sie blickten an den Freunden vorbei.

Ruckartig wandte sich auch Simon um, und seine Augen weiteten sich vor Erstaunen. Sie war es, auf die alle Augen gerichtet waren. Dort, wo die Krähen die Gasse offen gelassen hatten, um die Jugendlichen zum Rückzug zu zwingen, saß völlig allein, auf dem toten Ast eines zerschlagenen Baumes, die kleine Krähe des Seelensammlers. Ihre winzigen Augen funkelten ihre unzähligen Artgenossen an. Ihr Blick schweifte über die gesamte Ebene und erfasste wohl jeden einzelnen Vogel, der sich dort aufhielt.

Die anderen Krähen wussten die Situation wohl nicht einzuschätzen. Unsicherheit machte sich unter ihnen breit. Sie traten von einem Fuß auf den anderen, ruckten hektisch mit den Köpfen und ließen die kleine Krähe nicht für eine Sekunde aus den Augen.

Simon war beeindruckt. Wie hatte es dieses kleine Geschöpf, das sich sonst am liebsten in seinem Mastkorb verkroch, geschafft, eine Schar unzähliger aufgebrachter Krähen in die Schranken zu weisen?

Die Unruhe unter den anderen Vögeln wuchs allmählich weiter an.

Schließlich erhob sich die oberste Krähe von ihrem Platz und flog vor den Augen ihrer Artgenossen und der Zeitenkrieger zu der kleinen Krähe hin. Sie ließ sich auf dem toten Ast nieder, öffnete ihren krummen Schnabel und schrie laut auf.

Die kleine Krähe zuckte kurz zusammen, dann wippte sie mit dem Kopf und krächzte frech zurück.

Die große hatte damit nicht gerechnet. Sie hüpfte einen Schritt zurück, begutachtete die kleine Krähe noch einmal, dann stieß sie mit dem Kopf zu und pickte die Kleine in die Seite.

Diese schrie nun ebenso laut auf, doch anscheinend war sie darauf gefasst gewesen, denn schon im nächsten Moment pickte sie zurück. Ein Kampf entstand zwischen den beiden Krähen. Die große hieb immer und immer wieder auf sie ein, doch die Kleine war flinker und geschickter. Es gelang ihr jedes Mal, knapp auszuweichen und in ihrer Bewegung jeden Angriff mit einem blitzschnellen Picken zu erwidern.

Irgendwann wurde es der großen Krähe zu viel. Mit einem Schrei stürzte sie sich auf den kleinen Vogel und packte ihn. Sie stürzten auf den Boden, wo sie sich ineinander verhakten und krächzend herumwirbelten.

„Wir müssen ihr helfen!“, schrie Nin-Si und sprang auf die Füße. „Sie … sie …“

Doch in diesem Moment hatte das Wirbeln ein Ende. Die große Krähe schrie so entsetzlich auf, dass alle um sie herum zusammenfuhren. Wie von Krämpfen geschüttelt bäumte sie sich auf, stieß noch einmal einen gellenden Schrei aus, dann ließ sie von der kleinen Krähe ab.

Diese erhob sich flatternd in die Lüfte.

Ächzend und schnaufend lag die große Krähe im Schnee und streckte beide Flügel von sich.

Die Kleine landete wieder auf ihrem Ast. Sie ließ den Blick noch einmal über die anderen Krähen schweifen und genoss ganz offensichtlich die überraschten Blicke, die auf ihr ruhten. Dann reckte sie sich empor, kreischte, schrie.

Jetzt kam Bewegung in die Massen der Vögel. Ohne einen einzigen Schrei erhoben sie sich nacheinander. Ein schwarzer rauschender Strom flüchtender Vögel umflog den kahlen Baum, auf dem die kleine Krähe sich brüstete, und stob dann in alle Winde davon. Nur Minuten später herrschte völlige Stille auf der Ebene.

Simon erhob sich aus dem Schnee. Freudig lachend rannte er auf die kleine Krähe zu, um sich zu bedanken und ihr zu ihrem überraschenden Erfolg zu gratulieren. Doch die kleine Krähe stieß sich von dem Ast ab und flog davon, bevor Simon sie erreichen konnte.

„Warte!“, schrie ihr der Junge nach. „Ich möchte dir …“

Aber die kleine Krähe ignorierte sein Rufen und flog einfach weiter.

Neferti, Nin-Si und Salomon stellten sich an Simons Seite. Gemeinsam sahen sie dem mutigen kleinen Kerl nach.

„Unglaublich, was?“, stieß Salomon hervor.

„Seht nur!“, rief Neferti und zeigte auf die große Krähe, die versuchte, sich aus dem Schnee aufzurappeln.

Gemeinsam liefen sie zu ihr. Nin-Si streckte ihre Hände aus, um ihr zu helfen, doch die Krähe zuckte zurück und drehte sich zur Seite. Sie hatte vielleicht den Kampf, aber nicht ihren Stolz verloren.

Mühsam stellte sich der Vogel auf. Und unter den Blicken der Umstehenden flatterte sie erschöpft davon.

„Eines ist sicher: Wir sind auf dem richtigen Weg!“ sagte Simon, während er versuchte, den tiefen Riss im Ärmel des blauen Hemdes so zu verknoten, dass der eisige Wind nicht so leicht hindurchfahren konnte. „Denn es gibt jemanden, der versucht, uns von diesem Weg abzubringen.“

Wieder führte er die Gruppe an. Die vier versuchten während des Marsches, notdürftig ihre Wunden zu versorgen. Allerdings war niemand unter ihnen ernsthaft verletzt. Einige Schnittwunden auf der Haut und zahlreiche offene Stellen, die von den Schnäbeln und Krallen rührten. Doch die Wunden waren nicht sehr tief und schmerzten bereits weniger.

„Mir hat das alles eine furchtbare Angst eingeflößt“, gestand Nin-Si ein, und Neferti fügte rasch hinzu: „Ich kann noch immer ihre Schnäbel und Krallen auf meiner Haut spüren.“

„Ich hatte das Gefühl, zu ersticken, als sich immer mehr Krähen auf mich stürzten“, gab Salomon zu. Er hatte gerade einen langen Streifen Stoff aus einer Weste gerissen und band ihn sich um eine offene Wunde am Arm.

„Das allein meine ich nicht“, widersprach Nin-Si. „Ich rede nicht nur von den Krähen vorhin. Was mir richtige Angst bereitet, ist die wachsende Macht des Schattengreifers. Früher konnte er uns mit seinem Zauber nur erreichen, wenn er sich direkt in unserer Nähe befand. Jetzt aber – ihr erinnert euch ja an die Reise, auf die er uns geschickt hatte, nachdem er vom Schiff gegangen war. Und jetzt diese Attacke seiner Krähenschar. Salomon hatte recht: Der Schattengreifer ist wohl weit mächtiger als früher."

Neferti nickte. „Wir müssen auf alles gefasst sein."

Salomon blieb abrupt stehen. „Kommt her", bat er seine Freunde. Sie wandten sich überrascht zu ihm um und stellten sich um ihn herum auf. „Reicht euch die Hände!"

Sie bildeten einen Kreis und schlossen ihn mit ihren Händen. „Ihr dürft eines nicht vergessen." Salomon betonte jedes einzelne Wort. „Der Schattengreifer mag mächtig sein. Überaus mächtig sogar. Aber er darf uns nicht unterschätzen. Wir sind Freunde und halten zusammen. Und gegen echte, ehrliche Freundschaft kann keine Magie der Welt etwas ausrichten."

Nin-Si, Neferti und Simon blickten Salomon gerührt an. Seine Worte taten allen dreien gut und machten ihnen erneut Mut.

„Du hast recht!", gab Neferti zurück. „Gemeinsam sind wir unschlagbar. Zusammen können wir …"

„Pst!", unterbrach sie Simon plötzlich. „Hört ihr das auch?"

Aus der Ferne drangen Geräusche zu ihnen. Gedämpft und leise noch, doch eindeutig zu hören: Rufe und Pferdeschnauben. Jetzt, wo sie stehen geblieben waren und nicht mehr über die knirschende Schneedecke wanderten, konnten sie wahrnehmen, dass nicht weit von ihnen etwas vor sich ging.

„Wir sind wohl kurz vor dem Ziel", flüsterte Simon.

Er presste die Hände fest gegen seine Schläfen, schloss die Augen und richtete seine ganze Konzentration auf die Krähe.
Das Bild des Vogels auf dem Ast des Gebüsches erschien.
Er musste gegen die Erschöpfung ankämpfen, die seinen Körper noch immer lähmte.
Vor seinem geistigen Auge nahm die Krähe weiter Gestalt an: erst ihre Augen, dann der krumme Schnabel und schließlich der gesamte Kopf.
Sie wirkte angeschlagen.
Und verängstigt.
Der Magier drang in ihr Gehirn ein. Er suchte sich seinen Weg in ihre Erinnerungen. Diese sollten ihm zeigen, was geschehen war, nachdem sie ihn im Schlaf gerufen hatte.
Und dann endlich sah er alles vor sich: die Jugendlichen, die Krähenscharen und auch die Attacke der Vögel. Und schließlich entdeckte er die kleine Krähe auf dem Ast eines abgestorbenen Baumes.
Er hörte sie.
Er sah sie.
Er konnte ihren Kampf mit der weitaus größeren Krähe beobachten.
Schließlich schlug der Magier die Augen auf und hieb mit den Fäusten gegen die feuchte Wand.
Er musste verhindern, dass ihm die Kontrolle entglitt.

Er konnte nicht zulassen, dass seine Pläne durchkreuzt wurden. Schnell erhob er sich, die Schmerzen in seinem Körper missachtend, und machte sich auf den Weg.

„*Wounded Knee* kann nur noch wenige Schritte entfernt sein“, flüsterte Simon, und der Gesichtsausdruck der anderen änderte sich schlagartig. Alles an ihnen verriet ihre Anspannung. Die Zeitenkrieger machten sich bereit.

Salomon legte den Rucksack mit dem Proviant hinter einen Strauch. Es befand sich eh kaum noch etwas darin. Die drei Feldflaschen hatten sie bis auf eine geleert. Und von dem Brot, das Salomon hastig eingepackt hatte, lag nur noch ein Stück dicke Kruste in dem Sack. Auch die Decke, die er sich über die Schultern geworfen hatte, legte er dazu. Er wollte, was auch immer geschah, schnell reagieren können. Und da war es besser, sich von dem Ballast zu trennen. Die Aufregung wegen dem, was jetzt kommen konnte, ließ ihn ohnehin alle Kälte vergessen.

Die anderen taten es ihm gleich.

In leicht gebückter Haltung setzten sie ihren Weg fort. Simon ging erneut voran. Seine drei Freunde dicht hinter ihm, wobei sie nun alle vier versuchten, die Ebene rechts und links von ihnen im Blick zu behalten. Noch einmal wollten sie sich nicht überraschen lassen.

Die Geräusche wurden lauter. Schon waren die gedämpften Schritte von Pferdehufen zu vernehmen. Und Stimmen drangen zu ihnen. Aufgeregte Stimmen.

Simon drehte sich zu seinen Freunden um und wies auf die Spitze eines Hügels vor ihnen. „Ich vermute, dort hinten steht gerade Moon.“

Die anderen nickten. Doch dann ging plötzlich etwas Merkwürdiges mit ihnen vor. Neferti, Nin-Si und Salomon sahen Simon über die Schulter, und ihre Augen weiteten sich vor Entsetzen.

„Simon!“, stieß Salomon mit einer Stimme hervor, die Simon das Blut in den Adern gefrieren ließ. Vorsichtig drehte sich Simon um. Langsam. Auf alles gefasst. Und er schrie vor Schreck auf, als er die beiden Soldaten hinter sich sah, die mit gezückten Gewehren auf die Freunde zielten. In der typischen blauen Uniform standen sie da, wie Simon sie aus den Schulbüchern kannte, mit runden goldenen Knöpfen, einem breiten Gürtel und der blauen Mütze auf dem Kopf.

Einer von ihnen hielt Simon die Waffe an den Kopf, der andere zielte auf Salomon, Neferti und Nin-Si.

„Wo wollt ihr denn hin?“ Der Soldat drückte Simon den Lauf seines Gewehres fest gegen die Schläfe.

Es war nicht das erste Mal, dass Simon bedroht wurde. Doch noch immer empfand er angesichts solcher Waffen Angst und Abscheu.

Simon suchte fieberhaft nach einer Antwort. Nach einer Lüge, die er dem Soldaten auftischen konnte. Doch Salomon kam ihm zuvor: „Wir sind auf der Suche nach einem Pferd, das uns verlorengegangen ist“, brachte er blitzschnell hervor, und Simon hätte ihm am liebsten bewundernd auf die Schulter geklopft.

Aber die Lüge zeigte nicht die gewünschte Wirkung.

„Klar“, gab der Soldat in spöttischem Ton zurück. „Auf der Suche nach einem Pferd. Das glaube ich euch aufs Wort. Und dieses Pferd hat sich ausgerechnet hier verlaufen?“

„Warum nicht?“, warf Nin-Si ein. „Was soll denn daran seltsam sein? Was geschieht denn hier, wenn ein Pferd ...?“

Der Soldat spuckte braunen Kautabak in den Schnee. „Das wüsstest du wohl gerne was wir hier veranstalten, was? Bestimmt möchtest du ... Hey!“ Er zog die Waffe von Simons Schläfe zurück und machte einen großen Schritt auf Nin-Si zu.

„Was bist du denn überhaupt für eine?“, fragte er, den Blick fest auf Nin-Sis tiefdunkle Augen gerichtet. „So was wie dich habe ich ja noch nie …“ Seine Augen wanderten zu Neferti. „Und du? Wo kommst du denn her?“ Schlagartig riss er sein Gewehr wieder in die Höhe. „Verflucht! Was seid ihr denn für eine Bande? Wo kommt ihr her? Direkt aus der Hölle? Und warum gerade jetzt? Wo wir doch …“

„Genug gequatscht“, schaltete sich plötzlich der zweite Soldat ein und nahm Simon, der gerade antworten wollte, damit die Chance, weitere Erklärungen abzugeben. „Du kennst den Befehl“, sagte der zweite weiter. „Jeden, der stört, beseitigen. Wenn irgendwas schiefläuft da unten am *Wounded Knee*, dann sitzen wir ganz schön in der Patsche!“

„Stimmt. Die Stimmung ist schon mies genug“, gab der erste zurück. „Da können wir diese Teufelsbrut hier nicht gebrauchen. Los!“ Er stieß Simon das Gewehr in den Rücken. „Geh da rüber!“ Und er nickte mit dem Kopf in die Richtung eines Baumes, auf dem sich noch etwas braunes Laub gehalten hatte.

„Was habt ihr mit uns vor?“, erkundigte sich Simon vorsichtig.

„Maul halten!“, war die schroffe Antwort, und wieder rammte der Soldat Simon den Gewehrlauf in den Rücken. „Mach schon!“

Simon ging mit zitternden Beinen zu dem Baum. Salomon, Neferti und Nin-Si folgten ihm. Sie stellten sich Schulter an Schulter vor den Baumstamm und blickten den Soldaten entgegen.

„Sehr schön so“, sagte der erste. Er zog aus der Tasche ein langes Seil und band die Freunde damit straff an dem Baum fest. Simon wollte sich wehren, doch ein Stoß in die Seite ließ ihn verstummen.

„Verdirb mir nicht den Spaß!", zischte ihn der Soldat an, während er ein paar Schritte zurück machte, sein Gewehr hob und auf Simon zielte. „Dich nehme ich zuerst. Dann den anderen. Die beiden Mädchen kommen zum Schluss dran. Eure Leichen werde ich mit in unser Lager nehmen. So was wie euch haben unsere Kameraden am *Wounded Knee* bestimmt auch noch nie gesehen."

„Bist du verrückt?", herrschte ihn plötzlich der andere Soldat an. „Du hast doch nicht vor, hier zu schießen? Wenn die das im Tal hören. Was glaubst du, was dann alles geschehen kann! Nimm die Waffe runter!"

Der erste Soldat machte plötzlich ein Gesicht wie ein kleines Kind, das bei etwas Verbotenem ertappt worden war. „Oh", sagte er kleinlaut. „Daran habe ich gar nicht gedacht. Ich hatte nur … ich wollte …!"

Simon und die Zeitenkrieger atmeten auf. Doch ihre Erleichterung wich schon im nächsten Moment blankem Entsetzen, als sie sahen, wie der zweite Soldat sein langes Messer zückte. „Schnell und leise", sagte er grinsend zu seinem Kamerad, und dieser nickte, grinste zurück und zog ebenfalls sein Messer.

„Lass mir die Mädchen", bat er noch. Dann kamen die beiden auf die Jugendlichen zu. Der zweite Soldat griff Simon in die Haare, riss seinen Kopf nach hinten und drückte die schmutzige Klinge seines Messers an Simons Kehlkopf. „Tja, schlechter Tag für dich, was?"

Doch plötzlich schrie er gellend auf, ließ das Messer fallen und sackte in sich zusammen. Mit beiden Händen griff er sich ans rechte Bein. „Was …?"

Der andere Soldat warf den Kopf herum, blickte seinen Freund überrascht an und schrie plötzlich ebenfalls auf. Er ließ das Messer fallen und blickte an sich herunter. In seinem Bein steckte ein Wurfmesser. „Verdammt! Wer …?“

Hinter einem dichten Strauch trat in diesem Moment ein Junge hervor. In jeder Hand hielt er zwei weitere Messer.

„Caspar!“, riefen die vier Gefesselten wie aus einem Mund.

Der Junge zwinkerte ihnen kurz zu, dann kam er zu ihnen gelaufen und zerschnitt die Fesseln.

„Du verdammter …“ Der zweite Soldat hatte sich bereits das Wurfmesser aus dem Bein gezogen und streckte seine Hand nach dem Gewehr aus, das er auf die Erde gelegt hatte. Doch Caspar war schneller. Mit einem Sprung war er an der Seite des Soldaten, und mit einem weiteren Sprung traf er ihn so heftig in die Rippen, dass der Mann stöhnend zur Seite fiel.

„Schnell!“, rief Caspar seinen Freunden zu. „Fesselt sie!“

Er warf sich wieder auf den zweiten Soldaten, zog aus dessen Jacke ein Seil und warf es Neferti zu. Sie rannte mit Salomon zu dem ersten Soldaten, und gemeinsam schafften sie es, ihn zu überwältigen und sowohl Hände als auch Beine fest zu verknoten.

Caspar griff noch einmal in die Jacke, fischte ein zweites Seil hervor und bedeutete Salomon und Simon, ihm zu helfen.

Kurz darauf waren die beiden Soldaten mit Knebeln im Mund an den Baum gefesselt.

Nin-Si fiel Caspar um den Hals. „Danke, dass du doch noch gekommen bist!“

Neferti kam ebenfalls auf ihn zu. „Warum …?“

Caspar hob eine Hand und brachte sie damit zum Schweigen. „Sagen wir so: Mir ist klar geworden, was wirklich wichtig in meinem Leben ist.“

„Du zitterst ja!“ Nin-Si sah an Caspar herunter. Er musste völlig überhastet das Schiff verlassen haben, um ihren Spuren zu folgen, denn er stand ohne zusätzliche wärmende Kleidung vor ihnen, bibbernd und vor Kälte mit blauen Lippen.

„Warte!“ Nin-Si lief zu dem Strauch, hinter dem sie die Decken und den Proviant verstaut hatten, und legte Caspar eine der Decken über die Schultern.

„Schon ein wenig zerrissen, aber immer noch warm“, sagte sie und versuchte, ihm aufmunternd zuzulächeln, während Salomon ihn mit dem Wasser aus der letzten Feldflasche und dem Rest Brot versorgte.

Simon stand vor Caspar und strahlte über das ganze Gesicht.

„Perfekt“, sagte er. „Jetzt sind wir komplett.“ Er wies auf die Anhöhe. „Und wir sollten uns beeilen. Wir haben nicht mehr allzu viel Zeit.“

„Zeit – ja“, murmelte Caspar, und sein Blick verfinsterte sich. In Gedanken sah er die Sanduhr vor sich und den großen Hügel Sand im unteren Glas. Er überlegte, ob er die Freunde einweihen sollte, doch dann entschied er sich dagegen. Er wollte den Druck nicht noch erhöhen. Bestimmt ergab sich eine bessere Gelegenheit, wenn sie Moon gerettet hatten. „Wir sollten wirklich keine Zeit verlieren“, sagte er also nur kurz, dann ging er voraus. Hastig. Auf Abstand achtend. So dass sie keine Gelegenheit hatten, Fragen zu stellen.

Mit jedem ihrer Schritte wurden die Geräusche von der anderen Seite der Anhöhe lauter.

Unmittelbar vor dem Rand der Anhöhe ließen sie sich auf Hände und Knie fallen und krochen vorsichtig näher heran. Endlich konnten sie einen ersten Blick auf die Ebene am *Wounded Knee* werfen: Indianerzelte waren das Erste, was sie sahen.

Hohe Tipis, deren Außenseiten mit hellem Büffelleder überspannt waren. Die Spitzen der langen dünnen Baumstangen, mit denen die Zelte gebaut waren, reckten sich aus den Tipis dem Himmel entgegen. Aus manchen Zeltspitzen quoll grauer Rauch hervor. Für Simon bestand kein Zweifel, dass die Familien von den Soldaten überrascht worden waren, während sie in den Tipis an ihren Feuern gesessen oder vielleicht auch geschlafen hatten.

Im Hintergrund eingezäunt standen die Pferde. Sie schnaubten und scharrten nervös mit ihren Hufen.

„Seht nur!“ Salomon zeigte mit seinem Finger auf die Soldaten, die rund um das Indianer-Lager aufgereiht standen. Unzählige Soldaten. Mit den Gewehren im Anschlag, auf das Lager zielend, hatten sie sich nebeneinander so aufgestellt, dass ihnen keine Bewegung im Lager entgehen konnte und somit eine Flucht für die Indianer unmöglich war.

Selbst mehrere Kanonen waren aufgefahren worden. Hotchkiss-Geschütze, die, von Pferden gezogen, hier in Position gebracht worden waren. Ihre Mündungen waren ebenfalls direkt auf das Lager gerichtet.

Zwischen den Tipis standen die Indianer-Familien: Männer, Frauen und auch Kinder. Sie hatten sich in Decken gehüllt, um sich gegen die Kälte zu schützen.

„Seht nur die Angst in ihren Augen!“, flüsterte Nin-Si.

Selbst auf die Entfernung war die Furcht in ihren Gesichtern und an ihren Gesten zu erkennen. Mütter nahmen schützend ihre Kinder in den Arm, Männer griffen nach ihren Gewehren oder versteckten diese in ihren Umhängen. Die ganze Aufmerksamkeit der Lakota-Familien war auf die Soldaten der Kavallerie gerichtet. Vor allem auf einen Mann, der vor einer

Gruppe von Soldaten stand und laut auf einige Indianer einsprach.

Simon wies auf den Soldaten. „Das muss Colonel Forsyth sein“, erklärte er seinen Freunden. „Er hat den Auftrag, die Indianer hier zu entwaffnen und sie dann weiter zu ihrem Reservat zu führen.“

Der Colonel redete auf einige Indianer ein und deutete immer wieder auf die Menschen zwischen den Tipis. Die Lakota-Männer, die ihm gegenüberstanden, protestierten und diskutierten mit wilden Gesten.

„Da ist Moon!“ Neferti zeigte erleichtert auf den Indianerjungen, der inmitten anderer stand und das Gespräch des Soldaten mit den Lakota gebannt verfolgte. Im Kreis seiner Familie wirkte er ganz anders als auf dem Deck des Seelensammlers. Stolz und wachsam stand er dort, die Muskeln angespannt, wie zum Sprung bereit. An der Seite seiner Hose baumelte ein langes Messer, das die Zeitenkrieger nicht kannten, und aus seinen schwarzen Haaren stach auffällig die weiße Feder hervor, die er sich verdient hatte, als er für seinen Stamm ganz allein einen riesigen Büffel erlegt hatte.

Simon konnte die Freude der anderen nicht teilen. „Wie sollen wir ihn denn dort erreichen?“, fragte er. „Wie sollen wir ungesehen an all den Soldaten vorbei ins Lager gelangen? Das ist doch unmöglich!“

Die Freude der anderen über die Entdeckung Moons wich schnell einer spürbaren Enttäuschung.

„Es bleibt uns auch keine Zeit mehr dafür“, wandte Nin-Si ein. „Seht doch nur!“

Das Gespräch des Colonels mit den Indianern war beendet. Einer der Lakota-Männer wandte sich um und redete auf die

Familien zwischen den Tipis ein. Als Antwort ertönten wütende Schreie und verbitterte Rufe. Die Indianer protestierten laut gegen den Colonel und seine Männer. Doch schnell sahen sie ihre Niederlage ein, und der Erste trat nach vorn, spuckte in den Schnee und ließ dann seine Waffe auf den Boden fallen.

„Sie werden bereits entwaffnet. Es wird nicht mehr lange dauern, bis der erste Schuss fällt", erinnerte Simon.

„Bald wird der Schattengreifer erscheinen und Moon mit sich nehmen", ergänzte Salomon. „Dann war alles umsonst."

„Aber wie sollen wir dort hinunterkommen?", wiederholte Neferti. „Die Soldaten eröffnen das Feuer, bevor wir überhaupt den Fuß dieses Abhangs erreicht haben."

Weitere Indianer traten vor und warfen ihre Gewehre und Messer vor die Füße des Colonels, der mit eiserner Miene vor ihnen stand und die Männer zur Eile antrieb. Auch Moon war bald an der Reihe. Er trat an der Seite eines hoch gewachsenen Indianers vor den Colonel. Simon vermutete, dass es sich um Moons Vater handelte. Widerstrebend griff Moon sich an die Seite, zog das Messer hervor und legte es auf den Stapel Waffen vor den Soldaten. Sein Vater sagte noch etwas, dann legte er sein Gewehr dazu, und gemeinsam gingen sie wieder zurück zu ihrer Familie.

Simons Gehirn arbeitete auf Hochtouren. Wie konnten sie bloß zu Moon gelangen? Kalter Schweiß stand ihm auf der Stirn, und allmählich machte sich Panik in ihm breit, hervorgerufen durch die grausame Erkenntnis, dass sie Moon nicht helfen konnten. Sie waren machtlos angesichts dieser Situation. Nur ein einziger Schritt auf das Lager zu würde sie in Lebensgefahr bringen.

Schon hörten sie Colonel Forsyth' Stimme über die Ebene hallen. Gerade hatte er den Befehl erteilt, die Indianer zu durchsuchen. Nur noch wenige Augenblicke, und er würde seine Soldaten beauftragen, die Zelte zu kontrollieren. Unmittelbar darauf musste der Schuss fallen, der das Massaker auslösen würde.

Simon streckte in seinem Versteck eine Hand aus, gerade so, als könne er Moon erreichen. Dort stand der Indianerjunge, direkt vor ihren Augen. Und er war doch so unerreichbar fern, als stünde er auf einem anderen Kontinent.

„Moon", flüsterte Simon verzweifelt. „Verzeih uns, Moon!"

Völlig außer Atem erreichte sie ihr Ziel. Endlich. Sie war angekommen.

Mit einem Seufzer der Erleichterung nahm sie Platz und spürte, wie jeder Muskel in ihr sich dankbar entspannte. Sie reckte sich genüsslich, legte den Kopf zurück und atmete noch einmal zufrieden aus. Schon fielen ihr beinahe die Augen zu, und sie überlegte noch, ob sie nachgeben oder lieber zuvor noch etwas essen sollte, als sie mit einem Ruck beide Augen wieder aufriss.

Doch plötzlich schüttelte es den kleinen Körper. Eine bange Gewissheit durchfuhr sie bis in die vordersten Flügelspitzen hinein: Sie hatte einen schweren Fehler begangen! Sie hatte die Gruppe im Stich gelassen. Und etwas tief in ihr ließ sie spüren, dass es vielleicht sogar schlimmer war, als sie ahnen konnte. Möglicherweise hatte sie alle in höchste Lebensgefahr gebracht.

Sie hätte sich alle Federn ausreißen können in diesem Moment.

Wie hatte sie nur so unbedacht handeln können? Warum nur hatte sie sich entfernt? Warum hatte sie sich zurückgezogen?

Mit einem Ruck sprang sie auf, mit dem nächsten Ruck flog sie auch schon los.

Vielleicht war es noch nicht zu spät.

Simon schossen Tränen in die Augen. Er wollte seine Hand nicht mehr zurückziehen, streckte sie im Gegenteil sogar noch weiter aus. Als könne er seinem Freund wenigstens auf diese Art ein wenig beistehen.

„Moon!"

Die Anspannung, die rund um das Lager herrschte, war bis hier oben auf den Hügel spürbar. Es hatte den Anschein, als zittere sogar die Luft.

Salomon war es, der die Frage stellte, die keiner bisher hatte aussprechen wollen: „Wo bleibt der Schattengreifer?"

Der Magier hätte längst erscheinen müssen. Allen war bewusst, dass nur noch wenige Minuten fehlten, bis das Massaker begann. Wenn der Schattengreifer Moon mit sich nehmen wollte, dann hätte er schon längst erscheinen müssen.

Simon traute sich nicht, seine Gedanken laut zu äußern: Konnte es sein, dass der Magier mit seinem Zauber schon längst in das Geschehen eingegriffen hatte? Konnte es sein, dass er bereits wusste, dass die Zeitenkrieger hier waren, um Moon zu retten? Und hatte er Moon vielleicht sogar schon aufgegeben? Das würde bedeuten, dass Moon hier sterben müsste. Hier und jetzt. In wenigen Momenten.

In Simons Innerem brodelte es. Sie konnten doch nicht hier liegen bleiben, in ihrem Versteck, und darauf warten, dass Moon und all die anderen erschossen wurden. Niemals hätte Simon zusehen können, wie eine Kugel einen seiner besten Freunde durchbohrte.

Nein! Bevor er Zeuge einer solchen Tat wurde, würde er lieber sein eigenes Leben riskieren. Zumindest hätte er dann versucht, Moon zu retten, und nicht tatenlos zugesehen.

Ohne weiter darüber nachzudenken, richtete er sich auf. Doch schon im nächsten Moment riss Salomon ihn wieder auf den Boden. „Was soll das? Bist du verrückt?“

Simon entzog sich dem Griff. „Ich halte das nicht aus. Ihr wollt doch nicht …!“

„Das ist Wahnsinn!“, fiel ihm Salomon ins Wort. „Sie werden dich erschießen, noch bevor …“

„Ich weiß … Ich … weiß …“ Jetzt rannen die Tränen in Strömen über Simons Gesicht. „Aber was sollen wir denn machen? Sollen wir warten, bis es zu spät ist? Ich glaube nicht, dass der Schattengreifer ihm eine zweite Chance gibt.“ Jetzt sprudelten all seine Befürchtungen nur so aus Simon heraus: „Er hat ihn aufgegeben. Mit seiner Magie hat er verhindert, dass Moon von uns gerettet werden kann. Das hier ist anders als bei Basrar oder bei dem Aborigine. Der Schattengreifer liefert Moon seinem Schicksal aus. Er lässt ihn hier verrotten. Aber ich werde ihn nicht im Stich lassen! Ich …“

Wieder sprang er auf die Beine, und abermals hielt Salomon ihn zurück. „Du wirst nicht dort hinunterlaufen. Du …“

„Aber wir müssen Moon warnen! Wir müssen mit ihm sprechen!“

Salomons Griff um Simons Arm verstärkte sich. „Ich werde dich auf keinen Fall …“

„Seht nur!“, rief Neferti plötzlich. „Dort!“

Wie aus dem Nichts kam plötzlich die kleine Krähe angeflogen. Sie drehte eine Schleife über den Freunden in ihrem Versteck und krächzte ihnen entgegen. Auf die Jugendlichen machte sie einen geradezu glücklichen Eindruck. Nach einem weiteren gekrächzten Gruß stürzte die kleine Krähe auf die Ebene hinunter, auf das Lager der Lakota zu.

„Wie kommt sie denn hierher?“, fragte Caspar.

„Sie hat etwas vor“, erwiderte Neferti. „Seht nur, sie fliegt direkt auf Moon zu.“

Simon nickte. „Ich denke, sie hat die Lage erfasst und will helfen.“ Und wieder einmal spürte er diese Art Erleichterung, die ihn bisher immer befallen hatte, wenn er wusste, dass die kleine Krähe in seiner Nähe war.

Die Stimme des Colonels hallte wieder über die Ebene. Da war er, der Moment, vor dem sich alle gefürchtet hatten. Colonel Forsyth hatte gerade den Befehl erteilt, die Zelte zu durchsuchen. Sie standen nur noch Augenblicke vor dem verhängnisvollen Schuss, der sich aus Black Coyotes Flinte lösen würde und der den Auftakt für das Massaker gab.

Simon suchte mit seinen Blicken rasch die kleine Krähe. Sie war von allen unbemerkt auf Moons Schulter gelandet. In dieser bedrückenden, angsterfüllten Situation kümmerten sich weder Soldaten noch Indianer um einen einzelnen Vogel.

Moon sah überrascht auf die Krähe, und im nächsten Moment erkannte Simon, wie Moon sich mit einer Hand an die Stirn packte. Irgendetwas ging mit ihm vor.

Doch nicht nur mit Moon. Auch in Simons Kopf tat sich etwas. Erst spürte er ein Stechen, das ihm von der Stirn durch den ganzen Körper fuhr. Doch dieses Gefühl hielt nur für einen Atemzug an. Im nächsten Atemzug wurde Simon schwarz vor Augen und dann plötzlich weiß. Ein merkwürdiges Weiß. Ein Weiß wie … wie …

Simon verstand augenblicklich. Es war zwar unfassbar, doch er hatte es sich abgewöhnt, sich über diese Dinge zu wundern. Simons Augen blickten auf das Weiß eines Büffelfells an einem der Tipis in der Ebene. Ein kurzer Ruck, und er erkannte die kleine Krähe. Unmittelbar vor sich. Als wenn sie auf seiner eigenen Schulter sitzen würde.

Simon blickte aus Moons Augen. Er war in dessen Kopf. In dessen Gedanken.

Rasch konzentrierte er sich auf seinen Freund.

Moon, dachte Simon und versuchte gleichzeitig, sich den Indianer vorzustellen. *Es kann sein, dass du mich verstehst. Ich denke, dies hier wird dir einen Schreck einjagen, aber es ist wichtig, dass du tust, was ich dir sage. Such dir ein Versteck. Entferne dich von dem Platz zwischen den Tipis.*

Wie aus weiter Ferne drang Nefertis Stimme an Simons Ohr: „Schaut mal, irgendetwas geht in Moon vor. Er sieht sich nach allen Seiten um."

„Ja", war Salomon zu hören. „ Und … er entfernt sich von seinem Platz. Er geht rückwärts."

Simon hörte nicht mehr hin. Er konzentrierte sich nur noch mehr auf Moon. *Hör auf mich*, wiederholte er in Gedanken. *Und vertrau mir. Ich möchte dich schützen. Such dir ein Versteck. Beeil dich. Die Zeit drängt. Ich kann dir nicht sagen, woher ich …*

Mit einem Mal wurde es Simon wieder schwarz vor Augen, dann spürte er, wie das Gefühl in seinem Kopf nachließ. Er war zurück in seinem Körper und öffnete die Augen.

Neferti saß ihm gegenüber. „Was war gerade mit dir? Deine Augen haben so geflackert und …"

Caspar schnitt ihr das Wort ab. „Schnell! Die Krähe verlässt Moon."

Alle wandten ihren Blick in das Lakota-Lager. Die kleine Krähe stob in Windeseile in die Höhe. Moon sah sich um. Die Jugendlichen auf dem Hügel konnten beobachten, wie er nach der Hand einer Frau und nach der eines Mädchens griff und wie er auch seinem Vater noch ein Zeichen geben konnte. Ganz langsam und unauffällig zogen die vier sich zurück. Die Umstehenden waren von dem Geschehen in der Ebene so abgelenkt, dass sie nicht wahrnahmen, wie Moon mit den drei anderen in einem Tipi verschwand.

Plötzlich ertönte ein lautes Geschrei vor einem der anderen Tipis. Zwei Männer rangen miteinander: ein Soldat und ein Indianer. Der Soldat versuchte, dem Lakota das Gewehr zu entreißen. Beide zogen und zerrten daran, bis eine Hand abrutschte.

In diesem Moment fiel der Schuss.

Ein Ruck erschütterte die Hallen. Ein wahres Beben ließ für Sekundenbruchteile die gesamte Festung erzittern.

Die Wucht brachte sogar den Magier aus dem Gleichgewicht. Wie eine riesige unsichtbare Welle brach es über ihn herein und durch ihn hindurch, dass er beinahe das Gefühl hatte, es könnte ihn zerreißen. Für einen kurzen Moment war sein Bewusstsein ausgeschaltet. Er sah nur noch schwarz, war unfähig, sich zu bewegen, und konnte nicht einmal einatmen.

Dann war alles vorbei.

Das Zittern in den Hallen legte sich, und die Lähmung des Magiers ließ wieder nach.

Etwas musste geschehen sein. Etwas hatte das Zeitgefüge verschoben.

Und er wusste nicht, was es gewesen sein könnte.

Die Zeit war gestürzt worden, die Vergangenheit verzerrt.

Doch wie?

Er konnte sich nicht vorstellen, was dies gewesen sein konnte.

Vor allem: Er wusste niemanden außer sich selbst, der zu solch einem Zauber fähig war.

Doch eines war ihm sehr wohl bewusst: Sein Kampf hatte in dieser Sekunde eine ganz neue Dimension erreicht.

Etwas hatte sich gegen ihn gestellt, von dem er noch nicht ahnen konnte, was es war.

Er musste es in Erfahrung bringen.

Simon und seine Freunde hielten die Luft an. Da war es, das entsetzliche Geräusch. Der Schuss, vor dem sie sich gefürchtet hatten.

Schon konnte er sehen, wie die ersten Soldaten ihre Gewehre auf die Indianer richteten. Schon erkannte er Finger an Abzügen und Gewehrläufe in Position.

Aus den Augenwinkeln heraus bemerkte Simon die kleine Krähe, wie sie pfeilschnell in die Luft stob. Er wandte den Blick ihr zu, gerade in dem Moment, in dem sie einen durchdringenden Schrei ausstieß – und in diesem Moment erstarrte die ganze Szenerie in der Ebene.

Simon wandte wieder den Blick zum *Wounded Knee*. Die Menschen standen dort wie eingefroren in ihren Bewegungen. Simon konnte nicht einmal abschätzen, ob sie noch atmeten. Ihm war, als blicke er auf ein riesiges Bild. Ein Gemälde mit lebensgroßen Figuren in einer lebensechten Kulisse.

Doch er und seine Freunde waren offenbar nicht davon betroffen. Im Gegensatz zu den Menschen vor und zwischen den Tipis konnten sie sich weiterhin bewegen.

Caspar war der Erste, der etwas von sich gab: „Was ist geschehen?“, brachte er verwirrt hervor. „Was geht dort unten vor sich?“

Simon setzte zu einer Antwort an, als er schon unterbrochen wurde. Die kleine Krähe kam auf sie zugestürzt und landete unmittelbar vor Simon. Sie rang nach Atem.

„Schnell! Rettet euren Freund!“, stieß sie hervor.

Simon brachte vor Erstaunen kaum einen Ton hervor: „Warst … Hast … Bist du das gewesen? Hast du gerade diese Menschen dort unten eingefroren?“

„Nein“, kam die Antwort hastig. „Ich habe die Zeit angehalten.“

„Du hast … was?“

Der Krähenkopf ruckelte hin und her. „Wir haben dafür jetzt keine Zeit. Rettet euren Freund!“

Salomon schaltete sich ein: „Du meinst, wir können jetzt einfach so da runtergehen und Moon mitnehmen?“

Die Krähe wurde immer ungeduldiger. „Ihr müsst beginnen. Los! Alle diese Menschen habe ich in ihre Zeit gesperrt. In diesen einen Moment, den ihr dort unten beobachtet habt. Doch der Zauber wird nicht allzu lange anhalten. Ihr solltet euch beeilen. Nur ihr könnt euch bewegen – und Moon mit seiner Familie.“

Simon sprang auf. „Los! Das ist die Chance, auf die wir gewartet haben. Lasst uns Moon da rausholen!“

Ohne ein weiteres Wort sprang er voraus und rannte hastig den Hang hinunter. Die Zeitenkrieger blickten sich erstaunt an, dann folgten sie Simon, so schnell sie konnten.

Es war gespenstisch, sich in der Ebene zu bewegen. Eine unheimliche Ruhe lag über dem Geschehen. Nicht einmal der Wind wehte mehr. Alles wirkte wie erstorben und dann auch wieder nicht. Die Menschen standen zwar wie in Totenstarre dort, doch gleichzeitig sahen sie lebendig aus.

Simon fühlte sich wie in einem Wachsfigurenkabinett. Aber er war sich darüber bewusst, dass diese Figuren jederzeit erwachen konnten und ab dem Moment sofort unüberlegt ihre Waffen einsetzen und wild um sich schießen würden. Die Krähe hatte für ihren Zauber den ungünstigsten und gefährlichsten Moment gewählt.

„Ich konnte nicht früher eingreifen“, gab sie leise mit ihrer krächzenden Stimme von sich. Gerade so, als hätte sie Simons Gedanken erraten. Sie saß auf seiner Schulter und blickte sich ebenfalls verängstigt um. „Ich wollte den Zauber nicht einsetzen. Ich hatte gehofft, es würde nicht nötig sein."

Simon wandte den Kopf zu ihr. „Wieso kannst du …?"

Ein Geräusch brachte ihn zum Schweigen. Sie hatten das Zelt erreicht, in dem sich Moon verbarg. Aus dem Inneren des Tipis erklangen unterdrückte Stimmen. Ein Mädchen weinte leise. Und jemand redete auf sie ein. Simon erkannte die tröstende Stimme sofort: Moon!

Vorsichtig streckte Simon eine Hand nach dem Büffelfell aus, mit dem der Tipi-Eingang geschlossen worden war. Doch in diesem Moment schoss Salomon an ihm vorbei. Hastig riss er das Fell zur Seite und sprang in das Tipi: „Moon!"

Das Weinen wurde zum Kreischen.

Beim Eintreten stießen die Freunde auf vier völlig verängstigte Indianer, die entsetzt auf Salomon blickten und sich mit dem Rücken gegen die Zeltwand drückten. In Moons Armen saß das Mädchen, das er zuvor mit ins Zelt genommen hatte. Noch nie hatte Simon einen solchen Blick gesehen wie in den Augen dieses Indianermädchens. Panisch vor Angst schaute sie auf die Eindringlinge. Sie traute sich nicht einmal mehr zu atmen.

Moon hielt beide Arme um sie geschlungen. Er versuchte zu verstehen, was hier vor sich ging. Ebenso wie die Frau und der Mann, die an seiner Seite saßen.

„Salomon, du machst ihnen Angst", sagte Neferti leise.

Salomon ging noch einen Schritt auf Moon zu. „Aber …"

„Du machst ihnen Angst!", wiederholte Neferti. „Hast du vergessen, dass Moon nicht wissen kann, wer du bist? Du bist ein Fremder für ihn. Wir sind in seiner Zeit. Er weiß nichts vom Seelensammler und von uns Zeitenkriegern."

„Aber ich verstehe eure Sprache", gab Moon plötzlich zur Antwort. „Wie kann das sein? Wer seid ihr?"

Simon musste auf einmal an Basrar denken und an den Tag in Karthago, an dem er Basrar genauso gegenübergestanden hatte wie jetzt Moon. Und wie damals wusste er nicht, was er antworten sollte.

Auch die anderen machten nur betretene Gesichter. Wie sollte man jemandem in aller Eile die Welt und die Gesetze des Schattengreifers erklären?

„Freunde", sagte Simon schließlich. „Wir sind Freunde."

Moon zog die Augenbrauen in die Höhe und erhob sich von seinem Platz. Das Mädchen klammerte sich noch immer Hilfe suchend an ihn.

„Deine Stimme", sagte Moon. „Ich habe sie vorhin gehört. In meinem Kopf. Als diese Krähe auf meiner Schulter saß. Da habe ich deine Stimme gehört."

„Ja", gab Simon zu. „Das war ich. Und zum Glück hast du auf mich gehört und dich hier versteckt."

„Aber wie war das möglich?"

„Es ist ein Zauber. Magie, die ich dir jetzt nicht erklären kann." Simon trat noch einen Schritt näher an Moon heran. Das Mädchen umklammerte Moon nur noch fester. „Hör auf mich", bat Simon. „Ihr seid alle in sehr großer Gefahr. Auch wenn dir jetzt alles merkwürdig vorkommt. Ja, auch wenn dir all das hier vielleicht Angst macht. Wir sind hier, um dich zu retten."

„Retten? Ich verstehe nicht …"

Simon seufzte. „Nicht mehr lange, und dort draußen werden Schüsse fallen. Es …"

„Einen Schuss haben wir bereits gehört", gab Moon zur Antwort. „Ist es das, wovon du sprichst?"

„Ja, Moon. Es gab ein Missverständnis. Gleich werden weitere Schüsse fallen. Und es wird Opfer geben. Viele Opfer. Du musst fliehen. So schnell es nur geht."

„Und meine Familie? Meine Freunde?"

Simon stach es ins Herz. Das war die Frage, vor der er sich gefürchtet hatte. Wie sollte er Moon dazu bringen, fortzulaufen und seine Freunde in der Schießerei zurückzulassen, die gleich beginnen würde? Wortlos blickte er auf seinen Freund und rang nach Worten.

Die kleine Krähe hüpfte nervös auf und ab. „Simon, wir müssen uns beeilen! Der Zauber wird nicht mehr lange anhalten."

Die Worte des Vogels rissen Simon aus seinen Überlegungen. Hastig wandte er den Kopf und blickte die Krähe an: „Können wir uns hier frei bewegen?"

Sie nickte.

„Dann lasst uns so viele Menschen wie möglich retten", schlug Simon vor, und sein Tatendrang steckte die anderen an. „Moon, führ deine Familie nach draußen. Wir suchen ein Versteck für euch und werden so viele deiner Leute mitnehmen, wie die Zeit es zulässt. Los!"

Er wartete Moons Reaktion nicht mehr ab. Er hoffte einfach nur darauf, dass Moon ihnen vertraute. Der Indianer hatte ja auch kaum eine andere Wahl.

„Nun kommt schon!" Simon stürzte so hastig aus dem Zelt, dass die Krähe von seiner Schulter fiel. Sie flatterte zur Spitze des Tipis und setzte sich dort auf die längste Stange, die aus dem Zelt herausschaute.

Die Zeitenkrieger hasteten ebenfalls aus dem Zelt. Neferti warf Simon noch einen zweifelnden Blick zu, doch da trat

Moon auch schon mit dem Mädchen auf dem Arm aus dem Tipi heraus: von einem Mann und der Frau begleitet, die gewiss seine Mutter war.

„Sag uns, was wir tun sollen", bat Moon.

Simon wies auf die Anhöhe, auf der er sich vorhin mit seinen Freunden versteckt hatte. „Bring deine Familie dort hinauf. Sucht euch ein gutes Versteck. Eines, von dem aus ihr nicht sehen könnt, was hier vor sich geht." Und an Salomon und Caspar gewandt sagte Simon: „Ihr beiden kommt am besten mit mir!"

Nin-Si führte Moon mit seiner Familie zu dem Hügel. Neferti ging mit den anderen zu einer Gruppe von Indianern, die dicht neben dem Tipi standen, in dem sie Moon gefunden hatten.

Simon hakte sich bei einem Indianer, der den Arm ausstreckte, unter, und Salomon verstand sofort, was er vorhatte. Er stellte sich auf die andere Seite des Indianers und hakte sich ebenfalls unter. Gemeinsam hoben sie den Mann an. Er fühlte sich ganz normal an. Simon hatte damit gerechnet, dass er kalt oder wie versteinert wirken würde. Doch er machte eher den Eindruck eines schlafenden Mannes. Es war gespenstisch.

Zusammen mit Salomon trug er den Indianer in Richtung des Hügels.

Neferti und Caspar gingen auf ein Indianermädchen zu, das ein Baby auf dem Arm hielt. Die Freunde trugen beide mit Mühe den Hügel hinauf.

Der Aufstieg war für alle sehr beschwerlich. Und immer wieder rutschten die Freunde unter ihrer Last aus. Doch es gelang ihnen, die Lakota-Indianer sicher in ihr Versteck zu bringen.

Moon hatte inzwischen verstanden, was Simon und die Zeitenkrieger bezweckten. Auch wenn er sich das Ganze nicht erklären konnte. Zusammen mit den anderen rannte er den Hügel wieder hinunter, um weitere Menschen zu retten.

Die Krähe umflog die Jugendlichen. „Ich weiß nicht, wie lange der Zauber noch wirkt“, warnte sie immer wieder. „Wir sollten flüchten.“

„Wir flüchten doch“, gab Simon ihr zur Antwort, als er wieder einen indianischen Krieger zusammen mit Salomon den Hügel hinauftrug.

„Aber ihr geht immer wieder ins Lager zurück“, beschwerte sich die Krähe. „Lasst uns endlich verschwinden!“

„Wir werden versuchen, weitere Indianer zu retten, solange es noch möglich ist“, erwiderte Simon mit Nachdruck. „Dein Zauber rettet Menschenleben. Jeder Einzelne, den wir aus der Gefahr retten können, wird später …“

Simon verstummte. Wind kam auf. Eine eisige Brise fuhr ihm durch die Haare, und der Junge wusste sofort, was das bedeutete.

„Der Zauber lässt nach!“, schrie er seinen Freunden aufgeregt zu. „Schnell!“

Tatsächlich schlug die gesamte Atmosphäre um. Es war beinahe, als könnte man fühlen, wie alles in der Ebene erwachte.

Auch Moon begriff, was das zu bedeuten hatte.

„Nein!“, schrie er entsetzt und stürzte den Hang hinunter. „Wir müssen noch die anderen retten! Wir müssen …“

Simon hechtete ihm hinterher und riss ihn am Arm zurück. „Bleib hier, Moon. Wir können nichts mehr tun. In wenigen Augenblicken …“

Moon erhob die freie Faust. Mit finsterem, wütendem Blick starrte er Simon an. Dann ließ er die Faust langsam sinken. „Du meinst …“

Simon nickte voller Mitgefühl. „Wenn du jetzt zu dem Lager läufst, dann rennst du in den sicheren Tod. Es gibt kein Entrinnen.“ Er deutete mit dem Kopf zur Anhöhe. „Wir konnten einige deiner Leute retten. Für die anderen …“

Moon sah Simon noch für einen Moment in die Augen, dann riss er die Faust wieder hoch. Dieses Mal stand er gegen die Soldaten gewandt, die rund um den Colonel standen. „Nein!“, schrie er noch einmal, dann spürte er Simons Hand auf seiner Schulter, und ohne weiteren Widerstand ließ er sich von seinem Freund auf den Hügel führen.

Er zog den Vogel so nahe an sich heran, dass dessen Schnabel beinahe seine Nase berührte.

Die Krähe zuckte, wehrte sich kurz gegen den engen Griff, doch sie hatte keine Chance. Also gab sie jeden Widerstand auf und ließ den Zauber zu.

Der Magier drang mit seinen Blicken tief in die Augen der Krähe ein. So tief, dass der Vogel das Bewusstsein verlor.

Jetzt konnte der Zauber wirken. Über den matten Geist der Krähe konnte er Kontakt aufnehmen zu anderen Vögeln. Sich ihrer bemächtigen. Sehen, was sie sahen. Hören, was sie hörten.

Es brauchte einige Zeit, bis er gefunden hatte, wonach er suchte. Eine Krähe beobachtete das Geschehen auf einer Anhöhe.

Menschen trugen Menschen. Im Schnee entmutigte Gesichter. Tränen. Angst. Verzweiflung.

Und mittendrin: Simon. Mit den Zeitenkriegern.

Nun wusste er, was die Ursache des Zeitbebens war.

Bloß wie dieses Beben zustande gekommen war – wer einen solchen Zauber ausgesprochen haben konnte – das wusste er nicht.

Noch nicht.

Doch er würde es erfahren.

Bald schon.

Simon spürte, wie sich auf seiner Schulter langsam ein feuchter Fleck bildete. Moons Tränen drangen selbst durch Hemd und Shirt.

Der Indianer hatte seinen Kopf gegen Simons Schulter gelehnt. Er weinte still um die vielen Menschen, die im Massaker ihr Leben gelassen hatten. Er weinte um seine Familie, die er in ihrem Versteck auf dem Hügel zurücklassen sollte. Und er weinte um sich selbst. Jetzt, wo er Bescheid wusste. Wo er alles gehört hatte, was es zu hören gab: von den unzähligen Schüssen der Soldaten auf die Lakota bis hin zu den Erklärungen Salomons, der Moon alles berichtet hatte, was mit der Welt des Schattengreifers und mit ihrem Leben auf dem Seelensammler zusammenhing.

Zwei Stunden war es jetzt her, dass die Schüsse verstummt waren und Moon sich von seiner Familie verabschiedet hatte. Erst waren sie schweigend nebeneinander durch den Schnee gegangen. Dann hatten sie lange im eisigen Wind auf dem Schnee gesessen und miteinander gesprochen. Salomon hatte die richtigen Erklärungen gefunden für etwas, das sich eigentlich nicht erklären ließ. Moon hatte geduldig zugehört. Und mit jedem einzelnen Wort war ihm bewusst geworden, dass hier kein Platz mehr für ihn war. Nach allem, was er jetzt wusste und erlebt hatte, konnte er hier nicht bleiben.

„Ich bin euch dankbar für eure Hilfe", sagte er schließlich. „Ich bin euch dankbar für eure Treue. Und natürlich werde ich mit euch zu diesem Schiff gehen."

„Wir sind glücklich, dass du das sagst", erwiderte Nin-Si, und Simon ergänzte: „Wir können nicht erahnen, wie es dir hier ergehen würde. Schau: Du hast noch immer keinen Schatten. Du stehst noch immer unter dem Zauber des Schattengreifers. Es ist uns nicht gelungen, dich zu befreien. Und wir wissen nicht, wie dieser Zauber hier in deiner Welt wirken würde. Du musst mit uns kommen. Auf das Schiff."

Moons Blick schweifte wieder in Richtung *Wounded Knee*, während er Simon zuhörte. Und wieder einmal veränderte sich sein Gesichtsausdruck. Gerade so, als könne er noch immer die Geräusche hören von dem, was dort vorgegangen war. Auch jetzt noch, Stunden nach dem Vorfall, und auch hier noch, einige Kilometer von der Ebene entfernt.

„Es geht deinen Leuten gut", versuchte Nin-Si, dem Indianer Mut zuzusprechen. „Du hast viele Menschen retten können. Sie werden sich eine neue Heimat errichten. Und sie werden sich voller Liebe an dich erinnern."

Moon nickte. Schweigend.

Dann veränderte sich wieder sein Gesichtsausdruck. Mit einem Mal wirkte er entschlossen und sicher. „So lasst uns aufbrechen", sagte er und stand von seinem Platz auf.

„Ja, lasst uns gehen", pflichtete ihm Simon bei. „Wir haben schon sehr viel Zeit verloren. Der Sand in der Uhr des Seelensammlers rieselt. Wenn ich es richtig berechne, dann bleiben uns nur noch wenige Stunden. Etwa so viele, wie wir benötigt hatten, um hierher zu finden. Wir sollten uns beeilen. Lasst uns nicht mehr zögern."

Alle erhoben sich von ihren Plätzen. Salomon griff sich den Rucksack mit den leeren Feldflaschen.

„Dann los!", rief er aus, als sich Caspar ihnen in den Weg stellte. Er machte ein betretenes Gesicht und spielte nervös an dem Griff eines der Messer, die an seinem Gürtel hingen.

„Es gibt da etwas, das ihr wissen solltet", brachte er zögernd hervor.

„Später", mahnte Simon. „Lass uns erst losziehen. Wir haben wirklich kaum noch Zeit."

„Zeit! Ja …" Caspar wurde noch nervöser. „Genau. Die Zeit, die uns noch bleibt …"

Simon sah ihm erstaunt ins Gesicht. Dann trat er nahe an Caspar heran. Caspar wich dem Blick schnell aus.

„Ist etwas mit der Sanduhr?"

Nun wusste Caspar gar nicht mehr, wohin mit seinen Blicken. Die Hand spielte immer aufgeregter am Messergriff. „Ich …"

„Sag schon!", brüllte Salomon ihn an.

„Ich … die Uhr … unsere Zeit …" Schweiß zeigte sich auf Caspars Stirn. Die Finger rotierten inzwischen am Griff. Und plötzlich verkrampften sie und umklammerten bewegungslos das Messer. „Durch meine Schuld haben wir einige Stunden unserer Zeit verloren", stieß Caspar endlich hervor.

Salomon ließ den Rucksack fallen. „Was?"

„Ich war wütend", gestand Caspar. „Auf euch. Auf mich. Auf alles. Ich hab mich an der Zeitmaschine zu schaffen gemacht und dabei …"

Salomon war kurz davor, sich auf ihn zu stürzen, doch Neferti kam ihm zuvor. Sie packte Caspar an den Schultern und drehte ihn zu sich herum. Endlich blickte Caspar auf. Er sah Neferti in die Augen. Tränen rannen über seine Wangen. „Ich kann euch nicht sagen, wie leid mir das alles tut. Ich habe uns in Gefahr gebracht. Ich habe …"

„Wie viel?", schnitt Neferti ihm das Wort ab. „Wie viel Zeit bleibt uns noch?"

Caspar zog die Schultern in die Höhe. „Ich kann es nicht genau sagen. Wir haben einiges verloren. Ich …"

„Wie viel?" Dieses Mal klang Nefertis Stimme schneidender.

„Etwa die Hälfte. Wir haben etwa die Hälfte unserer Zeit verloren."

Jetzt war Salomon nicht mehr zu halten. Mit einem Schrei warf er sich auf Caspar und warf ihn zu Boden. Seine Fäuste trommelten auf den Rücken des Jungen. „Du Schwein!", rief er aus. „Du Schwein!"

Simon stürzte zu den beiden und riss Salomon von Caspars Rücken herunter. „Hör auf!", schrie er. „Das bringt doch nichts!"

„Aber …" Salomon befreite sich aus Simons Griff. Es kostete ihn sichtbar viel Selbstbeherrschung, sich nicht noch einmal auf Caspar zu stürzen. „Du … du … Schwein!"

„Es tut mir leid!" Caspar kam nur langsam wieder auf die Beine. All dies tat ihm so leid, dass er sich ganz kraftlos fühlte. „Ich kann euch nicht sagen, wie sehr ich das bereue. Wenn ich das wieder rückgängig machen könnte. Wenn ich euch nur …"

„Halt die Klappe!", herrschte Simon ihn an. „Auch das bringt uns jetzt nicht weiter. Lasst uns nachdenken!"

„Nachdenken!", rief Salomon in einem spöttischen Tonfall. „Worüber denn nachdenken? Wir sitzen hier fest. Du hast doch selbst gesagt, dass wir für den Weg zum Schiff etwa dieselbe Zeit benötigen wie für den Weg hierher. Wie sollen wir da …" Am liebsten wäre er erneut auf Caspar losgegangen, doch Nin-Si stellte sich ihm in den Weg.

„Prügeln hilft uns bestimmt nicht weiter", mahnte sie. Sie wandte den Kopf und blickte Hilfe suchend auf Simon.

Auch Neferti sah erwartungsvoll zu ihm.

Doch Simon wandte sich schnell von ihren Blicken ab. Er sah in die Richtung, in der das Schiff lag. Er blickte auf die schneebedeckte Landschaft mit ihren kahlen Büschen und Bäumen. Und plötzlich kam ihm dieser Weg unendlich weit vor.

Vor ihm saß die kleine Krähe, und selbst sie schaute fragend zu ihm auf. In Simon keimte kurz eine Hoffnung auf, doch dann sah er dem Vogel bereits an, dass dies die Möglichkeiten der Krähe überschritt. Ihr Zauber würde gewiss nicht ausreichen, um für eine solche Dauer, wie sie sie benötigten, noch einmal die Zeit anzuhalten. Dennoch fragte er vorsichtig: „Kannst du vielleicht …?"

Doch die Krähe schüttelte bereits den Kopf. „So viel Macht besitze ich nicht", gab sie zurück. „Tut mir leid. Ich könnte versuchen, zum Schiff zu gelangen und die Zeitmaschine anzuhalten, doch glaub mir, ich weiß es genau: Das Rieseln im Inneren der Uhr kann man nicht stoppen."

Simon nickte. Er glaubte, die Blicke der anderen noch immer auf sich zu spüren. So oft hatte er sie schon mit Einfällen überrascht. Doch dieses Mal würde ihm das nicht möglich sein.

Er konnte nicht ihr Hoffnungsträger sein.

Er konnte sie nicht retten.

Im Gegenteil. Er hatte sie sogar belogen. Seine Schätzung vorhin für den Rückweg konnte nicht stimmen. Er hatte ihnen nur Mut machen wollen mit dieser Lüge, um sie anzufeuern. Doch eigentlich hatte er vorhin schon die Befürchtung gehabt, die Zeit würde nicht ausreichen.

Und nun, mit Caspars Geständnis, war die Lage eindeutig: Sie würden das Schiff nicht erreichen können. So schnell sie vielleicht auch laufen würden.

Sie saßen hier fest. Im Winter des Jahres 1890.

Und es gab niemanden auf der Welt, der davon wusste.

Allmählich machte sich ein Verdacht in ihm breit.

Konnte das sein?

Konnte der Grund für das Beben wirklich dieses eine Wesen sein?

War es diesem Tier möglich gewesen, eine solche Macht zu erlangen?

Oder täuschte er sich gar in ihm?

Eines war gewiss: Wenn sein Verdacht sich bestätigte, dann war es riskant, diesen kleinen schwarzen Unruhestifter in Simons Nähe zu lassen. Gemeinsam konnten sie ihm gefährlich werden.

Ihm und seinem großen Vorhaben.

In Gedanken beschwörte er Simons Gesicht herauf.

Der Junge.

Schwerfällig schob sich der Magier weiter durch die Hallen, seine Erschöpfung noch immer missachtend.

Er hatte keine Zeit mehr, sich auszuruhen.

Er musste handeln.

Jetzt!

Etwas berührte Simon an der Schulter. Er fuhr herum und blickte Moon in die Augen.

„Kommt“, sagte der Indianer nur. Er wandte sich um und ging los, in Richtung *Wounded Knee*.

„Was …“ Salomon schien zu überlegen, sich Moon in den Weg zu stellen. Doch Moon machte einen sehr entschlossenen Eindruck, und so zog Salomon es vor, seinen Freund erst einmal zu begleiten. „Was hast du denn vor?“ Salomon wies in die entgegengesetzte Richtung. „Dort liegt das Schiff! Wir müssen da lang.“

Auch Neferti kam nun auf sie zu. „Moon, Salomon hat recht. Du gehst nur den Weg zurück. Wir müssen dort entlang.“

Abrupt hielt der Indianer inne. Erneut drehte er sich nach Simon um, der noch immer nachdenklich auf seinem Platz stand. „Du batest mich, dir zu vertrauen“, sagte Moon in ruhigem Ton. „Nun bitte ich dich um Vertrauen. Komm!“

Moon schritt weiter voraus.

Simon war es leid zu grübeln. „Los, lasst uns tun, was er sagt“, schlug er vor, und endlich kam Bewegung in ihn. Er schritt Moon hinterher.

Salomon kam zu ihm gelaufen. „Was soll das? Haben wir jetzt schon aufgegeben? Sollen wir wirklich hierbleiben?“

Simon nickte in die Richtung, in der das Schiff lag. „Du kannst es ja versuchen. Es ist unmöglich, das Schiff vor Ablauf der Zeit zu erreichen. Vielleicht ist es wirklich das Beste, Moon zu folgen. Vielleicht weiß er einen guten Ort, wo wir …“

Salomon blieb fassungslos stehen. „Ich glaube das nicht. Du gibst auf? Du … du hast dich noch nie von irgendetwas abbringen lassen. Du …“

Neferti, Nin-Si und Caspar schlossen sich nun ebenfalls Simon und dem Indianer an. Caspar hielt einigen Abstand zu der Gruppe und versuchte, Blickkontakte zu vermeiden.

Salomon lief erneut nach vorne an Moons Seite. „Sag mir wenigstens, wo wir hingehen. Wo bringst du uns hin?"

„Šúnkawakan", gab Moon in seiner Lakota-Sprache zur Antwort. „Ich hoffe, sie sind noch da." Und damit verfiel er in grüblerisches Schweigen.

„Was ist das? Šún … kawa …? Was soll das sein? Ich kann es ja nicht einmal aussprechen. Machst du jetzt Indianer aus uns?" Salomon sah seinen Freund seufzend an. Doch Moon schwieg beharrlich. Alle Fragen prallten an ihm ab. Und auch die anderen stapften nur stumm und nachdenklich durch den Schnee. Also zog Salomon die Schultern in die Höhe, warf einen letzten Blick in Richtung ihres Schiffes und folgte der Gruppe.

Sie waren über eine halbe Stunde unterwegs, als Simon den Baum wiedererkannte, an den die beiden Soldaten ihn gefesselt hatten. „Warum gehen wir zurück?", fragte er Moon noch einmal, doch der gab keine Antwort.

„Vergiss es", mahnte Salomon. „Er antwortet nicht vernünftig. Vielleicht steht er doch unter Schock. Das alles war zu viel für ihn."

„Das ist ja auch zu verständlich", gab Simon zurück. „Überleg dir nur, was er heute durchgestanden hat. Aber genau deswegen verstehe ich ja nicht, was wir sollen."

Schon konnten sie den Rand der Anhöhe entdecken, an der sie das Geschehen am *Wounded Knee* beobachtet hatten. Schon hörten sie die aufgeregten Rufe der Soldaten in der Ebene.

Für einen kurzen Moment verzog sich Moons erstarrte Miene und nahm einen unergründlichen Ausdruck an. Er hob den Kopf und blickte zu der Stelle, an die sie vor Stunden die geretteten Indianer gebracht hatten. Dann bog Moon plötzlich ab. Er führte die Gruppe den Hügel hinunter, allerdings so, dass sie nicht von den Soldaten entdeckt werden konnten. Er hielt so viel Abstand zu der Ebene am *Wounded Knee*, dass der Hügel ihnen weiterhin Deckung gab.

Simon und Salomon warfen sich verzweifelte Blicke zu. Sie konnten sich nicht erklären, was hier vor sich ging.

Schließlich blieb Moon stehen. „Ablagyela", sagte er. „Seid leise!"

Augenblicklich blieben die Freunde stehen.

Von der Ebene hinter dem Hügel drangen die Geräusche nun noch lauter zu ihnen herüber: Männer schrien sich Befehle zu.

„Der Tod hat sein Tagewerk vollbracht", flüsterte Salomon. „Jetzt macht er sich ans Aufräumen."

Moon schlich sich näher heran. Simon bewunderte den Mut des Indianers. Nach allem, was hier geschehen war, hätte Simon sich bestimmt nicht mehr in die Nähe dieser Ebene gewagt. Doch in Moon ging irgendetwas vor. Er war mit einer bestimmten Absicht hierhergekommen, das war ihm deutlich anzumerken. Und tatsächlich winkte er nun seine Freunde zu sich.

„Bleibt dicht hinter meinem Rücken, und tut das, was ich tue", sagte er leise und ignorierte, dass Salomon widersprechen wollte. „Los!"

Er schlich den Freunden voraus, von der Ebene weg zu einer Lichtung, auf der Pferde im Schnee standen und mit ihren Mäulern nach essbarem Gras suchten. Sie waren gesattelt und hatten Zügel um.

„Das sind Šúnkawakan", erklärte Moon erleichtert. „Es sind die Pferde der Soldaten. Früh am Morgen habe ich sie beobachtet, wie sie ihre Pferde hierher gebracht haben."

Salomon verstand. „Du möchtest, dass wir reiten?"

„Auf dem Rücken dieser schnellen Tiere können wir das Schiff vielleicht noch erreichen. Was meint ihr?"

Simon starrte unsicher auf die Pferde. „Ein sehr guter Gedanke. Aber ich bin in meinem ganzen Leben noch nie geritten."

„Darüber denken wir nach, wenn du von dem Pferd herunterfällst. Lasst uns erst einmal aufsteigen."

Soldaten waren keine zu sehen. Sie alle befanden sich wohl in der Ebene zwischen den Tipis. Es gab ja auch keinen Grund für übertriebene Vorsicht. Die Indianer, die ihnen hätten gefährlich werden können, lagen zwischen ihren Tipis. Dass jemand überlebt hatte, davon wussten die Soldaten nichts.

Hinter Moon schlichen sich die Freunde vorsichtig an die Pferde heran, die ihnen am nächsten standen. Simon bekam von Moon ein schwarzes Pferd zugewiesen. Es war nicht ganz so hoch wie das der anderen, und Simon war dem Indianer dankbar dafür.

Neferti, Nin-Si und Caspar hatten keinerlei Probleme aufzusitzen. Nur Salomon bestieg sein Pferd mit derselben Unsicherheit wie Simon. Ganz gewiss hatte er auch noch nie in einem Sattel gesessen. Moon schwang sich mit einem einzigen Sprung auf den Rücken des Tieres. Ihm war anzusehen, dass er auf den Sattel lieber verzichtet hätte. Er zog kurz an den Zügeln, und das Pferd hob den Kopf. Moon streichelte seinen Hals und flüsterte ihm etwas ins Ohr. Dann erst kam er vorsichtig auf Simon zugeritten und griff sich dessen Zügel.

„Halt dich nur fest“, sagte er zu Simon. „Ich werde dich führen.“

Caspar, der sie schweigend beobachtet hatte, ritt zu Salomon, um dessen Pferd zu lenken. Salomon bedachte ihn zunächst mit einem giftigen Blick. Doch dann nickte er Caspar knapp zu. Er war doch ganz dankbar, etwas Hilfe zu erhalten.

Simon und Salomon ergriffen mit beiden Händen das Horn an ihren Sätteln – den Knauf, an den Cowboys sonst ihre Lassos banden, wenn sie Rinder jagten und einfingen.

Endlich waren sie so weit. Langsam setzten sich die Pferde in Bewegung.

Salomon suchte Simons und Moons Blicke und zwinkerte ihnen zu.

Ich bin also nicht der Einzige, der glaubt, wir könnten es noch schaffen, dachte Simon erleichtert, während sie, gemächlich weiterhin im Schritttempo, die Ebene des *Wounded Knee* hinter sich ließen.

Plötzlich durchschlug der Knall eines Gewehres die Ruhe. Die Freunde wandten sich blitzschnell um und entdeckten einen US-Soldaten, der den Lauf seines Gewehres in ihre Richtung hielt.

„Stehen bleiben, oder ich knall euch ab!“, rief er, und Simon zweifelte keine Sekunde an seinen Worten.

„Flieht!“ Moon schrie jetzt aus Leibeskräften, und schon beugte er sich auf seinem Pferd vor und gebot dem Tier den Galopp. Simon wurde mitgerissen. Er beugte sich ebenfalls vor und umklammerte mit aller Kraft den Sattelknauf, um nicht herunterzufallen.

Die anderen trieben ebenfalls ihre Pferde an.

„Stehen bleiben!“, brüllte der Soldat noch einmal. Immer mehr Männer der Kavallerie tauchten auf. Sie zogen ihre Waffen: Gewehre und Pistolen.

Ein letztes Mal schrie der Soldat den Freunden etwas nach, doch sie waren schon zu weit von ihm entfernt, um ihn zu verstehen. Wieder erklang ein Schuss.

Simon warf noch einmal einen Blick zurück, was ihm allerdings schwerfiel. Sein Körper wurde hin und her geworfen. Dennoch konnte er erkennen, wie einige der Soldaten auf ihre Pferde sprangen und den Freunden nachjagten.

Auch Moon war dies nicht entgangen. Er trieb sein Pferd noch weiter an.

Wieder peitschten Schüsse an ihnen vorbei. Eine Kugel durchschlug gerade den Ast eines Baumes, an dem Simon vorbeiritt. Er erschreckte sich so sehr, dass er beinahe den Halt verloren hätte.

Noch einmal sah er sich um. Die Soldaten holten auf.

„Wir sind zu langsam!“, rief Simon Moon zu. „Ich halte dich nur auf! Flieh du mit den anderen!“

Doch an Moons Gesicht konnte er ablesen, dass dies für den Indianer nicht infrage kam.

Wieder peitschten Schüsse durch die Luft. Neferti schrie auf. Erschrocken sah Simon zu ihr hinüber. Eine der Kugeln hatte ihr Pferd gestreift. Es blutete stark am Unterschenkel. Schon verlor das Pferd an Geschwindigkeit.

„Neferti!“, schrie Nin-Si erschrocken. Sie wendete ihr Pferd und ritt zu ihrer Freundin. „Spring auf!“

Nin-Si lenkte ihr Pferd so nahe an Nefertis Tier heran, dass die Ägypterin sich von ihrem Sattel aus hinter Nin-Si aufs Pferd hieven konnte. Mit einiger Mühe konnte sie sich an der Asiatin festhalten. Das verwundete Pferd trieb ab und ritt zurück zu seiner Weide.

Inzwischen holten die Soldaten weiter auf. Schon hatte das Pferd des vordersten Mannes Nin-Sis Pferd fast erreicht.

„Stehen bleiben!“, brüllte der Mann erneut und zielte mit seiner Waffe genau auf Nin-Sis Kopf.

In dieser Sekunde verdunkelte sich der Himmel. Tausende von Krähen tauchten wie aus dem Nichts auf. Als dichte schwarze Wolke zogen sie krächzend und schreiend über die Reiter hinweg. Die Jugendlichen und die Männer duckten sich auf ihren Tieren.

Einige Soldaten rissen bereits ihre Gewehrläufe in die Höhe und zielten auf die Vögel.

Der Schwarm der Krähen drehte hinter den Reitern in einem weiten Bogen, dann kamen sie auf die Soldaten zugestürzt.

Nur zwei Schüsse krachten. Mehr war den Soldaten nicht möglich. Ihre Pferde bäumten sich wiehernd auf oder warfen sich zur Seite. Die Männer konnten sich nicht mehr in den Sätteln halten. Sie fielen von den Tieren herunter, und die Pferde galoppierten erschrocken davon.

Der Schwarm der Krähen löste sich auf.

Diese ganze Attacke hatte keine Minute gedauert.

In alle Himmelsrichtungen stoben die Vögel davon.

Bis auf eine einzige Krähe. Sie löste sich aus dem Schwarm, flatterte zu Simon und verkrallte sich auf dessen Schulter in die Kleidung. Zu gern hätte Simon der Krähe über das Gefieder gestreichelt, doch er wagte es nicht, eine Hand von dem Sattel zu nehmen.

„Danke!“, rief er ihr nur zu, und die Krähe krächzte einmal zufrieden auf.

Moon trieb sie weiter zur Eile an. Sie blieben im Galopp. Die Pferde schnauften, doch sie hielten durch.

Einige Zeit waren sie so unterwegs, bis sich am Horizont zwei Fackeln zeigten, deren Flammen lodernd zum Himmel stoben. Und nur Sekunden darauf waren bereits die Mastkörbe zu sehen und die zerrissenen Segel.

Die Freunde ritten bis zum Ufer des schmalen Flusses. Sie lachten und schrien vor Erleichterung. Caspar warf vor Freude die Hände in die Luft, und Salomon brüllte Simon grinsend zu: „Hah – von wegen aufgeben!"

Sie sprangen von ihren Pferden und kletterten nacheinander die Strickleiter hinauf. Simon bemerkte aus dem Augenwinkel, wie Moon sich noch die Zeit nahm, sich bei den Pferden zu bedanken. Er strich ihnen über den Hals, drückte sein Gesicht in das Fell eines jeden Tieres und flüsterte einen indianischen Spruch.

„Los, komm schon!" Nervös und ungeduldig erinnerte Simon seinen Freund an die verrinnende Zeit. Moon kletterte hastig die Strickleiter hinauf, und Simon folgte ihm als Letzter. Erschöpft ließ er sich über die Reling fallen.

Kaum hatte er das Schiffsdeck berührt, da spürte er auch schon eine unbändige Müdigkeit in sich. So wie seine Freunde ließ auch Simon sich auf das Deck fallen und streckte sich vollkommen erschöpft auf den Schiffsplanken aus.

Das Einzige, was er noch sah, war das letzte Sandkörnchen, das aus dem oberen Glas in das untere fiel.

IN EINER ZEIT LANGE VOR DER ZEIT

Nur ganz langsam kam Simon zu sich. Er erwachte aus einem tiefen Schlaf. Einem Schlaf ohne Träume, ohne Bilder oder Visionen. Sein Körper hatte sich Kraft zurückgeholt. Und Simon fühlte sich entsprechend frisch und ausgeruht.

Er erhob sich von seinem Platz und ging an die Reling. Das Schiff lag auf dem Meer, und wieder einmal sah er sich zu allen Seiten von nichts als Wasser und Wellen umgeben.

Wie lange mochte er wohl geschlafen haben? Simon schüttelte diesen Gedanken schnell wieder ab. Auf diesem Schiff war das die falsche Frage. Zeit war hier etwas völlig anderes als in Simons bisherigem Leben. Raum und Zeit hatten hier nicht die Bedeutung wie zu Hause. Wieder einmal fragte sich Simon, wo sie sich wohl befanden, wenn sie – wie in einer Warteposition – auf diesem Meer trieben. Und in welcher Zeit? Oder verharrten sie nur in einem Teil des Schattengreifer-Universums? Gefangen auf dem Schiff, gefangen in dessen Magie?

Je länger ich auf diesem Schiff bin, umso weniger verstehe ich das alles, dachte Simon frustriert.

Er blickte sich auf dem Schiff um. Die Zeitenkrieger schliefen noch. Sie lagen auf dem Deck, an genau den Stellen, an denen sie sich vor der Reise hatten fallen lassen, und sogar in denselben Positionen. Anscheinend hatte auch von ihnen keiner die üblichen körperlichen Strapazen der Rückreise bewusst mitbekommen.

Simon schaute voller Mitgefühl auf seine Freunde. Auch sie hatten so viele Fragen. Keiner von ihnen wusste, was genau auf diesem Schiff vor sich ging oder was der Schattengreifer im Schilde führte.

Simons Blick ruhte lange auf Moon. Es tat ihm unendlich leid, dass sie es nicht geschafft hatten, den Indianer aus der

Macht des Schattengreifers zu befreien. Es tat ihm leid, dass Moon all das hatte erleben müssen, was er erlebt hatte.

Simon ließ seinen Blick weiterwandern, den vorderen Mast hinauf, bis zu dem Mastkorb, aus dem heraus die Flammen der Fackeln zuckten.

War auch sie wieder hier?

Simon strengte sich an und versuchte, im Mastkorb den Schnabel zu entdecken oder einen ihrer Flügel. Zu gern hätte er das Gespräch mit der kleinen Krähe wieder aufgenommen. Bei seinem ersten Besuch auf diesem Schiff waren sie unterbrochen worden, gerade in dem Moment, als die kleine Krähe sich ihm anvertrauen wollte. Nun hätten sie Gelegenheit, das Gespräch fortzusetzen.

Unwillkürlich musste Simon kichern. Wie verrückt das alles war. Noch vor einem Jahr hatte er auf diesem Deck gesessen und an seinem Verstand gezweifelt, weil er nicht glauben konnte, dass diese kleine Krähe überhaupt sprechen konnte. Und nun stand er hier und hoffte inständig auf ein Gespräch mit diesem Vogel, um Antworten auf seine dringendsten Fragen zu bekommen.

Wie schnell man sich doch an Gegebenheiten gewöhnen konnte. Auch wenn sie noch so ungewöhnlich oder gar verrückt waren.

Gerade jetzt hoffte Simon darauf, dass die Krähe hier war. Gerade nach allem, was am *Wounded Knee* passiert war, wollte er seine Fragen stellen.

Er umrundete den Mast, den Kopf in den Nacken gelegt, seinen Blick starr nach oben auf den Mastkorb gerichtet, und endlich entdeckte er, was er so sehr herbeisehnte: eine Bewegung. Etwas hatte sich in dem Mastkorb geregt. Simon glaubte, einen Flügel erkannt zu haben.

Er ging zur Bordwand, schwang sich auf die Reling und kletterte in die Wanten. Er wollte zu ihr. Da die Zeitenkrieger ohnehin noch schliefen, hatte Simon endlich Zeit, mit der kleinen Krähe zu sprechen. Es gab im Moment nichts, was ihm wichtiger gewesen wäre.

Er setzte einen Fuß auf eine der Webleinen, die in den Wanten als Sprossen dienten, und zog sich nach oben. Die Wante schwang hin und her. Der Mast knarrte unter der Belastung.

Schon wollte sich Simon weiter nach oben arbeiten, als aus dem Korb vorwitzig der Kopf der kleinen Krähe hervorlugte.

„Oh, du bist wach“, krächzte sie ihm zu. „Na, endlich!“

Sie schwang sich aus dem Korb, kam zu ihm heruntergeflogen und setzte sich auf die Reling. „Du wolltest wohl zu mir?“

Simon nickte.

„Na, dann klettere lieber mal wieder raus aus dem Spinnennetz. Hier unten können wir ohnehin viel besser plaudern.“

Simon sprang auf das Deck und setzte sich zu der Krähe auf die Reling.

„Wie geht es dir?“, erkundigte sich Simon sofort, noch bevor die Krähe einen Ton sagen konnte.

„Gut!“, kam die knappe Antwort.

Simon grinste. Es war der Krähe anzusehen, dass sie die Heimlichtuerei um ihre Person genoss, dass sie Spaß daran hatte, ihn ein wenig zappeln zu lassen. Und Simon gönnte ihr auch diesen Moment. Dennoch: Er wollte sie dieses Spiel nicht zu sehr ausreizen lassen. Er brauchte dringend Antworten.

Die Krähe ruckte mit dem Kopf. „Und wie geht es dir so?“

„Jetzt wieder gut. Aber ich hatte wirklich Angst, wir würden es nicht mehr hierher schaffen. Ich war mir sicher, der Seelensammler würde ohne uns zurückreisen.“ Er streckte eine Hand aus und strich der Krähe über das Gefieder. „Ohne dich hätten wir das Schiff auch niemals rechtzeitig erreicht und würden jetzt im Wilden Westen festsitzen."

„Ach was", krächzte die Krähe zurück. „Ihr hättet schon einen anderen Weg gefunden."

„Das glaube ich nicht", erwiderte Simon und war sich bewusst, dass es genau diese Worte waren, welche die Krähe jetzt hören wollte. „Wir stehen tief in deiner Schuld."

Der Vogel schwieg für einen Moment, anscheinend, um das Gehörte richtig auszukosten, dann erwiderte sie in ruhigem Ton: „Ich mag euch. Alle. Und ich kann verstehen, dass ihr euch gegen den Schattengreifer wehren wollt. Wenn ich wieder mal etwas für euch tun kann, lasst es mich wissen. Ich werde euch unterstützen, soweit es mir möglich ist."

„Soweit es dir möglich ist", wiederholte Simon und wagte seine erste Frage. „Woher hast du diese Zauberkräfte? Hat er sie dir verliehen?"

Die Krähe schüttelte heftig den Kopf. „Oh, nein! Und ich vermute, es hat ihn auch ordentlich überrascht, dass jemand außer ihm über etwas Zauberkraft verfügt."

Simon lachte. „Etwas Zauberkraft? Bitte nicht so bescheiden! Du hast die Zeit angehalten. Du hast es mit Hunderten von Krähen aufgenommen und sogar Soldaten einer Kavallerie bezwungen. Das ist doch wohl mehr als nur *etwas* Zauberkraft!"

Nun wirkte die Krähe sichtlich geschmeichelt. Doch sie wiegelte ab: „Nein, glaub mir, es ist nicht sehr viel, was ich an Magie beherrsche. Um ein paar Artgenossen ordentlich zu erschrecken, reicht es wohl aus, wie du gesehen hast. Und auch, um die krumme Krähe zu besiegen, hat es etwas Zauber gebraucht.

Das gebe ich zu. Aber die Soldaten habe ich ohne Magie besiegen können. Allein durch die Hilfe meiner vielen Artgenossen. Als ich sie um Hilfe bat, hat es mir vielleicht etwas geholfen, dass ich ihnen zuvor meine Zauberkunststücke zeigen konnte – du weißt schon, durch den Kampf gegen die krumme Krähe. Aber der Angriff auf die Soldaten ist völlig ohne Magie vonstattengegangen." Und sie kicherte und gluckste zufrieden in sich hinein bei dem Gedanken an die Männer, wie sie schreiend von ihren Pferden gestürzt waren.

„Und als du die Zeit angehalten hast?"

Die Krähe stutzte. „Das hatte mich selbst überrascht. Ich wusste nicht, dass ich eine solche Fähigkeit besitze. Als ich euch in Not sah, erinnerte ich mich an die Zauberformel und habe es einfach versucht. Zum Glück reichten meine Kräfte dafür aus."

„Aber woher hast du diese Kräfte?", hakte Simon nach. „Woher kennst du diese Zauberformeln?"

Die Krähe wurde plötzlich ruhiger, beinahe melancholisch. Sie blickte auf das Meer und sagte: „Ich war einmal wie du. Frei und voller Ideen. Ich hatte Freunde und lebte in einer Welt, die nichts wusste von Zeitreisen und diesem Seelensammler. Dann nahm der Schattengreifer mich zu sich in sein Reich. Er nahm mir meinen Schatten und auch mein bisheriges Leben. Er band mich an sich und an dieses Schiff. So wie er es mit den Zeitenkriegern getan hat."

Simon blickte noch einmal auf seine schlafenden Freunde. Neferti blinzelte im Schlaf. Sicher würde auch sie bald erwachen.

„Hat er dich auch aus einer Not heraus gerettet?", erkundigte sich Simon. Und die Krähe nickte.

„Ohne ihn hätte ich wohl den Verstand verloren. Hätte er nicht eingegriffen, dann …"

Sie seufzte und ruckte kurz mit ihrem Kopf, bevor sie fortfuhr: „Er braucht uns alle. Die Zeitenkrieger und uns Krähen auch. Wir sind Teile seiner Magie und seines Plans." Sie wies mit ihrem Schnabel zu dem hinteren Mast. Auf dem Rand des Mastkorbes saß die Krähe mit dem krummen Schnabel. Sie blickte zu den beiden auf der Reling hinunter.

„Uns Krähen benötigt er für seinen Zauber, mit dem er in Geschehen eingreifen kann, ohne dort zu sein. Und um seine Reisen anzutreten, von seinem Reich auf dieses Schiff und zurück. Jede Krähe, die er neu aufnimmt, lebt erst einmal mit ihm in seiner Festung."

Simon erinnerte sich an seinen Besuch im Reich des Schattengreifers. Daran, wie er für einen kurzen Moment durch die feuchten Hallen gegangen war auf der Suche nach Erde, die den Schattengreifer gesund machen sollte. Er sah die dunklen Hallen wieder vor sich und die dünnen Rinnsale, die von den Wänden strömten.

„Den ganzen Tag war ich an seiner Seite", erzählte die Krähe weiter. „Ich hatte keine Möglichkeit, mich von ihm zu befreien. Ich saß in seiner Nähe und beobachtete ihn, wie er sich seiner Magie zuwandte. Wie er seine Macht verstärkte und seine Zauberkräfte. Da ich die erste Krähe war, die er zu sich genommen hatte, konnte ich ihn bei seinen frühen Zauberversuchen beobachten. Ich hörte die Formeln, ich sah, wie er sich vorbereitete, und hörte, wie er sie aussprach. Und so übte ich in den Nächten, wenn er schlief, selbst Magie auszuüben. Ich dachte, ich könnte mich vielleicht von ihm befreien, wenn ich seinen Zauber verstand. Wenn ich wüsste, wie er die Macht über mich gewonnen hat, könnte ich ihm diese Macht vielleicht wieder nehmen. Doch meine Kräfte reichten nicht aus. Er ist wirklich ein mächtiger Zauberer, dieser Schattengreifer. Ein bisschen Zauber gelingt mir noch, aber an seine Fähigkeiten reicht das niemals heran."

„Immerhin konntest du die Zeit anhalten", wiederholte Simon noch einmal. Und die Krähe nickte: „Das hatte ich nicht erwartet. Es steckt wohl doch etwas mehr in mir, als ich bisher dachte."

Sie gluckste erfreut.

„Auf jeden Fall danke ich dir für deine Hilfe", erwiderte Simon, den die wiedergewonnene gute Laune der Krähe ansteckte.

„Vielleicht könnt ihr euch ja mal revanchieren", antwortete die Krähe.

„Klar!", gab Simon zurück. „Gib uns Bescheid, wenn wir was für dich tun können."

Nun wurde die Krähe schlagartig ernst und erwiderte: „Das kann schneller geschehen, als du vielleicht gerade ahnst."

„Du meinst, es gibt etwas, das wir für dich tun können?"

Die Krähe nickte. „Es macht auf dich vielleicht den Eindruck, als fühle ich mich hier wohl auf dem Schiff, in meinem Korb. Doch ich sehne mich nach meinem früheren Leben. Ich möchte noch immer fliehen aus dieser Welt, die keine richtige Welt ist. Und ich fürchte mich vor dem Schattengreifer."

In Simon regte sich der alte Tatendrang. „Was können wir für dich tun?"

Doch die Krähe dämpfte seinen Eifer: „Wenn ich das weiß, werde ich dir Bescheid geben."

„Einverstanden. Wir werden für dich da sein."

Die Krähe legte plötzlich den Kopf zur Seite, und Simon hatte den Eindruck, dass sie verschmitzt lächelte, als sie sagte: „Steht dir übrigens gut."

„Was?“

„Das Hemd. Es steht dir gut.“

Simon war regelrecht erleichtert, dass die Krähe das Thema zur Sprache brachte. Es zeigte ihm, dass sie bereit war, ihm endlich Antworten zu geben. „Neferti sagte mir, dass du es ihr gebracht hast. Woher hattest du das Hemd?“

Die Krähe schmunzelte tatsächlich. „Kannst du dir das noch immer nicht denken?“

„Ich … nein!“

„Kennst du es denn?“

Simon hob die Schultern in die Höhe. „Ich glaube, ich habe es schon einmal gesehen. Irgendwo. Ich weiß nur nicht, wo das gewesen sein könnte.“

„Denk doch noch einmal nach!“, schlug die Krähe vor. „Ein blaues Hemd mit weißen Knöpfen. Bis auf den zweiten Knopf dort an deinem Hals.“

„Eben!“, bestätigte Simon. „Gerade dieser zweite Knopf. Ich bin mir sicher, ich habe dieses Hemd schon einmal gesehen. Aber es war nicht hier auf dem Schiff.“

„Stimmt!“, bestätigte die Krähe knapp.

„Ich habe es auch nicht auf einer unserer Zeitreisen gesehen“, sagte Simon, und die Krähe bestätigte seine Überlegung wieder mit einem knappen: „Stimmt!“

„Dann … dann muss ich es außerhalb dieser Schattengreifer-Welt gesehen haben. Irgendwo …“

Die Krähe rutschte nahe an ihn heran. Sie zitterte vor Aufregung und Vorfreude. „Ja?“

„Irgendwo … in meiner Welt?“ Simon strengte sich an. Seine Finger nestelten erregt an dem zweiten Knopf des Hemdes. „In meinem Ort? Meiner Schule? Oder gar … bei mir zu Hause?“

Die Finger hielten inne. Simons ganzes Gesicht hellte sich auf. Jetzt wusste er es. Er sah es wieder vor sich, dieses Hemd. Warum war er nicht früher darauf gekommen? Natürlich kannte er es. Er war sozusagen schon immer an jedem Tag seines Lebens daran vorbeigelaufen.

Vor seinem geistigen Auge sah er sein Zuhause vor sich. Die Wohnzimmerwand, an der die unzähligen Urkunden, Fotos und Abzeichen seines Vaters hingen. Zeugen des großen Erfolgs, den der Vater jahrelang als Ruderer gehabt hatte. Zwischen zwei Urkunden, direkt unterhalb einer goldenen Medaille mit einem Ruderboot, hing ein Foto, das Simons Vater vor einem roten Skiff zeigte, vor seinem roten Einer-Ruderboot, mit dem er zahlreiche Wettkämpfe gewonnen hatte. Damals, als er in Simons Alter war. Mit stolzem, überglücklichem Gesicht war er auf dem Foto zu sehen. Simon wusste, dass es der Tag des ersten großen Sieges seines Vaters in einer Ruder-Regatta war. Freudig hielt der Vater die goldene Medaille in die Kamera. Und auf diesem Foto trug er genau das Hemd: blau, mit weißen Plastik-Knöpfen, bis auf den zweiten, der durch einen Holzknopf ersetzt worden war.

Simon war es, als würde ihm der Boden unter den Füßen weggerissen. Für einen Moment wurde ihm schwindlig, und er hielt sich an der Reling fest.

„Das … das Hemd!", stammelte er ergriffen. „Es gehört … meinem Vater!"

Die Krähe strahlte ihn an. „Perfekt. Ich wusste doch, dass du dich erinnern würdest."

Simon fing sich allmählich wieder. „Mein Vater? Was hat mein Vater mit diesem Schiff zu tun?"

„Erinnerst du dich an unser erstes Gespräch? Damals erzählte ich dir von einem Jungen, dem als Einzigem bisher die Flucht vom Seelensammler gelungen war."

„Ja, natürlich erinnere ich mich daran. Aber du meinst doch nicht etwa …"

„Dieser Junge war dein Vater, Simon!"

„Das … das ist unmöglich. Mein Vater … Er hätte mir doch …" Simon verstummte. Plötzlich fiel ihm das Gespräch mit seinem Vater wieder ein, als sie am Küchentisch gesessen hatten und der Vater ihm, so ernst wie noch nie zuvor, Fragen gestellt hatte. Konnte es sein, dass er vielleicht in diesem Moment mit ihm über den Schattengreifer hatte sprechen wollen? Er hatte Simon gezielt nach den Träumen befragt. Vielleicht, weil er diese Träume kannte?

Simon wurde es heiß und kalt. Sein Vater war tatsächlich hiergewesen?!

Er sprang von der Reling auf. „Wann war mein Vater auf dem Schiff?", fragte er die Krähe aufgebracht. „Und wie hat er überhaupt flüchten können?"

„Beruhige dich", mahnte der Vogel. „Ich werde dir alles erzählen. In Ruhe."

Simon atmete tief ein und setzte sich wieder auf die Reling . Auch wenn es ihm schwerfiel.

Die Krähe begann zu erzählen: „Ich gebe das nicht gern zu, aber schau dich um. Dieses Schiff ist ein Meisterwerk. Die Zeitmaschine mit ihren Möglichkeiten. Die Fähigkeit, die Natur in einem solchen Maße zu beherrschen, dass er die Reisen unternehmen kann – all dies ist höchste Magie. Es hat den Schattengreifer Jahrhunderte gekostet, dies alles auszudenken, zu konstruieren und in seine Gewalt zu bekommen."

„Das kann ich mir vorstellen."

„Also wollte er auch jemanden an Bord haben, der mit Schiffen umgehen kann. Jemanden, der bewiesen hat, dass er sich hervorragend auskennt."

„Meinen Vater?"

„Genau. Der Schattengreifer entdeckte ihn während einer seiner Zeitreisen. Er hat deinen Vater eine Regatta gewinnen sehen. Da musste dein Vater so alt sein wie du heute. Es war eine Regatta für Ruderboote."

„Ich weiß, welches Rennen du meinst. An diesem Tag hatte mein Vater das blaue Hemd an. Er hatte in seinem roten Skiff alle anderen abgehängt."

„Nicht nur das. Er bewies auch enormes Wissen. Dein Vater sprach nach dem Rennen sehr ausführlich über sein Hobby. Und er kannte sich besser aus als jeder andere seines Alters. Das hat den Schattengreifer beeindruckt. Und an diesem Tag hat er beschlossen, deinen jungen Vater auf das Boot zu holen. Als ersten aller Zeitenkrieger."

„Mein Vater? Der erste Zeitenkrieger?" Simon konnte es noch immer nicht recht glauben. Doch dann besann er sich wieder auf seine Fragen. „Warum gelangen immer nur Jugendliche auf dieses Schiff?", hakte er nach. „Schau dich um. Wir alle sind höchstens vierzehn Jahre alt. Warum sucht sich der Schattengreifer keine Erwachsenen für sein Vorhaben?"

Die Krähe legte den Kopf zur Seite. „Diese Frage kann ich dir leider nicht beantworten", sagte sie. „Ich habe sie mir auch schon oft gestellt, doch bisher hab ich keine Lösung finden können. Diesen Entschluss muss er gefasst haben, als ich nicht mehr täglich in seiner Nähe war."

„Wie ging es mit meinem Vater weiter?"

Die Krähe blickte wieder in die Weite. Sie versuchte augenscheinlich, sich die Erinnerungen als lebendige Bilder aus dem Gedächtnis hervorzuholen. „Der Schattengreifer sprach deinen Vater an diesem Tag an. Er versprach dem Jungen viel Ruhm und ein ganz besonderes Leben auf einem besonderen Schiff, wenn er mit ihm käme."

„Warst du dabei an diesem Tag?"

Sie nickte. „Ich saß auf der Schulter des Magiers. Damals war ich noch sein ständiger Begleiter. Der Schattengreifer redete auf deinen Vater ein, und ich konnte sehen, wie sich das Gesicht deines Vaters immer mehr aufhellte. Es war ihm anzumerken, wie sehr ihn dieses Angebot lockte. Doch schließlich, sehr zur Verwunderung des Schattengreifers, lehnte dein Vater ab. Er wolle bei seiner Familie bleiben und bei seinen Freunden, sagte er. Er wollte mit seinem Boot noch weitere Wettrennen fahren und auch die Schule abschließen. Er bedankte sich für das Angebot und ging. Obwohl ihm das bestimmt nicht leicht gefallen ist."

„Er ging? Einfach so?"

„Genau. Ich konnte die Wut und die Enttäuschung des Schattengreifers regelrecht spüren. Er sah deinem Vater nach und fühlte sich gedemütigt. Einen Magier seines Ranges lässt man nicht so einfach stehen. Und so kam er auf den Gedanken, deinen Vater zu entführen."

„So wie alle Zeitensegler entführt worden sind", murmelte Simon mit Blick auf seine schlafenden Freunde.

„Nicht ganz", widersprach die Krähe. „Der Schattengreifer drang in dieser Nacht in das Schlafzimmer deines Vaters ein, während er schlief. Dein Vater lag in seiner Kleidung auf dem Bett. Er war wohl so erschöpft von der Regatta und von all den

Eindrücken, dass er, so wie er war, auf das Bett gefallen sein musste und eingeschlafen war. Der Schattengreifer streckte seine weiße Klaue aus, griff sich im Licht der Nacht den Schatten deines Vaters, und als der erwachte …"

„… befand er sich hier." Simon fuhr sich nachdenklich durch die Haare. „Seltsam", murmelte er, und laut fragte er: „Mein Vater wurde also einfach entführt und nicht wie die anderen aus einer großen Not heraus gerettet?"

„Wie gesagt: Es war eben nicht wie bei den anderen. Aber genau das sollte dem Schattengreifer zum Verhängnis werden."

Simon hielt es beinahe nicht mehr aus auf seinem Platz an der Reling. Ungeduldig rutschte er hin und her. Er wollte alles ganz genau wissen, doch gleichzeitig fehlte ihm die Geduld, ihr noch weiter zuzuhören.

Die Krähe nahm ihre Rede wieder auf: „Als dein Vater erwachte, war er allein auf diesem Schiff. Du kannst dir seine Angst sicher vorstellen. Als der Schattengreifer erschien, erzählte er deinem Vater, dass er Teil eines großen Plans sei. Dass er sich geehrt fühlen sollte, der Erste zu sein, den er auserwählt hatte. Dein Vater ließ sich nicht beeindrucken. Er wollte nur zurück nach Hause. Seine Angst und seine Sehnsucht waren übergroß. Doch der Schattengreifer ließ ihn nicht gehen."

„Also ist mein Vater geflüchtet?"

„Ich habe ihn selbst dabei beobachtet", antwortete die Krähe, wieder nicht ohne Stolz. „Eines Nachts wachte er auf, dein Vater. Er glaubte, die Stimme seiner Mutter gehört zu haben. Wie von Sinnen rannte er über das Deck. Er wollte nur noch fort von hier. Und schließlich – ohne weiter darüber nachzudenken – streifte er sich sein Hemd ab, stellte sich auf die Reling und sprang ins Meer."

Simon zuckte zusammen und starrte unwillkürlich in Richtung der Brüstung.

Die Krähe bemerkte seinen Blick. „Dort vorn, wo die Strickleiter befestigt ist, stand er auf der Reling", bestätigte sie. „Und ohne sich umzudrehen, ist er gesprungen."

„Was …?"

„Ich bin sofort zu ihm geflogen, doch ich konnte ihn nicht mehr entdecken. Das Meer war völlig ruhig. Nicht einmal eine kleine Welle hatte dein Vater hinterlassen. Zuerst dachte ich, er sei ertrunken. Doch dann erfuhr ich die Wahrheit. Nur allmählich. Und nur, weil der Schattengreifer selbst das Geheimnis lüftete, warum dein Vater fliehen konnte."

„Echte Gefühle", sagte Simon betont, und die Krähe kicherte.

„Oh, du erinnerst dich noch an unser letztes Gespräch!"

„All sein Zauber endet da, wo sich ein menschliches Herz öffnet", sagte Simon weiter. „Das hast du mir damals auf dem Schiff gesagt. Gegen wahre Menschlichkeit und echte Gefühle ist der Schattengreifer mit seiner Magie machtlos."

Die Krähe nickte anerkennend. „Kompliment. Das hast du dir gut gemerkt. Du bist bestimmt der erste Mensch, dem ich etwas beigebracht habe", kicherte sie, dann wurde sie wieder ernst: „Deine Großmutter machte sich damals große Sorgen um ihren Sohn. Sie vermisste deinen Vater. Und er vermisste sie."

„Wahre Gefühle!"

„Mit dem mutigen Satz ins Meer befreite sich dein Vater ohne es zu ahnen auch aus dem Zauberbann des Schattengreifers. Er tauchte auf in der Welt, in der er geliebt und vermisst wurde. Genau so war es! Bei meinen Federn!"

„Und damit war er für alle Zeit für den Schattengreifer verloren."

„Du bist ein schlaues Kerlchen! Ja, einmal raus aus dem Zauber – und der Schattengreifer kann tun, was er will, er erreicht denjenigen nicht mehr."

Simon blickte zu der Reling, dorthin, wo sein Vater von Bord gesprungen war. Er versuchte, ihn sich vorzustellen, diesen Jungen, den er nur von dem Foto im Wohnzimmer kannte. Und er bewunderte seinen Vater für dessen Mut, sich mit einem gewagten Sprung zu retten.

Plötzlich riss Simon die Augen auf. „Deshalb die Katastrophen!", rief er aus. „Jetzt verstehe ich das! Der Schattengreifer erscheint dann, wenn die Not der Menschen am größten ist. Er *entführt* die Jugendlichen nicht, er lässt sie sich *geben*."

Die Krähe schnalzte hörbar mit der Zunge. „Wirklich ein cleveres Kerlchen! Die Eltern vermissen ihre Kinder nicht. Denn sie wurden ihnen nicht genommen. Sie ..."

„... vertrauten sie dem Schattengreifer an. Er lässt sie in dem Glauben, er rette die Jugendlichen. Und so ..."

„... haben die Eltern nicht das Gefühl, sie hätten jemanden verloren. Sie leben in dem Glauben ..."

„... sie haben ihre Kinder gerettet. Und deshalb sehnen sie sie nicht herbei." Simon schlug mit der Faust auf die Reling. „Deswegen also können die Zeitenkrieger nicht fliehen."

Die Krähe trippelte auf der Stelle. „Genial, oder? Wenn es nicht so furchtbar traurig wäre, könnte man ihn für diesen Schachzug glatt bewundern."

„Und ich bin hier, weil ich der Sohn meines Vaters bin", schloss Simon. „Der Schattengreifer erhofft sich auch von mir, dass ich ihm mit meinem Können und meinem Wissen zur Seite stehen kann."

„Oh, ich denke, er hat größere Dinge mit dir vor."

Simon verzog nachdenklich das Gesicht. „Aber welche Dinge? Was ist sein …"

Da wurden sie unterbrochen. Neferti war erwacht und kam zu Simon und der Krähe an die Reling. Mit einer Hand wischte sie sich über das Gesicht. Sie hatte noch nicht ganz ausgeschlafen, doch man konnte ihr ansehen, dass auch ihr der Schlaf gutgetan hatte.

„Ich konnte euer Gespräch verfolgen, während ich wach wurde", sagte sie. „Und mir ist jetzt auch einiges klar geworden."

„So?" Die Krähe war sichtlich verärgert über die Unterbrechung. Sie hätte das Gespräch mit Simon wohl gern weitergeführt.

Simon schloss daraus, dass sie noch weitaus mehr wusste. Und er spürte, dass sie bereit war, dieses Wissen mit ihm zu teilen.

Doch das musste warten. Simon wandte sich Neferti zu. „Was ist dir bewusst geworden?"

„Wir hatten doch darüber gesprochen, dass wir Zeitenkrieger schon einmal bei dir gewesen sind. Dass wir durch das Hemd auf der Zeitmaschine zu dir nach Hause geführt wurden."

„… und dass ich euch seltsamerweise nicht bemerkt hatte", ergänzte Simon und sah Neferti gespannt an.

„Weil es nicht dein Hemd war", erklärte Neferti. „Verstehst du? Es ist das Hemd deines Vaters. Und es hat uns in seine Zeit geführt. In eine Zeit, in der er selbst noch ein Junge war. Du konntest uns also gar nicht bemerken, weil es dich zu diesem Zeitpunkt noch nicht gab."

Simon nickte. „Das leuchtet mir ein." Sein Kopf fühlte sich allerdings an, als würde er bald platzen. All diese Informationen musste er erst einmal verarbeiten. Er strich mit einer Hand sachte über seinen Arm, über den Stoff des Hemdes. Bisher hatte er es nur gegen die Kälte getragen. Doch auf einmal hatte es eine ganz andere Bedeutung für Simon gewonnen.

Neferti gönnte ihm einige Sekunden, dann sagte sie: „Nun müssen wir nur noch erfahren, was genau der Plan des Schattengreifers ist."

Sie und Simon sahen augenblicklich voller Erwartung auf die kleine Krähe. Doch die schüttelte rasch den Kopf. „Oh, bitte keine zu großen Hoffnungen! Ich weiß nicht viel", antwortete sie, und es klang wie eine Entschuldigung. „Ich werde euch da keine große Hilfe sein."

„Sag uns doch einfach nur das, was du mit Sicherheit weißt. Vielleicht hilft uns das ja auch schon weiter."

Die Krähe ruckte mit dem Kopf. „Was weiß schon so eine kleine Krähe wie ich? Meint ihr, der Magier plaudert einfach so seine geheimsten Gedanken aus? Meint ihr, er singt mich nachts in den Schlaf mit dem *Lied seiner Pläne?* Ihr denkt wohl …"

Simon stützte die Hände auf die Reling. „Kann es sein, dass du gar nichts weißt und es nicht zugeben willst?"

„Ha!", gab die Krähe beleidigt zurück. „Von wegen. Ich weiß eine ganze Menge!"

„Aber?"

„Aber wohl nicht in der richtigen Reihenfolge … ähem …" Sie blickte verschämt unter sich.

Simon lächelte. „Verrate uns doch einfach das, was du weißt", bat er noch einmal, und die Krähe gab sich sichtbar einen innerlichen Ruck.

„Von dem *großen Plan* spricht er immer. Von dem *großen Ziel*. Von … von …"

Sie stockte.

„Ja?"

„Von … oh weh!"

Sie klappte den Schnabel zu und riss gleichzeitig die Augen auf. Schaudernd blickte sie über Simon und Neferti hinweg. Auch die beiden Freunde starrten erschrocken nach oben und sahen, wie sie angestürzt kam: Die Krähe mit dem krummen Schnabel schoss von ihrem Mastkorb direkt auf die drei zu.

Simon und Neferti duckten sich. Die kleine Krähe sprang zur Seite, als die große neben ihr landete.

„Was geht hier vor?", krächzte sie mit ihrer knurrigen Stimme. „Gründet ihr einen neuen Club? Vielleicht den Verein der Rätselknacker?"

„Was willst du?", erkundigte sich die kleine Krähe entnervt.

„Ich will Rätsel lösen", erwiderte die große. „Das macht ihr doch auch gerade. Ich möchte das Rätsel lösen, warum du mir im Kampf einen Zauber ins Gefieder gestoßen und mich vor unseren Artgenossen bloßgestellt hast."

„Du weißt, dass ich hinter diesen Jugendlichen stehe", gab die kleine Krähe zur Antwort.

„Und du weißt hoffentlich noch, dass ich dem Schattengreifer näherstehe als du. Du solltest Acht geben, wer deine wirklichen Freunde sind."

„Genau das mache ich ja gerade", sagte die kleine Krähe und rutschte auf der Reling näher an Simon und Neferti heran.

Die große Krähe klapperte verächtlich mit dem Schnabel. „Willst du mir tatsächlich erzählen, dass du diese beiden mir vorziehst?"

Simon trat einen Schritt vor und stellte sich demonstrativ an die Seite der kleinen Krähe. „Ich denke, sie hat sich entschieden", sagte er.

Die große hob blitzschnell ihren Kopf. Die Spitze ihres krummen Schnabels wies direkt auf Simons Gesicht. „Ich mag dich nicht“, stieß sie überheblich hervor. „Ich hab dich von der ersten Sekunde an nicht gemocht, als du mit diesem ängstlichen Gesicht das Schiffsdeck betreten hast. Der macht nur Ärger, dachte ich mir. So wie sein Vater, dachte ich mir. Auch er hatte die Hosen ordentlich voll, als er hier ankam. Und dann hat er ebenfalls nur Ärger gemacht.“

Simon ballte die Hände zu Fäusten. „Kein falsches Wort über meinen Vater. Hörst du? Sonst …“

„*Sonst was?*“, schnitt ihm die große Krähe das Wort ab. „Willst du mir drohen? Willst du diese kleine Mickerkrähe hier auf mich hetzen, damit sie mir einen zweiten Schnabel hext?“ Und sie blickte verächtlich auf die kleine Krähe an ihrer Seite.

„Es reicht jetzt“, erwiderte diese. „Verschwinde, flatter weiter!“

„Oh, das klingt ja schon wieder wie eine Drohung!“, rief die große verächtlich. „Soll ich mich jetzt fürchten? Soll ich jetzt vor deinen Zauberkräften davonfliegen?“

Die kleine Krähe gab keine Antwort, was die große nur noch mehr herausforderte: „Glaub nicht, dass du allmächtig bist. Nur weil du das Glück hattest, in dem Moment auf der Schulter des Magiers zu sitzen, als er seine Zauberkraft schulte. Zugegebenermaßen besitze ich selbst kaum Zauberkraft, aber immerhin kenne ich mich ein wenig aus.“

Nun wirkte die kleine Krähe doch eine Spur besorgt: „Was willst du damit sagen?“

Der krumme Schnabel klappte schon wieder herablassend auf und zu: „Ich weiß, dass ein solch mächtiger Zauber wie der, den du im Schnee ausgeführt hast, die Kräfte erlahmt. Die Zeit anzuhalten bedeutet größte Kraftanstrengung. Nicht umsonst zieht sich der Schattengreifer immer wieder in seine Hallen zurück, um sich zu erholen." Sie kam nahe an die kleine Krähe heran. „Ich weiß, dass du jetzt kraftlos bist. Nichts weiter als eine winzige Ansammlung struppiger Federn. Und ich werde dich lehren, noch einmal gegen mich anzutreten! Ich werde dir zeigen, was für ein Gefühl es ist, vor seinen Freunden blamiert zu werden!" Sie wies auf Simon und Neferti. „Es ist alles da, um dir eine Lektion zu erteilen: deine Freunde und meine Wut. Also, mach dich auf eine besondere Lehre gefasst!"

Und ohne ein weiteres Wort sprang sie auf die kleine Krähe zu und verbiss sich mit ihrem krummen Schnabel in deren Gefieder am Hals.

Die kleine schrie gellend auf.

Simon stürzte hinzu, doch in diesem Moment ließ die große Krähe von der kleinen ab und funkelte Simon mit stechenden Augen entgegen. „Wage es nicht, dich einzumischen, federloser Menschenjunge! Sonst hacke ich dir die Augen aus."

Sie funkelte ihn so hasserfüllt an, dass Simon unwillkürlich zurückschreckte. Schon vergrub der Vogel erneut seinen Schnabel in der aufschreienden kleinen Krähe.

„Simon!", rief Neferti entsetzt. „Wir müssen doch etwas tun!"

Der Junge geriet in Panik. Keinesfalls würde er mit ansehen, wie diese beiden Vögel sich in Stücke hackten.

Das Geschrei der Krähen weckte nun auch die anderen Zeitenkrieger. Verschlafen und gleichzeitig erschrocken, versuchten sie, herauszufinden, was um sie herum vorging.

Simon ließ alle Vorsicht fahren. Er sprang auf die beiden kämpfenden Krähen zu, doch gerade, als er die größere der beiden packen wollte, gab es einen donnernden Schlag gegen das Schiff.

Die Krähen stoben erschrocken auseinander. Die Zeitenkrieger sprangen auf die Füße. Neferti klammerte sich an Simon.

Mit einem entsetzlichen Krachen neigte sich der Seelensammler zur Seite, und die Jugendlichen suchten sich Halt.

Das Schiff legte sich so sehr zur Seite, dass die Reling beinahe die Wellenspitzen berührte. Und allen war bewusst, was dies bedeutete: Der Schattengreifer würde in wenigen Momenten erscheinen.

Schon richtete sich das Schiff wieder auf. Die Jugendlichen verließen ihre sicheren Plätze und liefen zusammen.

„Der Tag geht ja gut los!“, sagte Salomon. „Erst das Geschrei der Krähen und jetzt auch noch der Schattengreifer.“

„Wir sollten auf alles gefasst sein“, mahnte Nin-Si. „Unser Ausflug nach *Wounded Knee* wird ihn nicht gefreut haben.“

Bei diesem Stichwort richteten alle ihre Aufmerksamkeit auf Moon.

„Wie geht es dir?“, fragte Simon besorgt.

„Es geht schon“, kam die Antwort leise.

„Dann bereitet euch vor!“, warf Neferti ein, und die sechs liefen auseinander, um sich erneut Halt zu suchen.

Keine Sekunde zu früh. Denn wieder wurde das Schiff von der Kraft des Zaubers ergriffen. Wieder legte es sich zur Seite, als zerre jemand an den Masten. Kurz nur, dann erhob es sich aus seiner Schräglage, und wie jedes Mal nach dem zweiten Stoß gegen den Seelensammler bildete sich die dichte Nebelwolke vorn am Bug des Schiffes. Nebelschwaden waberten an der Rückseite der riesigen Bugfigur, und in diesem Nebel konnten die Jugendlichen erkennen, wie sich langsam die hagere Gestalt des Schattengreifers herausbildete.

Der Schattengreifer war zu ihnen zurückgekehrt.

Ein Schrei. Dann schlug er um sich, um die weiße Hand abzuwehren, die ihn greifen wollte. Es gelang ihm nicht. Die knochigen Finger kamen näher, berührten beinahe sein Gesicht.

Noch einmal schlug er um sich, dann riss er die Augen auf und stellte atemlos fest, dass er in seinem Bett lag. Verschwitzt und mit rasendem Herzen setzte sich Christian auf. Wie lange hatte er diese Träume schon nicht mehr gehabt? Jahre war es her, doch die Bilder waren ihm noch immer so vertraut, als wäre er erst gestern vor alledem geflüchtet. Krähenschnäbel, zerrissene Segel und Flammen, die gegen den Himmel stoben.

Er setzte sich auf die Bettkante. Träume aus seiner Jugend. Erinnerungen an eine Begebenheit, die so weit zurücklag, dass Christian schon glaubte, das alles wäre Einbildung gewesen. Gerade so, als hätte es den Sprung von der Reling ins rettende Wasser nie gegeben.

Er stand auf und sah sich nach seiner Frau um. Sie schlief. Nicht einmal sein Schrei hatte sie wecken können. Er lächelte. Typisch Jessica. Sie ließ sich durch nichts und niemanden ihren Schlaf nehmen. Es könnte Autoreifen regnen, sie würde nicht erwachen.

Christian ging nach unten in die Küche. Er goss sich ein Glas Wasser ein und trank es in einem Zug aus. Mit dem leeren Glas in der Hand ging er ins Wohnzimmer und stellte sich vor das Foto, auf dem er als strahlender Sieger seiner ersten großen Regatta stand. An diesem Tag hatte alles begonnen.

Jahrzehntelang hatte Christian nicht mehr diese Träume gehabt. Doch heute Nacht waren sie wieder so lebendig, so realistisch wie früher. Träume, auf die er gern verzichtet hätte. Träume, die ihn vor vielen Jahren so aus dem Schlaf gerissen hatten wie heute Nacht. Ähnlich wie es Simon nachts erging in der letzten Zeit, wenn er …

Simon!

Das Glas fiel dem Vater aus den Händen. Klirrend zerschlug es in tausend Teile auf dem Boden. Voller Panik stürzte Christian die Treppe hinauf und riss die Tür zu Simons Schlafzimmer auf.

„Simon!“

Doch das Bett war leer.

Sein Sohn lag nicht darin.

Simon hätte sich am liebsten in einem Winkel verkrochen. Und den anderen ging es wohl ebenso. Wieder einmal hatten sie den Zorn des Schattengreifers auf sich gezogen. Nur dieses Mal war alles vergeblich. Moon war wieder zurück. Der ganze Ausflug nach *Wounded Knee* war ein einziges Drama gewesen. Und nun würde auch noch die Bestrafung für ihre misslungene Rettungsaktion folgen.

Simon hätte es den anderen gegenüber nicht gern zugegeben, aber ihm zitterten die Knie.

Majestätisch trat der Schattengreifer aus der dichten Nebelwolke hervor. Auf seiner Schulter saß die mächtige Krähe, die ihn stets aus seiner Welt hierher begleitete. Und wie schon zuvor konnte Simon die Reste der Krähenfedern sehen, die sich in die Haut des Schattengreifers zurückzogen. Der Abschluss seiner Verwandlung, die für die Reise aus seiner Welt zum Seelensammler nötig war.

Simon spürte, wie Neferti Stück für Stück an ihn heranrückte und schließlich zögernd nach seiner Hand griff. Simon beantwortete diesen Hilferuf, indem er seine Hand zärtlich, aber entschieden um ihre schloss. Er hörte Neferti erleichtert aufatmen.

Als sich die letzten Federspitzen in die Haut verzogen hatten, bewegte sich der Magier langsam auf sie zu.

Simon rechnete mit einem erneuten Wutausbruch. Vielleicht wieder mit Flüchen und Flammen, wie er es schon einmal erlebt hatte. Oder damit, dass der Schattengreifer ihn abermals brüllend von Bord jagen würde.

Doch nichts dergleichen geschah. Zum Erstaunen aller wirkte der Schattengreifer völlig gelassen, als er auf das Deck trat. Schweigend und interessiert um sich schauend. Er blickte jedem Einzelnen in die Augen und nickte ihnen sogar zu.

Simon spürte, wie der Druck von Nefertis Hand nachließ. Das unerwartet ruhige Auftreten des Magiers schien auch ihr aufzufallen.

Fast in der Mitte des Schiffsdecks blieb der Schattengreifer schließlich stehen. Er wandte sich Moon zu und sagte in ruhigem Ton: „Du bist da. Wie geht es dir?"

„Ich …" Der Indianer brachte vor Erstaunen kaum einen Ton heraus. In der schnarrenden Stimme des Schattengreifers glaubte er echte Anteilnahme zu spüren. „Ich komme schon zurecht."

„Kannst du dich erinnern?"

Moon nickte. „Ja. An beide Zeiten. Ich erinnere mich daran, wie Ihr beim ersten Mal aufgetaucht seid, um mit meiner Mutter zu sprechen, und ich erinnere mich an das zweite Mal, als meine Freunde erschienen sind."

„Das muss verwirrend sein", antwortete der Schattengreifer, ohne seine Lippen zu bewegen, und Simon horchte auf. Es lag tatsächlich so etwas wie Mitgefühl in der Stimme des Magiers.

„Verwirrend, ja", gab Moon zurück. „Ihr habt recht."

Nun wandte sich der Magier Simon zu. „Und du? Wie geht es dir mit all dem, was du zu sehen bekommst?"

Simon wurde immer unsicherer. Was hatte das zu bedeuten? Interessierte sich der Schattengreifer wirklich für die Verfassung seiner Jugendlichen? Oder führte er etwas im Schilde? Was auch immer es war, Simon wollte ehrlich mit ihm sein. „Es ist nicht leicht, mit all dem umzugehen", sagte er daher. „Wir alle sind geschockt, wenn wir sehen ..."

„... wozu der Mensch fähig ist?", fragte der Schattengreifer, und seine Stimme änderte sich augenblicklich. Er sprach betonter, nachdrücklicher. So, als wolle er sichergehen, dass die Jugendlichen den tieferen Sinn seiner Worte verstanden. „Kriege werden geführt. Die Menschen bekämpfen sich auf immer neue Arten. Die schlimmsten Katastrophen der Geschichte hat der Mensch selbst herbeigeführt. Das gilt für die Vergangenheit, und das gilt auch für die Zukunft."

„Ich verstehe nicht, worauf Ihr hinauswollt", antwortete Simon vorsichtig.

Der Schattengreifer trat auf ihn zu: „Bist du bereit für eine weitere Reise, Simon? Bist du bereit, dich all deinen Fragen zu stellen? Bist du bereit, Antworten zu erhalten? Möchtest du wissen, was das große Ziel ist?"

Simon traute seinen Ohren kaum. War das ein ehrliches Angebot? Wollte der Schattengreifer ihn tatsächlich einweihen?

Simon zögerte. Nefertis Händedruck hatte sich wieder verstärkt.

„Wollt Ihr mir denn Antworten geben?", fragte Simon vorsichtig zurück.

Der Schattengreifer streckte eine seiner Hände aus. Die dünnen Finger winkten Simon zu sich heran.

„Ich lade dich ein", sagte der Schattengreifer. „Zu einer Reise, die dir die Augen öffnen wird. Und du solltest dich fragen, ob du wirklich imstande bist, dich diesen Antworten zu stellen."

Simon ließ Nefertis Hand los.

„Nein!", stieß sie flüsternd hervor. „Geh nicht mit ihm. Es könnte wirklich eine Falle sein."

Er sah sich nach ihr um. Der Verdacht war ihm selbst schon gekommen. In Nefertis Augen konnte er die Angst um ihn erkennen.

„Ich kann nicht anders", gab er zur Antwort. „Ich muss endlich alles wissen. Vielleicht kann ich erfahren, was sein Plan ist. Warum er euch braucht. Und was meine Rolle in seinem Spiel ist. Vielleicht …"

„Und wenn es doch eine Falle ist?", versuchte Neferti, ihn noch einmal zu warnen.

„Wir haben doch keine andere Wahl, Neferti", gab Simon zurück. Er wandte sich um, stellte sich dem Schattengreifer gegenüber und ergriff dessen Hand. Sie fühlte sich kalt an.

„Ich bin bereit."

Der Schattengreifer baute sich vor dem Jungen auf, zog seine andere Hand hervor, legte alle Fingerspitzen an Simons Schläfen und sagte nur: „Dann komm mit mir!"

Verzweifelt setzte sich Simons Vater auf die Bettkante. Seine Befürchtungen hatten sich bestätigt. Simons Träume – er hatte den richtigen Verdacht gehabt, doch er hatte Simon zu spät darauf angesprochen.

Nun saß er hier, in Simons Zimmer, und fürchtete um seinen Sohn.

Mit der Hand strich er über die inzwischen kalte Bettdecke, während sein Blick abschweifte, durch das Zimmer glitt und an dem Kalender haften blieb, der neben dem Türrahmen an der Wand hing. Ein kalter Schauer jagte ihm über den Rücken, als er das Datum sah, das mit einem roten Plastikrähmchen hervorgehoben war. Christian rechnete zurück, und die Gewissheit war für ihn wie ein Schlag in den Magen. Kein Zweifel: Heute war der Jahrestag der Regatta. Heute genau vor dreißig Jahren hatte Christian seine erste große Regatta gewonnen. Und an diesem Tag, vor dreißig Jahren, war er ihm zum ersten Mal begegnet, dem Schattengreifer. Sollte es jetzt wieder beginnen? Dieses Mal mit Simon im Bann des schwarzen Magiers?

Christian brauchte Klarheit. Eine letzte Sicherheit.

Er sprang von dem Bett auf und hechtete die Treppe hinunter, raus aus dem Haus, über die Wiese hin zum Bootshaus. Hier blieb er abrupt stehen.

Die Tür zum Bootshaus war nur angelehnt. Der Anblick schnürte Christian die Kehle zu. Langsam ging er zu der Tür. Er legte zitternd eine Hand auf die Klinke, atmete noch einmal durch und öffnete die Tür schließlich mit einem Ruck.

Das Boot war fort.

Christians Kräfte schwanden. Hier hatte er seine Gewissheit. Simon war mit dem Boot unterwegs. Und Christian konnte sich denken, wohin sein Sohn gerudert war.

Es war also nicht vorbei, wie er gehofft hatte. Im Gegenteil. Hier stand er, im leeren Bootshaus, und war sich schmerzhaft bewusst, dass alles einen neuen Anfang genommen hatte.

Dunkelheit. Ein kurzes Flackern. Ein Schatten an der Wand. Dann wurde es wieder dunkel.

Simon atmete die kalte Luft ein. Er konnte das Meer rauschen hören, wie aus weiter Ferne, und doch hatte er das Gefühl, es sei ganz in seiner Nähe.

Wieder flammte das Licht kurz auf, und in diesem Moment war sich Simon bewusst, wo er sich befand: in der Höhle, die er in seinen Träumen und den Visionen immer wieder gesehen hatte.

Doch dieses Mal war es realer. Fauliger, erdiger, modriger Geruch stach ihm in die Nase, und Simon fühlte sich an etwas erinnert. Er konnte nur nicht einschätzen, was es war. Er blickte an sich herunter auf den Boden, auf dem er stand. Und schlagartig wurde ihm bewusst, wann er diesen Geruch schon einmal eingeatmet hatte.

Simon bückte sich und strich mit den Fingerspitzen über die feuchte Erde, auf der er stand. Sie roch nicht nur so, sie fühlte sich auch an wie die Erde, die Simon vor über einem Jahr aus der Welt des Schattengreifers auf den Seelensammler gebracht hatte.

Noch einmal strich Simon mit den Fingern über die Erde, dann hielt er inne und spitzte die Ohren. Er war nicht allein in der Höhle. Er spürte die Anwesenheit eines anderen. Und ohne sich umzudrehen war Simon klar, wer ihn hierher gebracht und begleitet hatte: Hinter ihm stand der Schattengreifer.

Simon erhob sich langsam. Das Fackellicht erhellte noch einmal die Höhle, und statt sich umzudrehen, suchte Simon die Wand nach den Kohlestrichen ab. Es war ihm, als erwarte der Schattengreifer diese Reaktion von ihm.

Sie waren da, die Striche. Allerdings nicht alle. Simon zählte neun. Ein Strich fehlte. Einer nur, da war sich Simon ganz sicher. Die anderen sahen genauso aus, wie Simon sie aus seinen Träumen kannte. Es fehlte nur einer, der hinterste, der letzte Strich.

Und so, wie Simon sich bewusst war, wer hinter ihm stand, war ihm auch klar, dass er die Kohlestriche mit einer Berührung hätte verwischen können.

„Ahnst du, wo du dich hier befindest?“ Die Stimme des Magiers verursachte in Simons Kopf ein Stechen, ähnlich wie der kurze Schmerz, der ihm am *Wounded Knee* durch den Kopf gefahren war, als Simon mit Moon gedanklich Kontakt aufgenommen hatte. Und wie auf dem Hügel über dem *Wounded Knee* wurde es Simon auch hier für einen kurzen Moment schwarz vor Augen, dann blickte er wieder auf die erleuchtete Höhlenwand. Der Schattengreifer hatte mit seiner Magie Zugriff auf Simons Gedanken erlangt.

„Was glaubst du, wo du hier bist?“, ließ der Schattengreifer seine Stimme erneut in Simons Kopf erschallen, und dieses Mal war das Stechen bereits nicht mehr so schmerzhaft.

„Eine Höhle“, antwortete Simon in Gedanken. „Direkt am Meer. Ich kenne diesen Ort aus einem Traum, den …“

„… ich dir geschickt habe“, ließ der Schattengreifer vernehmen. „Ich habe dir diesen Ort gezeigt.“

„Wo sind wir …?“

„Die Frage lautet nicht, *wo* wir sind, sondern *wann* wir sind. Du befindest dich hier in der Zeit vor der Zeit. Wir stehen am Anfang von allem. Warte nur, du wirst sehen …“

In diesem Moment wurde die Höhle von einem neuen Licht erhellt. Zwei Menschen betraten mit ihren Fackeln den Eingang der Höhle. Ein älterer Mensch und ein jüngerer. Ein viel jüngerer. Ein Junge, der möglicherweise etwa in Simons Alter war. Doch das war schwer zu schätzen, denn er sah sehr ungewöhnlich aus. Seine Wangenknochen standen weit hervor, und das Kinn war nach vorn verschoben. Er ging leicht gebückt. Die Haare hingen ihm kraus vom Kopf, und seine Kleidung bestand aus Tierfellen.

Simon zuckte zusammen. Das mussten Urzeitmenschen sein! Ganz bestimmt befand er sich in einer der frühesten Epochen der Menschheit! Simon tippte auf die Steinzeit, doch er konnte sich auch leicht irren. Ruckartig warf er den Kopf herum, auf die Wandmalereien aus seinem Traum. Die Jagdszenen und Tierzeichnungen, die er in seinen Träumen gesehen hatte. Und die er auch aus Büchern über die Steinzeit kannte. Jetzt verstand er, warum sie so frisch waren.

Die beiden Menschen traten näher heran. Simon dachte daran, sich zu verstecken, doch dann fiel ihm ein, dass er sich in einem Zauber des Schattengreifers befand und er für die beiden gewiss nicht zu sehen war.

Die zwei kamen näher, und Simon konnte erkennen, wie hinter ihnen, außerhalb der Höhle, der Tag anbrach. Der ältere der beiden zog den jüngeren nahe an sich heran. Sie bemerkten Simon tatsächlich nicht. Simon reckte den Kopf vor und begutachtete den Jungen ganz genau. Diese weiße Haut, viel weißer als die des Mannes. Die hervorstehende spitze Nase und diese tiefen, dunklen Augen.

Erschrocken fuhr Simon zurück. Er drehte sich auf dem Absatz herum und blickte dem Schattengreifer, der noch immer hinter ihm stand, in die Augen.

„Das seid ihr!“, brachte er in Gedanken hervor.

Der Schattengreifer nickte und wies mit einer Klaue wieder auf die beiden Menschen.

„Du bist Zeuge des Momentes, in dem alles begonnen hat. Sieh nur hin. Ich möchte dir das alles zeigen. Damit du verstehst."

Simon richtete seine Aufmerksamkeit wieder auf den Mann und auf den Jungen. Jetzt, mit der Gewissheit, dass er den Schattengreifer in seinen jungen Jahren beobachtete, konnte er weitere Ähnlichkeiten mit dem heutigen Magier feststellen: knochendünne, lange Finger, ein gestreckter Hals und die schmalen Lippen. Es berührte Simon sehr, ihn so zu sehen. Der Junge vor ihm war das genaue Gegenteil des Angst einflößenden, unheimlichen Hexenmeisters. Hier stand ein schmaler, unsicherer Junge, dem man nicht einmal zutraute, einen Stein nach einem Kaninchen zu werfen.

Wie war er bloß zu dem geworden, was er heute war?, fragte sich Simon und blickte mit noch größerem Interesse auf das, was in der Höhle geschah.

Der Ältere hob seine Fackel in die Höhe. Er berührte mit dem Zeigefinger vorsichtig das Holz, unmittelbar unter der Flamme, und strich mit seinem Finger über die Höhlenwand vor ihm. So zeichnete er den zehnten Kohlestrich an die Wand. Im nächsten Moment zeigte er in Richtung des Höhleneingangs, wo man sehen konnte, wie sich über den Wellen die Sonne langsam erhob und einen neuen Tag ankündigte.

Der Finger des Alten wanderte wieder zurück und wies auf den neuen Strich. Das alles lief sehr ruhig ab, geradezu feierlich.

Das Gesicht des jungen Schattengreifers hellte sich auf. Seine Augen weiteten sich vor Erstaunen, der schmale Mund öffnete sich, und in diesem Augenblick vernahm Simon die Stimme des heutigen Schattengreifers in seinem Kopf: „Dies ist die

Sekunde, in der ich mir über die Zeit bewusst wurde“, erklärte er, und seine Stimme klang ruhig und konzentriert. „Der weise Alte aus meinem Stamm gab mir zu verstehen, dass wir die Zeitabläufe um uns herum messen und einteilen konnten. Er war der erste Mensch, der die Tage zählte und notierte, und er wollte mich einweihen in seine einfache Wissenschaft. Ich verstand sofort. Doch gleichzeitig wurde mir in diesem Moment weit mehr klar als nur dieses. Ich verstand in diesem Moment, dass derjenige, der die Zeit beherrschte mächtiger sein würde als alle anderen. Ja, vielleicht sogar mächtiger als alles, was sich auf der Erde bewegt oder sich gar am Himmel zeigt. Natürlich wusste ich noch nicht, dass diese Einteilung einmal „Zeit“ genannt werden würde. Ich hatte auch noch keinerlei Vorstellung davon, was genau die Sonne war oder woher die glitzernden Lichter in der Nacht am Himmel erschienen. Doch einer Sache war ich mir sicher: Ich wollte mehr darüber wissen. Ich wollte das alles beherrschen können. Der Alte hatte mir die Augen geöffnet. Er hatte mir ein Universum an Möglichkeiten erschlossen, und dieses Universum wollte ich beherrschen. Von der ersten Sekunde an.“

Simon blickte in das völlig erstaunte und begeisterte Gesicht des Jungen. Es passte zu dem, was der Schattengreifer beschrieb. Dem Jungen war anzusehen, dass dies ein Schlüsselerlebnis für ihn war, das ihn prägen sollte.

Die Stimme des Schattengreifers in seinem Kopf unterbrach Simons Gedanken: „Ich fing an zu experimentieren. Alles das ließ mir keine Ruhe mehr. Ganze Stunden, ganze Tage, verbrachte ich damit, die Vorgänge zu studieren, die um uns herum vorgingen.“ Nun klang seine Stimme plötzlich belustigt. „Möchtest du dir das einmal ansehen?“, fragte er, und in derselben Sekunde verschwamm vor Simons Augen das Bild des Mannes und des Jungen.

Eine neue Szene baute sich auf: Sie befanden sich draußen, am Strand des Meeres, wo der junge Schattengreifer am Strand kniete und das Ende eines langen Stockes in den heißen Sand rammte.

Jetzt wurde Simon bewusst, dass der Schattengreifer mit ihm keine Zeitreise unternommen hatte. Simon befand sich im Geist des Schattengreifers. In dessen Erinnerungen. Deshalb war er auch allein hier, ohne die Zeitenkrieger.

Allerdings wirkte das, was er hier sah, unglaublich realistisch auf ihn. Der Geruch der Erde und auch der Wind, der Simon an diesem Strand durch die Haare fuhr. Alles war wirklich, fast greifbar.

Simon verstand nun, dass der Magier ihn überallhin mitnehmen konnte. In jede Epoche, in jede Situation, die der Schattengreifer bisher erlebt hatte. Und Simon fragte sich, was der Magier ihm wohl alles zeigen würde.

Sie gingen langsam auf den Jungen am Strand zu. Er war völlig konzentriert. Selbst wenn er die beiden Besucher hätte sehen können, er wäre nicht auf sie aufmerksam geworden.

Der Stock ragte aus dem Sand heraus. Mit einem dünnen, kurzen Ast zeichnete der Junge nun Striche in den Sand. Rund um den Stock. Immer dicht an dessen Schatten im Sand.

„Ich hatte versucht, die Zeit umzulenken", erklärte der Schattengreifer nun wieder, und noch immer klang er amüsiert. „Erste verrückte Versuche. Ich wollte den Schatten der Sonne umlenken. Ich dachte, dieser glühende Ball am Himmel ist für die Zeit verantwortlich. Und wenn es mir gelänge, den Schatten zu verschieben, dann könnte ich auch die Zeit verändern."

„Manchmal hat man eben die verrücktesten Ideen“, antwortete Simon in Gedanken.

Doch der Schattengreifer widersprach: „Oh, du glaubst gar nicht, wie nahe ich an der Lösung des Problems dran war. Ich hatte nur einen einzigen Fehler begangen: Ich hatte versucht, *rund* um den Schatten etwas zu verändern. Dabei brauchte ich doch nur den Schatten *selbst* zu berühren.“

„Ich verstehe nicht …“

„Sieh hin!“

Der Junge am Strand wurde nachdenklich. Er fuhr mit seinen Fingern die Rillen im Sand nach, die er gezeichnet hatte und an denen der Schatten des Stocks unverändert vorbeigewandert war.

Plötzlich huschte ein Lächeln über das Gesicht des Jungen. Er hatte wohl einen Einfall. Er warf den kurzen Ast zur Seite und streckte eine Hand nach dem Schatten auf dem Boden aus.

Simon beobachtete ihn dabei und hielt den Atem an. Der Junge berührte den Schatten auf der Erde. Er legte die Finger darauf und bewegte sie leicht zur Seite.

Simon erschrak, als er bemerkte, was diese kleine Bewegung auslöste. Und auch der Junge zog rasch die Finger wieder zurück. Es ängstigte ihn selbst, was er gerade geschafft hatte:

Die Sonne war in ihrem Lauf ein Stückchen zurückgewandert. Nur für eine Sekunde hatte sie sich zurückbewegt. Gerade so lange, wie der Junge am Strand den Schatten angerührt hatte.

„Das kann nicht sein!“, stieß Simon atemlos hervor. Und auch der Junge dort vor ihm schaute zweifelnd von seinen Fingerspitzen zu dem Schatten und wieder zurück auf seine Finger.

„Sieh es dir an", klang es in Simons Kopf.

Der Junge streckte erneut die Finger nach dem Schatten aus, dieses Mal den Blick auf die Sonne gerichtet. Und tatsächlich: Kaum hatte er den Schatten berührt und ihn leicht zurückgedrängt, da bewegte sich auch die Sonne erneut ein Stück auf ihrer Bahn zurück. Der Junge zog den Schatten vor, und die Sonne gehorchte ihm. Sie machte einen großen Satz am Himmel, und schon im nächsten Moment färbten sich die wenigen Wolken um die Sonne herum rot.

Am liebsten hätte sich Simon umgedreht und dem Schattengreifer ins Gesicht geschrien: „Das kann nicht sein. So etwas ist unmöglich! Ihr wollt mich täuschen und baut Lügenbilder auf!" Doch er tat es nicht. Inzwischen hatte er sich beinahe daran gewöhnt, Dinge zu sehen, die seine bisherige Vorstellung von dem, was möglich war, weit übertrafen: eine riesige Zeitmaschine, sprechende Krähen, verzauberte Menschen und vor allem – der Seelensammler. Und so unfassbar das alles auch war, Simon zweifelte keine Sekunde daran, dass der Schattengreifer ihm hier tatsächlich das zeigte, was damals geschehen war am … wie hatte er es genannt? … *Anfang*. Die Zeit vor der Zeit.

Der Schattengreifer berührte ihn am Arm, und Simon fuhr zusammen. „Hast du Zweifel an dem, was du siehst?", fragte er, und in Simon kam der Verdacht auf, dass der Magier vielleicht sogar die innersten Gedanken erraten konnte, die Simon eigentlich nicht hatte preisgeben wollen. Doch der Magier zerstreute diese Vermutung, indem er sagte: „Das alles muss dir doch ganz unglaublich vorkommen."

Simon wusste nicht, was er antworten sollte. Doch eine Antwort war wohl auch nicht nötig. „Möchtest du sehen, woher ich meine magische Kraft habe?“, fragte der Magier auch schon, und wieder begann alles um sie herum zu verschwinden. Die Farben verliefen ineinander. Der helle Strand und der blaue Himmel verschwommen zu einer einzigen Farbmasse. Die Farben verloren sich, und aus dem Gemisch um Simon herum entstand ein neues Bild.

Wieder befanden sie sich draußen am Strand. Doch dieses Mal war der Junge verschwunden. Simon blickte zur Seite und erkannte den Eingang zur Höhle mit den Kohlestrichen. Alles, was er jetzt zu sehen bekam, fand also in deren Umgebung statt. Simon hätte sich gern noch weiter umgesehen, doch der Schattengreifer stand hinter ihm und versperrte ihm die Sicht. Also schaute Simon wieder vor sich. Der Schattengreifer ließ ihn immer noch auf Menschen aus einer längst vergangenen Urzeit blicken. Das Bild einer Menschengruppe baute sich dort auf, die dicht beieinander im Kreis standen und aufgeregte Laute von sich gaben. Ihre Aufmerksamkeit, all ihre Blicke, richteten sich auf etwas, das sich in ihrer Mitte befand.

Simon ging langsam auf die Gruppe zu. Der Schattengreifer folgte ihm.

„Ich hoffe, solch ein Anblick erschreckt dich nicht“, hörte Simon die Stimme des Magiers in seinem Kopf, und Simon spürte, dass es für den Schattengreifer eine wahre Freude war, ihm das alles zu zeigen.

Die Aufregung der Menschen wurde stärker. Simon stellte sich an die Gruppe heran und endlich konnte er sehen, was in der Mitte des Kreises vor sich ging: Eine Frau lag auf dem Rücken und stöhnte und schrie. Eine andere Frau kniete vor ihr.

Eine Geburt!, schoss es Simon durch den Kopf. Da geht eine Geburt vor sich. Das soll ich mir ansehen?

„Wenn du wirklich alles verstehen willst“, antwortete der Schattengreifer, „dann solltest du jetzt gut achtgeben.“

Die Frau schrie auf und atmete hektisch. Simon wurde klar, dass es nicht mehr lange dauern konnte, bis sie das Kind zur Welt bringen würde.

Doch plötzlich ging mit der Gruppe etwas vor sich. Die Aufmerksamkeit der Menschen wurde von der Frau abgelenkt. Erst war es nur einem einzigen Mann aufgefallen, doch dann blickten immer mehr Menschen zum Himmel, bis schließlich alle erschrocken nach oben sahen.

Der Mond war dabei, sich vor die Sonne zu schieben. Es begann bereits zu dunkeln.

„Eine Sonnenfinsternis!“, sagte Simon, und der Schattengreifer antwortete: „Es ist wohl die erste Sonnenfinsternis, die jemals von Menschen beobachtet wurde. Was glaubst du, was gerade in den Menschen vorgeht?“

Simon sah wieder zu der Gruppe hin. Blanke Panik stand in den Gesichtern der Leute geschrieben. Die Menschen zeigten zum Himmel, machten wilde Gesten und brachen in Geschrei aus. Sie rempelten sich gegenseitig an, und schließlich floh der erste von ihnen vor dem, was sich dort am Himmel tat. So schnell ihn seine Beine trugen, rannte er von dem Strand fort in Richtung Wald.

Die anderen folgten seinem Beispiel. Innerhalb von Sekunden waren die Menschen nacheinander in den Wald geflüchtet, während der Mond sich weiter vor die Sonne schob und sich der Himmel mehr und mehr verdunkelte.

Einzig die gebärende Frau lag noch im Sand. Auch sie starrte völlig verängstigt zum Himmel. Doch sie war nicht mehr in der Lage, davonzulaufen. Sie schrie noch einmal auf – ob vor

Angst oder Schmerzen, das konnte Simon nicht beurteilen – und dann zeigte sich der Kopf des Kindes. Noch ein Schrei, und das Baby glitt aus ihr heraus.

Der Mond hatte die Sonne beinahe bedeckt, als die erschöpfte Frau nach dem Kind griff und es liebevoll in den Arm nahm. Und genau in dem Moment der totalen Sonnenfinsternis, exakt in der Sekunde, in der alles Licht von dem Mond geschluckt wurde und sich nur noch Schatten über die Welt ergoss, tat das Baby seinen ersten Schrei.

Gleichzeitig bildete sich in Sekundenschnelle wie aus dem Nichts eine Wolke über dem Strand, und beim zweiten Schrei des Babys zuckte ein greller Blitz auf, der sich von der Wolke bis zum Rand des Waldes streckte und dort in einen der vorderen Bäume niederfuhr. Es krachte ohrenbetäubend. Der Baum wurde von Flammen ergriffen und brannte augenblicklich lichterloh. Die tanzenden Schatten, die von den Flammen hervorgerufen wurden, erstreckten sich über den Strand bis hin zu dem neugeborenen Kind. Simon hatte den Eindruck, dass die Schatten das Kleine erreichten. Die Spitzen liefen verspielt über den ganzen kleinen Körper, gerade so, als wollten sie das Neugeborene streicheln und liebkosen, und umgehend beruhigte es sich. Es schrie nicht mehr, sondern schlief sanft ein.

„Ich bin ein Kind des Schattens“, erklärte der Magier, während Simon seinen Blick nicht von der fürsorglichen Mutter und ihrem Sohn abwenden konnte. „Ich bin in einem Moment geboren worden, in dem die Welt im Schatten lag. In der Sekunde, als die Natur ein einzigartiges Schauspiel vollführte. Ich gab meinen ersten Laut von mir, als sich für die Dauer eines Augenschlags zwei Kräfte entfalteten und sich miteinander verbanden: Schatten und Feuer. Die Kraft, die aus diesem Moment hervorgegangen ist, ging in mich über. Das erklärt meine Fähigkeiten: Ich bin ein Mensch des Schattens mit der Kraft des Feuers. Doch es benötigte noch einige Zeit, bis ich das begriffen hatte. Bis alle das begriffen hatten. Ich lebte zunächst unentdeckt und unwissend mit meinen Kräften."

Simon wollte etwas erwidern, als sein Blick auf etwas fiel, das ihm das Blut in den Adern gefrieren ließ: Noch immer schaukelte die Mutter das Kleine in ihren Armen. Sie summte ihm etwas vor und streichelte seine Füße. Doch inzwischen bewegte sich der Mond auf seiner Umlaufbahn weiter und gab die Sonne wieder frei. Der Schatten der Mutter mit ihrem Kleinen zeichnete sich wieder auf dem Strand ab. Erst glaubte Simon, sich zu täuschen, doch dann war er sicher, dass er es wirklich beobachtet hatte: Während die Mutter die Füße des Babys streichelte, zuckte der Kleine immer wieder zusammen. Und im Schatten auf dem Boden sah Simon, wie das Baby immer und immer wieder die Hand seiner Mutter trat – und wie dabei der Schatten ihrer Hand mit jedem einzelnen Tritt zur Seite geschleudert wurde.

Doch die Frau selbst wurde von den Füßen gar nicht berührt. Ihre Hand ruhte weiter auf ihrem Kind.

Es war ein bizarres Bild. Mensch und Schatten schienen wie voneinander getrennt.

„Der Schatten ist meine wahre Welt", ließ der Magier sich vernehmen. „Doch komm. Hier hast du genug gesehen. Ich möchte dir noch weitere Dinge zeigen."

Die Farben begannen, wieder ineinander zu verlaufen, und Simon war enttäuscht, dass er den Strand verlassen musste. Zu gern hätte er die Mutter und das Kind noch etwas beobachtet. Doch gleichzeitig war er gespannt, was der Schattengreifer ihm noch zu zeigen hatte.

„Was ist mit den beiden?“ Neferti trat aus der Gruppe der Zeitenkrieger, die staunend um Simon und den Schattengreifer gestanden hatten. Wie ein lebensechtes Gemälde standen die beiden sich unbeweglich gegenüber. Der Schattengreifer hatte noch immer seine Finger an den Schläfen des Jungen, und Simon stand mit geschlossenen Augen vor ihm.

„Beinahe wie zwei Stein-Skulpturen“, sagte Neferti. „Man sieht nicht einmal, dass sie atmen.“

„Ganz ähnlich wie am *Wounded Knee*“, sagte Nin-Si und fügte schnell an: „Und dann auch wieder nicht. Man spürt, dass irgendetwas in den beiden vorgeht.“

„Simon steht in seinem Bann“, vermutete Salomon. „Der Schattengreifer ist möglicherweise in Simons Geist eingedrungen. So, wie er es mit uns gemacht hat, bevor er uns auf das Schiff brachte.“

„Aber was macht er jetzt mit Simon?“ Aus Nin-Sis Stimme klang echte Sorge um Simon heraus. „So etwas hat er noch nie getan. Mit keinem von uns.“

„Ich weiß es auch nicht“, antwortete Salomon. Er ging langsam um die beiden herum. „Aber dass da etwas vor sich geht, ist eindeutig.“

Neferti zögerte kurz, dann fragte sie: „Was meint ihr, sollen wir eingreifen?“

Jetzt löste auch Caspar sich von seinem bisherigen Platz und kam näher heran. „Wie meinst du das?“

„Ich möchte nicht, dass der Schattengreifer Simon wehtut“, sagte Neferti. „Dass Simon so ruhig hier steht, muss nicht bedeuten, dass es ihm gut geht. Wer weiß, was gerade in ihm passiert.“ Sacht streckte sie eine Hand aus, um den reglosen Simon zu berühren.

„Vorsicht!“, mahnte Nin-Si. „Nicht, dass der Zauber bricht.“

Neferti zog ihre Hand zurück. „Was sollen wir denn jetzt tun?“

„Ich denke, wir sollten abwarten“, warf Caspar ein. „Lasst uns die beiden weiter beobachten und erst dann einschreiten, wenn wir den Verdacht haben, dass Simon leidet.“

„Warten?“ Neferti seufzte. „Ich hoffe, wir tun das Richtige.“ Noch einmal streckte sie ihre Hand nach Simon aus, allerdings ohne ihn zu berühren. Sie stand nahe neben ihm, und so war sie die Erste, die den Blutstropfen erblickte, der langsam aus Simons Nase rann.

Christian starrte noch immer in das leere Bootshaus. Die Gewissheit, dass er überlistet worden war, hatte ihm all seine Kraft genommen. Schmerzhaft wurde ihm bewusst, dass er die Gefahr unterschätzt hatte. Er war einer Illusion erlegen. Dem Wunsch, dass er und seine Familie nach all den Jahren in Sicherheit und in Ruhe vor dem Schattengreifer lebten.

Wie dumm war er doch gewesen. Und wie naiv. Sicherheit hatte es nie gegeben. Nicht für ihn und auch nicht für seine Familie. In keiner einzigen Sekunde. Das war ihm jetzt schmerzhaft klar geworden. Die letzten Jahre hatte er zwar in Ruhe verbracht, doch dies war lediglich die Ruhe vor dem Sturm. Das, was Christian als Ruhe empfunden hatte, war lediglich das Warten des Magiers auf den rechten Augenblick gewesen.

Wie schnell der Mensch doch leichtgläubig und sorglos wurde, wenn für eine kurze Zeit einmal Windstille herrschte.

Er, Christian, hatte seine Familie in Gefahr gebracht!

Der Anblick des leeren Bootshauses gab Christian einen Stich ins Herz. Plötzlich jedoch ging ein Ruck durch ihn hindurch, und er kam zur Besinnung. Was stand er hier herum? Wieso bedauerte er sich selbst, statt zu handeln? Es war gewiss noch nicht zu spät. Simon stand unter der Macht des Schattengreifers, doch der Einfluss des Magiers konnte noch nicht sehr groß sein.

Christian rannte los. Jede Sekunde zählte. Je schneller es ihm gelingen würde, Simon zu finden, desto eher konnte er ihm beistehen, ja, ihn vielleicht sogar aus dem Bann des Magiers retten.

Beinahe wäre er gestolpert, so schnell hetzte er den Weg zum Haus zurück. Schweißüberströmt rannte er durch die Tür und die Treppe hinauf, gleich drei Stufen auf einmal nehmend. Er riss die Tür zu Simons Zimmer auf und atmete zum ersten Mal richtig durch.

Er blickte sich um. Hektisch. Fieberhaft.

Was suchte er hier? Eine Spur? Einen Hinweis?

Warum ging er nicht gleich in den Garten, um …?

Christian wischte sich über das nasse Gesicht. Er hatte eine ganz bestimmte Vermutung. Erneut verspürte er Angst. Er suchte nach einem Hinweis, auch wenn dieser seine Sorge um Simon vermutlich ins Unendliche steigern würde.

Nur deshalb stand er nun hier, in dem Zimmer seines Sohnes, statt gleich in den Garten zu gehen und sich den Spaten zu greifen.

Er ließ sich auf die Knie fallen und blickte unter das Bett. Einzig Simons Baseballschläger lag dort und der weiße Baseball, mit der Unterschrift von Eddy Rosenthal, Simons Sport-Idol.

Der Vater riss die riesige Schublade des Nachttisches auf und fand darin das übliche Chaos vor: über ein Dutzend Bücher, die

Simon lieber hier aufbewahrte als in einem Bücherregal. „In einem Regal sehen sie wie Teile eines Möbelstückes aus", sagte Simon immer. „Aber hier liegen sie wie in einer Schatzkiste. Und das sind sie ja auch: Abenteuerschätze. Jede Nacht schlafe ich wie neben einer Truhe voller Geheimnisse und Reichtümer ein."

Wie oft hatte Christian diesen Ausspruch gehört? Doch nie zuvor war ihm bewusst geworden, wie sehr Simon seine Bücher liebte. Und seinen Sport. Und ...

Christian zwang sich zur Ruhe. Es brachte nichts, in Mitleid zu zerfließen. Er konnte seinem Sohn nur helfen, wenn er jetzt ...

Gerade als er sich von der Bücherschublade abwenden wollte, fiel sein Blick auf die Ecke eines Blattes, das unter einigen Büchern herausschaute. Christian hob die Bücher heraus und entdeckte einen Notizblock, dessen oberste Seite mit Notizen übersät war: Zahlen, Namen und eine kleine Skizze.

Christian blieb das Herz stehen. Mit zittrigen Händen zog er den Notizblock hervor. Er wagte kaum einzuatmen. Mit einer Hand hielt er sich den Block vor die Augen, mit der anderen Hand strich er über die Zeichnung am unteren Ende des Blattes: einer Bugfigur.

Christian blickte auf die Zeichnung eines Krähenkopfes, der ihm nur allzu bekannt vorkam und der in ihm das Blut zum Gefrieren brachte.

Dieses Mal formte sich aus den verlaufenden Farben keine neue Umgebung um Simon und den Schattengreifer. Dieses Mal entstand eine Wand, die sich um die beiden schloss. Sie befanden sich wie in einem runden Raum, dessen Wände hellbraun und dünn wie Pergament waren. Die Landschaft dahinter, der Strand mit seinem angrenzenden Wald, war nur noch schleierhaft zu erkennen.

„Wo sind wir?", fragte Simon. „Wo habt Ihr mich hingebracht?"

Doch statt eine Antwort zu geben, öffnete der Schattengreifer nur seine dünne Klaue, berührte mit der Hand die dünne Wand, und augenblicklich erhellte sich das Pergament, Farben liefen auf der Wand ineinander und formten ein lebensgroßes Bild vor Simons Augen. Es war, als würde er auf eine Leinwand starren.

Eine Landschaft erschien. Wieder sah Simon das Meer, einen Strand und einen beginnenden Wald. Er blickte also wieder auf die Stelle, an der Simon zuvor die Geburt des Schattengreifers beobachtet hatte.

Es raschelte zwischen den Bäumen, und nur Sekunden darauf kam ein Junge aus dem Wald gelaufen. Wieder war es ein Mensch aus einer frühen Urzeit, das konnte Simon klar erkennen. Das gleiche struppige Haar, das hervorstehende Kinn und die dicken Augenbrauen. Doch dieser Junge dort war voller Panik. Er schrie und kreischte, dass es Simon schüttelte.

Der Junge warf sich in den Sand, und wie von Sinnen schlug und trat er um sich. Und immer wieder stieß er Schreie aus.

Dann erschien ein zweiter Junge, und Simon erkannte ihn sofort: Dieses Mal war es wieder der Schattengreifer in seinen jungen Jahren. Doch jetzt musste er etwas älter sein als in dem Augenblick, in dem er neben dem weisen Alten in der Höhle gesessen hatte. Mit einem sorgenvollen Gesichtsausdruck lief er zu dem Jungen, der sich noch immer kreischend am Boden wälzte. Er rief ihm etwas zu und packte ihn bei den Armen, worauf sich dessen Panik jedoch nur noch steigerte. Es brauchte eine lange Zeit, bis der Junge, der einmal als Schattengreifer Angst verbreiten sollte, dem verstörten Jungen dort die Angst etwas nehmen konnte. Schließlich jedoch setzte sich der völlig verstörte Junge auf und sah seinem Gegenüber mit einer Mischung aus Dank und Unsicherheit in die Augen.

In diesem Moment verfinsterte sich der Himmel. In nur wenigen Sekunden versank die Sonne hinter den Bäumen am Strand. Sterne erschienen. Ein Lagerfeuer entstand vor Simons Augen, und ihm wurde bewusst, dass der heutige Schattengreifer, der noch immer hinter ihm stand, die Zeit auf der Leinwand schneller hatte vorlaufen lassen.

Die Jungen saßen beide am Feuer, und die Flammen ließ ihre Schatten auf dem Sand tanzen.

„Wer sitzt Euch dort gegenüber?“, fragte Simon, ohne den Mund zu bewegen. Und er zeigte auf den Jungen, den er noch vor wenigen Sekunden in seiner Panik beobachtet hatte.

„Ein Junge aus meinem Stamm“, hörte Simon die Worte des Magiers in sich. „An diesem Nachmittag war er einem Säbelzahntiger begegnet. Und die Angst vor diesem riesigen Tier hatte ihm den Verstand genommen. Er tat mir leid. An dem Abend haben wir lange am Strand gesessen. Ich habe versucht, mit ihm zu sprechen. Ihn zu beruhigen. Doch dir ist natürlich bewusst, dass uns eine Sprache, wie wir sie heute benutzen, damals noch nicht möglich war. Dennoch: Ich redete auf ihn ein. Stunde um Stunde tat ich das.“

„Aber – warum zeigt Ihr mir das?“, hakte Simon nach.

„Sieh hin!“, ließ sich der Schattengreifer vernehmen, und der knochige Zeigefinger seiner rechten Hand schob sich nahe an Simons Gesicht vorbei und zeigte auf die Szene am Strand.

Der jüngere der beiden Jugendlichen am Feuer wirkte noch immer verstört, ängstlich und unsicher. Doch es war ihm bereits anzusehen, wie gut ihm die Worte des älteren Jungen taten. Wie hypnotisiert starrte er in das Gesicht des späteren Schattengreifers und hing an dessen Lippen. Er sog die Worte regelrecht in sich auf. Er beugte sich nach vorn, um seinem Gegenüber näher zu sein.

„Ich hatte ihm eigentlich nur helfen wollen", setzte der Schattengreifer seine Rede in Simons Gedanken fort. „Doch was wirklich geschah, das hätte ich niemals vorhersehen können." Die Stimme des Magiers klang mit einem Mal mild, fast sanft. Das Schnarren, das sonst seine Stimme unverkennbar machte, war nicht mehr zu hören. Ruhig, beinahe verträumt, sprach er weiter: „Ich wollte den Jungen von seiner Angst befreien. Ich sprach auf ihn ein, versuchte, ihn seine Panik und die Erinnerung an die Begegnung mit dem Säbelzahntiger vergessen zu lassen. Und ich spürte, wie das, was ich ihm sagte, Wirkung zeigte. Er entspannte sich. Er ließ tatsächlich los von dem, was ihm Angst machte. Dann jedoch …"

Simon bemerkte selbst, wie in der Szene, die er beobachtete, etwas vor sich ging.

„Meine Worte machten den Jungen nicht nur ruhiger, er erschlaffte geradezu."

Simon nickte. Er sah, wie dem Jungen die Gesichtszüge entglitten. Er wurde blasser und blasser. Seine Schultern hingen herab, und er sackte in sich zusammen. Gerade so, als sei er mit offenen Augen und mit offenem Mund eingeschlafen.

„Ich wusste nicht, was dort vor sich ging. Doch ich konnte nicht mehr aufhören. Ich wollte wissen, was da allein durch meine Worte geschah. Also sprach ich weiter auf ihn ein. Mit

Wörtern, die ich selbst nicht kannte. Formeln strömten plötzlich aus mir heraus, die ich nie zuvor gehört hatte. Die Magie in mir erwachte in diesem Moment. Meine Kräfte, die seit Jahren tief in meinem Inneren geruht hatten, stiegen in mir auf, und ich ließ es geschehen. Doch bis ich bemerkte, was wirklich geschah, war es schon zu spät. Der Junge hatte sich bereits selbst aufgegeben. Er hatte sich mir und meinem Zauber gänzlich überlassen."

Simon starrte weiter auf den Jungen am Feuer. Der Anblick war sonderbar. Etwas Vergleichbares hatte er noch nie gesehen. Der Junge wirkte wie entleert. So, als sei alle Kraft, alles Leben, aus ihm herausgefahren.

Gleichzeitig machte der frühere Schattengreifer einen gestärkten Eindruck. Schließlich geschah noch etwas Seltsames. Erst dachte Simon, das Licht des flackernden Feuers spiele ihm einen Streich. Dann jedoch wurde es mehr und mehr offensichtlich: Der Schatten des verzauberten Jungen verblasste.

„Ich hatte es ebenfalls sofort bemerkt", vernahm Simon wieder die Stimme des Schattengreifers in seinem Kopf. „Bloß konnte ich damals noch nicht einschätzen, was das bedeutete. Aber ich wollte wissen, wohin das Ganze führen könnte. Und so sprach ich weiter auf den Jungen ein. Weiter und weiter, bis ..."

Simon beobachtete, wie der Junge schwankte und dann vollends zur Seite fiel. Im gleichen Moment erlosch sein Schatten.

Der junge Schattengreifer sah überrascht und voller Sorge auf den Jungen, der vor ihm im Sand lag. Er sprang von seinem Platz auf und wollte ihm zu Hilfe eilen, doch da fiel sein Blick auf etwas in seiner Hand: Der Schatten des verängstigten Jungen lag wie ein Stück Stoff in seiner Faust.

Der junge Magier schrie entsetzt auf und schleuderte reflexartig den fremden Schatten mit einem Ruck von sich. Simon konnte sehen, wie dieser schwarze Schatten in einem hohen Bogen über den Strand flog, auf einen der Bäume zu, und sich schließlich auf eine kleine Krähe legte, die sich dort zum Schlafen eingefunden hatte.

Die Krähe kreischte mit einem markerschütternden Schrei auf. Sie taumelte und verlor den Halt. Zappelnd fiel sie von dem Ast zur Erde.

Der Magier am Strand wollte schon zu ihr laufen, als die Krähe sich zu seiner Überraschung auf die Füße stellte und ihr Gefieder schüttelte, als sei nichts geschehen. Sie stieß einen kurzen Ruf aus, schüttelte noch einmal ihr Gefieder und erhob sich in die Lüfte. Dann blickte sie auf den Jungen, stieß auch in seine Richtung einen Ruf aus und kam auf ihn zugeflogen. Schließlich drehte sie einen Bogen um seinen Kopf und landete auf seiner Schulter.

Simon erkannte sie sofort: Es war die kleine Krähe.

Fassungslos starrte Christian auf die Zeichnung in seinen Händen. Nur langsam wurde ihm bewusst, was sein Fund bedeutete. Wenn Simon in seinem Zimmer eine Zeichnung des Seelensammlers liegen hatte, dann war er bereits dort gewesen. Auf dem Schiff. In der Macht des Schattengreifers.

Doch er hatte einen Weg zurück gefunden. Simon war danach wieder hier gewesen, in seinem Zuhause. Christian stutzte. Wie hatte Simon das geschafft? Er hatte seinem Sohn nichts angemerkt.

Mit einem Finger strich er über die Seiten. Sachte und sanft tat er das. Gerade so, als berühre er den Arm seines Sohnes. Oder dessen Schultern.

„Basrar: Karthago", las Christian aus den Notizen heraus. „Stadt Ur, 2500 vor Christus: Nin-Si", „Echnaton und Nofretete mit Neferti in Amarna", „Wounded Knee: Moon" und schließlich „Salomon: Pest in Europa, 14. Jahrhundert".

Kein Zweifel: Simon war auf dem Seelensammler gewesen. Er hatte von den Zeitreisen des Schattengreifers erfahren. Alles das war Christian schnell klar. Dennoch verstand er Simons Notizen nicht. Diese Namen, diese Jahreszahlen – gab es etwa andere Menschen auf dem Schiff? Stammten sie aus den Epochen, die Simon hier notiert hatte?

Mit einem Seufzer der Verzweiflung ließ Christian den Block aus seinen Händen gleiten. Er hatte es nicht erkannt! Er hatte seinem Sohn nicht angemerkt, dass dieser dem Schattengreifer begegnet war. Christians Feind aus der Vergangenheit. Christian hatte damals eigentlich die Verfolgung aufnehmen wollen. Hatte einige Jahre versucht, seinen Widersacher zu finden. Doch es war ihm nicht möglich gewesen, das Versteck, das Reich des Schattengreifers aufzuspüren. Also hatte er die Suche eines Tages eingestellt und sich auf sein Leben konzentriert. Ein Leben mit Jessica und Simon.

Doch nun? Befand sich Simon wieder dort? Auf dem Schiff? Stand er dem Magier vielleicht gerade auf dem Seelensammler gegenüber? Und was hatte der Schattengreifer mit Simon vor?

Christian erhob sich. Einmal noch blickte er auf Simons Notizblock. Dann wurde es Zeit für ihn zu handeln. Auch wenn Simon möglicherweise schon längere Zeit unter der Magie des Schattengreifers stand, war es vielleicht nicht zu spät.

Christian konnte noch immer das tun, was er schon längst hätte tun sollen: Er würde die Verfolgung wieder aufnehmen. Er würde den Schattengreifer jagen.

Simon stand zitternd vor Aufregung vor der hauchdünnen Leinwand und starrte auf die kleine Krähe, die sich auf der Schulter des früheren Schattengreifers reckte. Er war gerade Zeuge des ersten magischen Moments geworden, dem sich der Schattengreifer in seinem Leben bewusst war. Und er hatte hautnah erlebt, wie die kleine Krähe in die Welt dieses Magiers geraten war. Er erinnerte sich an das Gespräch, das er mit dem Vogel auf der Reling des Seelensammlers geführt hatte. Simon empfand echtes Mitleid mit ihr. Mit ihr und mit ihrem früheren Leben.

Er zeigte auf den Körper des Jungen, der noch immer ausgestreckt auf dem Sand lag. Der Junge, dessen Schatten sich über die Krähe gelegt hatte. Sie hatte ihm nicht gesagt, dass sie selbst einmal ein Mensch war.

„Was ist mit ihm, mit dem Jungen dort am Strand?"

„Ich habe ihn befreit", erläuterte der Schattengreifer. „Ich habe ihm die Angst genommen. Seine Panik. Ich …"

„Ihr habt ihm sein Leben genommen", widersprach Simon. „Ihr habt seine Persönlichkeit dem Körper einer Krähe übergeben. Ohne seine Zustimmung. Ohne …"

„Ich hatte nicht die Absicht, dass dies geschieht", gab der Schattengreifer zurück, jedoch ohne jeden Anflug von Reue. „Zu jener Zeit hatte die Magie noch die Macht über mich. Es brauchte Jahrzehnte, bis ich die Gewalt über den Zauber innehatte." Auch er wies nun zu dem Jungen im Sand. „Dennoch: Ich habe ihm ein neues Leben geschenkt. Ein Leben an meiner Seite. Ein Leben ohne Furcht. Als Mensch hätte er sich von der Begegnung mit dem Säbelzahntiger niemals wieder erholt. Nächte voller Albträume und Tage voller Angst hätten ihm bevorgestanden. Doch mir hat er es zu verdanken, dass er …"

Ruckartig wandte sich Simon um und schaute dem Schattengreifer in die dunklen Augen. „Zu verdanken?“, rief er aus. „Er soll Euch … *dankbar* sein?“

Der Magier ließ sich nicht aus der Ruhe bringen. „Du verstehst es nicht, oder? Ich habe ihn gerettet. Mit meinem Zauber. Etwas unkontrolliert noch, aber es war doch eine Rettung.“

Simon hielt inne.

Eine Rettung?, fuhr es ihm durch den Sinn. „Eine Rettung wie bei den Jugendlichen auf dem Schiff?“, fragte er. „Habt Ihr die Zeitenkrieger ebenfalls gerettet? Ist das Eure Art, Mitgefühl zu zeigen? Indem Ihr Menschen rettet, gegen deren Willen?“

Der Schattengreifer blickte ihn bewundernd an. „Du denkst schnell, Simon. Doch du irrst. Bei den Zeitenkriegern war es etwas ganz anderes, was mich dazu bewogen hat, sie aus höchster Not zu mir zu rufen.“

„Gefühle?“, platzte es aus Simon heraus. Und im nächsten Moment hätte er sich ohrfeigen können, dass er das gesagt hatte. Der Schattengreifer sollte nicht erfahren, wie viel Simon von der kleinen Krähe bereits erfahren hatte.

Und tatsächlich beugte sich der Magier erstaunt zu Simon vor. „Du weißt davon?“

„Ich … Ist es wahr?“

Mit einem Schnaufen richtete sich der Schattengreifer wieder auf. Simon starrte gespannt an ihm hoch. Der Magier verzog keine Miene. Es war Simon unmöglich, in seinem Gesicht zu lesen.

„Du wirst deine Antworten erhalten“, gab der Schattengreifer zurück. „Lass dir zuvor noch etwas Entscheidendes zeigen. Dann bist du bereit für die Wahrheit.“

Und während Simon noch an dem Schattengreifer hochblickte und sich fragte, wie nahe er an der Wahrheit vielleicht schon dran war, erkannte er aus den Augenwinkeln, dass sich die Farben auf der Wand um ihn herum bereits wieder zu verändern begannen.

Entschlossen verließ Christian das Zimmer seines Sohnes. Er hastete die Treppe hinunter, am Schlafzimmer vorbei, in dem seine Frau noch immer fest zu schlafen schien, und rannte zur Hintertür in den Garten hinaus. In dem Holzschuppen am Ende der Wiese griff er sich den Spaten und ging auf die alte Kastanie zu, die schon seit Jahrhunderten an diesem Platz stand, wie Christian wusste.

Er war fest entschlossen, den Kampf wieder aufzunehmen, die Suche nach dem Magier neu zu beginnen.

Er rammte den Spaten fest in die Erde unter dem Baum. Nun konnte ihn nichts mehr halten. Er würde zutage bringen, was er vor Jahrzehnten in der Erde unter diesem Baum versteckt hatte.

„Ich bin so weit", sagte er, während er den Spaten erneut in die Erde rammte. Hinter ihm kündigte die aufgehende Sonne den Anbruch eines neuen Tages an.

„Ich bin bereit, Schattengreifer. Bist du es auch?"

Simon wusste nicht, wohin er zuerst blicken sollte. Gleich mehrere Bilder taten sich vor ihm auf. Teilweise tauchten sie nebeneinander auf, zum Teil überlagerten sie sich. Die gesamte Wand vor ihm war schließlich mit Szenen aus dem Leben des Schattengreifers gefüllt.

Die Bilder ähnelten sich. Und dann waren sie doch wieder völlig unterschiedlich.

Im Mittelpunkt befand sich stets der Magier, meist noch in jungen Jahren, doch sichtbar älter als zu dem Zeitpunkt, in dem er mit dem Jungen seines Stammes am Feuer gesessen hatte. In fast allen Bildern trug er bereits seinen schwarzen Umhang.

Um ihn herum erkannte Simon auf jedem Bild weitere Menschen. Mal befanden sie sich in einem Gebäude, mal in einem Wald oder vor einer Hütte. Stets waren diese Menschen im Gespräch mit dem Schattengreifer zu sehen, während sie mit etwas beschäftigt waren, das den jungen Magier sichtbar faszinierte.

Simon brauchte einen kurzen Augenblick um zu verstehen, dass sich der Magier jedes Mal in der Nähe von anderen Zauberern befand, die ihm ihre Geheimnisse offenbarten.

„Ich habe sie alle aufgesucht“, erklärte der Schattengreifer Simon, während er seine Klaue über die vielen bewegten Bilder an der Wand ziehen ließ. „Zauberer und Hexen, Magier und Alchimisten, Medizinmänner und Schamanen, Illusionisten und Hypnotiseure. Ich habe sie alle kennengelernt. Und sie haben mir ihre Künste gezeigt und mich ihre Fähigkeiten gelehrt. Alle. Nach und nach gelang es mir, diese verschiedenen Künste zu beherrschen. Ja, mehr noch: Ich konnte sie miteinander verbinden und so meine Macht um ein Vielfaches steigern.

Zunächst galt es natürlich, meinen Alterungsprozess aufzuhalten. Die ersten Jahre habe ich nur experimentiert, um die Zeit aufzuhalten. Dann verbesserte ich meine Kunst darin, die Zeit zu steuern. Ich reiste vor und reiste zurück. Ich lernte schnell, glaub mir. Schon bald konnte ich einzelne Epochen aufsuchen, wie andere Menschen Zimmer und Räume betreten. Ich studierte die Menschheitsgeschichte, ohne selbst ein Teil von ihr zu sein. Mit großem Interesse reiste ich durch Zeit und Raum, um zu studieren und mein Wissen und meine Fähigkeiten weiter zu verbessern. Ich war gespannt darauf, was die

Menschen erfinden, entwerfen und bauen würden. Ich wollte in Erfahrung bringen, was sie mit ihren gewonnen Erkenntnissen anfingen und wie sie Neues schufen."

Er seufzte tief. „Doch leider wurde ich bitter enttäuscht. Meine vielen Reisen brachten mir nicht das, wonach ich suchte. Im Gegenteil. Ich wurde Dinge gewahr, schrecklicher, als ich es jemals hätte ahnen können. Sieh selbst ..."

Die bisherigen Bilder auf der Wand verblassten und schafften Raum für neue Illusionen. Weitere Szenen aus dem Leben des Schattengreifers. Szenen, in denen er angewidert Kämpfe und Schlachten beobachtete, auf Feldern, in Städten oder auch auf dem Meer.

Auf einem der Bilder sah er den Magier hinter einem Mann herschleichen, der einem König auf seinem Thron gerade einen Kelch mit vergiftetem Wein brachte.

Simon spürte einen Stich in der Brust, als er das brennende Karthago sah, mit dem Byrsa-Hügel über der Stadt, auf dem Basrar gelebt hatte.

Eine Szene erkannte Simon sofort. Auf mehreren Zeichnungen war sie in seinen Lexika abgebildet: In einem Theater wurde ein Mann von hinten erschossen. Auf dem Bild darüber war allerdings eine ganz ähnliche Szene: Auch dort wurde ein Mann öffentlich von Kugeln getroffen, allerdings während er auf einem Balkon stand und zu unzähligen Menschen vor ihm sprach. Und daneben sah Simon das Bild eines abgemagerten Menschen, der verzweifelt in einer Zelle saß.

„Kennst du all diese Menschen?", erkundigte sich der Schattengreifer. „Cäsar in seinem Senat, Abraham Lincoln, als ihn die tödlichen Kugeln trafen. Martin Luther King, der während einer Rede getötet wurde. Oder hier ..." Er wies mit seiner Klaue auf den hungernden Menschen. „Mahatma Gandhi, der sich in einem Hungerstreik für die Rechte seines Volkes einsetzte und der das Töten von Menschen durch die Menschen nicht mehr mit ansehen konnte. Alle diese Leute haben ihr Leben geben müssen bei dem Versuch, die Welt friedlicher zu machen. Und es gab noch mehr. Viel mehr."

Simon wandte sich von all dem Grauen und der Gewalt ab. Er konnte diesen Anblick nicht mehr ertragen. Da spürte er die dünne Klaue des Schattengreifers, die sich auf seine Schulter legte, und hörte dessen Stimme, die sich wieder völlig verändert hatte. Der Magier sprach in einem ruhigen, fast tröstenden Ton zu ihm: „Wohin ich auch reiste, an welchen Ort oder in welche Zeit ich kam, stets bot sich mir das gleiche Bild: Krieg und Zerstörung, Hunger und Verzweiflung, Streit und Missgunst, Angst und Schrecken. Es gibt kein Jahr in der Geschichte der Menschheit, in der nicht gekämpft wurde."

Simon nickte nachdenklich. „Aber ich verstehe noch immer nicht, warum Ihr …"

Der Magier gebot ihm zu schweigen. „Schau nur hin!"

Wieder verschwammen alle Bilder auf der dünnen Wand, die sie umgab, und schufen Platz für eine neue Illusion. Dieses Mal war es keine Ansammlung von Eindrücken. Vor Simons Augen entstand lebensgroß ein hoher Raum. Dicke graue Steine bildeten die Mauer. Ein riesiges Wappen prangte an einer der Wände, und Simon vermutete, dass sie sich im Mittelalter befanden und er gerade einen Blick in ein Burggemach warf. Und innerlich begann er zu zittern aus Angst vor dem, was er vielleicht zu sehen bekommen sollte.

In der Mitte des Raumes befand sich ein Tisch aus dickem Holz, auf dem sich allerlei Schüsseln und kleine Säckchen befanden. Ein älterer Mann mit Glatze und einem weißen Ziegenbart stand davor. Vorsichtig nahm er sich aus den verschiedenen Säckchen jeweils eine Prise eines Pulvers und mischte alles in einer Holzschüssel zusammen.

Ihm zur Seite konnte Simon den Schattengreifer erkennen, der völlig vertieft und konzentriert das Tun des alten Mannes verfolgte. Wieder war er in dieser Vision deutlich jünger als heute. Auf seiner Schulter saß die kleine Krähe. Sie beobachtete ebenfalls hoch interessiert die einzelnen Handgriffe des alten Mannes.

„Du siehst hier den Versuch, eine Arznei gegen eine mittelalterliche Form der Grippe zu finden“, ließ der Schattengreifer seine Stimme in Simons Kopf hören. „Der Arzt, den du dort siehst, stand nach jahrelanger Forschung endlich kurz davor, ein Mittel zu entdecken, das wirklich helfen konnte. Ich glaube bis heute, dass er gar nicht ahnte, wie nahe er der Lösung des Problems bereits war, als …“

Plötzlich kam Leben in die Szene. Eine dicke Eichentür wurde aufgerissen, und zwei Männer stürzten in den Raum. Sie kämpften mit Schwertern gegeneinander. Simon fiel sofort die Ähnlichkeit der beiden auf. Beinahe so, als kämpfe dort jemand gegen sein eigenes Spiegelbild.

Die beiden hieben in blinder Wut aufeinander ein. Doch nicht nur die Schwerter dienten ihnen als Waffen. Einer der Männer griff nach einem Stuhl und schleuderte ihn seinem Gegenüber entgegen. Der andere sprang auf den Tisch des Arztes, trat gegen eine der größeren Schüsseln und schmetterte seinem Gegner so die Ladung Pulver ins Gesicht.

„Nein!“ Entsetzt schrie der Arzt auf. „Meine Mischung! Meine Kräuter! Meine Medizin! Bitte, ihr hohen Herren … Bitte!“

Doch die beiden Kämpfenden hatten kein Ohr für die Hilfeschreie des alten Mannes. Sie hieben weiter mit ihren Schwertern aufeinander ein und verwüsteten dabei den gesamten Raum innerhalb von wenigen Augenblicken. Die Schüsseln und Säckchen fielen zu Boden, und ihr Inhalt ergoss sich über den steinernen Fußboden. Die Mischung des Alten wurde in hohem Bogen vom Tisch geschleudert. Eine Schüssel landete auf dem Boden, zerbrach, und die wertvolle Medizin verteilte sich auf den Steinen oder versickerte in den Fugen.

„Bitte – nicht!"

Simon bemerkte, wie der junge Schattengreifer in dem Raum die Hände zu Fäusten ballte. Sein Gesicht verzerrte sich zu einer einzigen Fratze der Wut.

In diesem Moment vernahm Simon wieder die Stimme des heutigen Schattengreifers. „Ich konnte dies nicht mehr mit ansehen", erklärte er. Und auch jetzt konnte Simon noch die rasende Wut aus der Stimme heraushören. „Immer wieder hatten Kriege und Streitigkeiten den Fortschritt der Wissenschaft gebremst. Immer wieder wurden geniale Erfindungen oder Entdeckungen zerstört oder für unwahr erklärt, weil sie den Machthungrigen nicht gefielen. Was du dort vor dir siehst, ist ein Streit zwischen Brüdern. Schon seit Jahren hatten sich diese beiden Königssöhne zerstritten, weil sie sich nicht einigen konnten, wer von ihnen den Vater als König ablösen sollte. Und an diesem Tag, dessen Geschehnisse du gerade mitverfolgst, wollten sie ihren Streit mit den Schwertern endgültig entscheiden. Mit den Schwertern! Verstehst du? Sie waren Brüder! Und nur durch ihre Hitzköpfigkeit und ihr Unvermögen, miteinander zu sprechen, haben sie die jahrelange Arbeit des Arztes zerstört. Tausende Menschen würden weiterhin an einer heimtückischen Krankheit leiden.

Ich konnte es nicht mehr mit ansehen. Das war zu viel für mich. Unbändige Wut kochte in mir. Und ich spürte, wie diese Wut Kräfte in mir freisetzte. Kräfte, von denen ich wieder nicht ahnte, dass ich sie besaß. Mir wurde schlagartig bewusst, dass ich diese beiden Brüder mit nur einer Handbewegung hätte stoppen können. Ich hätte ihnen ihren Lebenssaft aussaugen können, mit nur einem kurzen Wink. Doch gleichzeitig war mir klar, dass ich dann wie sie sein würde: Ich würde Unrecht mit Unrecht vergelten. Wenn ich Gewalt mit Gewalt bekämpfe, bin ich nicht besser als die, die Kriege anführen. Also versuchte ich etwas anderes. Ich wusste ja inzwischen, dass die Zeit mir gehorchte."

Mit vor Spannung angehaltenem Atem beobachtete Simon, wie der junge Magier nach vorn trat und mit wutverzerrtem Gesicht die Hände in die Richtung der beiden Kämpfer hob. Sein Mund begann sich zu bewegen. Er flüsterte eine Formel. Wieder und wieder. Die kleine Krähe auf seiner Schulter beugte sich weit vor, um auch nicht das kleinste Wort zu verpassen.

Bis plötzlich die beiden kämpfenden Brüder mitten in ihrer Bewegung erstarrten. Auch der Arzt blieb unvermittelt reglos stehen. Für einen Moment wirkte die ganze Szene wie ein gemaltes Bild. Dann jedoch bewegte sich der Schattengreifer in dem Saal, und auch die kleine Krähe auf seiner Schulter. Der Magier nahm seine Hände herunter, ging zu einer Truhe, die an der Seite stand und auf deren Deckel sich eine Vase mit hohen Blumen befand. Er zog zwei rote Rosen hervor und ging damit zu den Brüdern. Es war ihm anzusehen, dass er selbst überrascht war, wie mächtig er inzwischen geworden war. Dass er die Zeit anhalten konnte, ließ ihn selbst stutzig werden.

Er packte die Faust des einen Mannes, löste sie vom Schwertgriff, entnahm ihm die Waffe und steckte ihm dafür eine der Rosen hinein. Dann drehte er sich um und tauschte auch bei seinem Bruder das Schwert gegen die Rose. Mit den beiden Waffen in der Hand ging er zurück an den Tisch. Er stellte die Schwerter nebeneinander mit der Spitze auf den Steinboden und lehnte sie mit ihren Griffen gegen die Tischplatte, bevor er mit seinem rechten Fuß ausholte und wutschnaubend gegen die Waffen trat. Erst gegen das eine Schwert, dann gegen das andere. All seine Wut entlud sich in diesem Moment, und mit der Kraft des Verzweifelten zerbrach er die Waffen. Klirrend gaben die Schwerter nach. Die beiden Griffe brachen ab, und die vier Einzelteile fielen scheppernd zu Boden.

Der Schattengreifer fuhr sich mit beiden Händen über das Gesicht. Dann richtete er sich auf und flüsterte erneut eine Zauberformel.

Simon blickte wieder zu den beiden Brüdern hin. Diese vollendeten ihre Bewegung und hieben noch einmal aufeinander ein. Doch dann hielten sie inne und bestaunten die Rosen in ihren Händen. Das alles wirkte grotesk. Völlig verrückt. Auf die Brüder und auch auf Simon.

Die Königssöhne blickten erstaunt auf die Blumen in ihren Fäusten, dann verfielen sie plötzlich in lautes, schreiendes Gelächter.

„Was geht denn hier vor?“, brüllte der eine, und der andere erwiderte: „Zauberei.“

Sie lachten. Und schließlich fielen sie sich in die Arme. „Wenn das kein Zeichen ist!“, rief der eine lachend aus. „Vielleicht sollten wir …“

Das Bild verschwamm. Simon stand mit dem Schattengreifer vor der leeren Wand.

„Das war sehr nett von Euch“, sagte Simon, den die gute Laune der beiden Brüder angesteckt hatte. Doch der Schattengreifer verzog keine Miene.

„Der Frieden der beiden trügt, musst du wissen. Ich hatte sie mit meinem kleinen Streich zwar zum Nachdenken gebracht, denn sie einigten sich kurz darauf, gemeinsam den Thron zu besteigen und das Land zu regieren, doch eine ihrer ersten Taten als Könige bestand darin, einen Krieg gegen einen Vetter zu beginnen, dessen Reich an das ihre grenzte und das sie für sich beanspruchten. Wenige Wochen nach dem, was du gerade gesehen hast, ließen sie ihre Klingen also wieder sprechen. Und der Arzt brauchte Monate, um seine Medizin neu zu mischen. Keiner weiß, wie viele Menschen sinnlos weiter leiden mussten, nur weil diese Hitzköpfe die Wissenschaft gestört hatten.“

Simons gute Laune verflog sofort. „Ich verstehe.“

„Ja“, gab der Magier zurück. „Ich denke, allmählich wirst du begreifen, was ich dir zu verstehen geben will. Ich hatte es versucht. Immer wieder habe ich mit meiner Magie eingegriffen, wenn Menschen aufeinander losgegangen sind. Immer wieder habe ich versucht, Frieden zu stiften. Doch für jeden Krieg, den ich in einem Land verhindern konnte, tat sich ein neuer Krieg in einem anderen Land auf. Diesen Kampf konnte ich nur verlieren. Doch dann reifte in mir ein Plan. Eine Idee!“

„Euer großes Ziel?“, fragte Simon voller Spannung. Jetzt war wohl der Moment gekommen, in dem der Schattengreifer ihn endgültig einweihen wollte.

Der Magier nickte. „Das große Ziel. Eine neue Zeit. Meine Zeit!“

Nun erschien auf der Wand vor Simon ein vertrautes Bild: der Seelensammler, wie er ruhig auf dem Meer schwamm. Es tat Simon gut, den riesigen Krähenkopf zu sehen – wie einen Freund, der ihm in diesem unsicheren Moment zur Seite stand.

„Meine Schöpfung", gab der Schattengreifer voller Stolz von sich. „Der erste Schritt in eine neue Welt."

Nun erschien auf der Wand das Schiffsdeck, und Simon konnte den Schattengreifer sehen, wie er an der Zeitmaschine stand. Jetzt allerdings wirkte er schon beinahe so, wie Simon ihn kannte: der kahle Schädel, die tiefen dunklen Augen. Der Moment vor Simons Augen musste weit entfernt sein von der Zeit, in der er den Magier mit den Rosen in der Hand beobachtet hatte.

Gerade legte der Schattengreifer zwei Schwertklingen auf die Steinplatte, die als Ziffernblatt diente. Und Simon erkannte überrascht, dass den beiden Schwertern die Griffe fehlten.

„Im Dienst der Wissenschaft", erklärte der Schattengreifer hinter Simon amüsiert. „Zwei Brüdern im Kampf aus den Händen gerissen und in meine Zeitmaschine eingefügt. So waren diese klirrenden Dinger doch für etwas gut."

Der Magier auf der Wand verfiel in ein tiefes Murmeln. Er belegte den Teil der Zeitmaschine, den er bereits fertiggestellt hatte, mit allerlei Sprüchen und Formeln.

„Ein Meisterwerk, nicht wahr? Und das alles ist erst der Anfang. Ich experimentierte herum. Jahrelang. Jahrzehntelang. Vielleicht sogar ganze Jahrhunderte hinweg. Meine eigene Zeit spielte keine Rolle mehr. Ich selbst wurde nur noch zum Werkzeug meines eigenen Plans. Verstehst du?"

„Ich …"

Wieder änderte sich das Bild auf der Wand. Sie befanden sich am Strand. Ganz wie zu Beginn ihrer Reise.

„Meine erste Zeitreise führte mich wieder hierher. Ich wollte wiedergutmachen, was ich dem Jungen angetan hatte."

Simon sah den Schattengreifer verdutzt an. Damals hatte der Magier wohl doch so etwas wie Reue empfunden. Im nächsten Moment erblickte er wieder den jungen Schattengreifer, der gerade aus dem Gebüsch schlich. Er hatte den Blick auf etwas konzentriert, was Simon erst nicht erkannte. Er sah nur einen Schatten hinter einem der Bäume auftauchen. Doch als er ein lautes Fauchen vernahm, war ihm klar, auf was der Schattengreifer am Strand gerade blickte.

„Seht doch nur!" Neferti wies auf das Blut, das langsam aus Simons Nase rann. „Glaubt ihr immer noch, der Schattengreifer tut ihm nichts?"

Die Freunde kamen herbeigestürzt. Nin-Si schlug die Hände vor dem Gesicht zusammen. „Simon!", rief sie entsetzt.

Voller Sorge streckte Neferti eine Hand nach Simon aus und zog sie augenblicklich wieder zurück. „Er glüht!", sagte sie. „Seine Haut brennt regelrecht. Vor wenigen Sekunden war das noch nicht so."

„Schaut nur, dort!", rief nun auch Salomon aus. Er zeigte auf Simons Kopf, der noch immer zwischen den dünnen Fingerspitzen des Magiers steckte.

„Was ist das?", fragte Caspar und trat näher heran. „Ist das … Blut?"

Wie Schweißperlen traten winzige Blutstropfen aus Simons Haut hervor. Nicht nur am Kopf. Am ganzen Körper.

Simon schwitzte Blut.

Scharrend bohrte sich das Metall des Spatens weiter in die Erde.

Christian wischte sich mit dem Ärmel seines Shirts über das Gesicht und hinterließ einen matschigen Streifen auf dem Stoff. Er grub bestimmt schon seit einer ganzen Stunde. Seine Füße versanken bereits in all der Erde, die er rund um die alte Kastanie aufgeworfen hatte. Doch keine Spur von der kleinen Kiste, nach der er suchte.

Wieder wischte er sich über das Gesicht. Irgendwo hier musste sie sein! Da war er sich ganz sicher. Hier, an den Wurzeln dieses Baumes lag das, was Christian für immer hatte vergraben wollen. Für immer – bis heute!

Wieder hielt er den Spaten gegen die Erde und trat mit Schwung auf das Spatenblatt, als ein knirschendes Geräusch ihn innehalten ließ. Er war auf etwas gestoßen.

Endlich!

Gerade wollte er sich danach bücken, als eine vertraute Stimme ihn unterbrach: „Christian, was … was machst du da?"

Er wandte sich um und sah seiner Frau in die Augen. Sie stand mit verschränkten Armen und überraschtem Blick in der Hintertür des Hauses.

Jetzt erst wurde Christian bewusst, wie lächerlich er aussehen musste, unrasiert, in seinem Nacht-Shirt und in seiner uralten Arbeits-Jeans, die er sich vorhin übergestreift hatte, knöcheltief in aufgeworfener Erde, den Spaten noch in der Hand. „Ich …"

„Ist alles in Ordnung?"

„Nun ja …"

Sie kam verwirrt auf ihn zu. „Was suchst du denn hier? Und seit wann gräbst du schon hier herum?" Sie roch noch immer nach Bettdecke und Kissen. „Ich dachte, du liegst oben und schläfst und …“

„Jessica, ich kann dir das erklären. Ich …“

Sie blickte ihn an wie einen Außerirdischen. „Da bin ich gespannt, wie du mir das erklären willst.“

„Ich …“ Christian rang nach Worten.

„Ja?“

„Vorhin, als … Ich meine: Heute Nacht, da habe ich … Oder anders: Ich muss hier nach etwas suchen, mit dem ich …“ Er seufzte laut und ließ die Schultern hängen. „Entschuldige, Liebes. Ich kann dir das nicht so einfach erklären. Es ist zu … zu …“

Ihr erstaunter Blick änderte sich nicht. „Wonach suchst du denn? Und warum so früh am Morgen? In deinem Nacht-Shirt. Wenn Simon dich so sieht, was soll der Junge denn von dir denken?“

Der Junge! Christian zuckte zusammen.

Jessica entging diese Reaktion nicht.

„Ist etwas mit Simon?“, fragte sie augenblicklich, und ihr Ton wurde schärfer. „Hat es etwas mit ihm zu tun, was du hier tust?“

Christian blickte zur Seite. Auf die Stelle, an der er gerade auf das gestoßen war, was er seit über einer Stunde sehnsüchtig gesucht hatte.

In Jessica keimte ein Verdacht auf. „Ist etwas mit Simon? Ist ihm was zugestoßen?“ Ihre Stimme wurde lauter. Hektischer. „Hat er etwas ausgefressen? Nun sag schon!“ Ihre Stimme überschlug sich: „Lass mich hier nicht so dumm herumstehen. Was ist los?“

Hilflos sah Christian seine Frau an. Wie hätte er ihr das erklären sollen? Wie würde sie reagieren, wenn er ihr von einem Magier, Zeitreisen und Entführungen berichten würde?

„Es gibt da etwas in meinem Leben, von dem ich dir noch nie erzählt habe“, begann Christian vorsichtig.

„Ja?“

„Etwas, das mir in meiner Jugend widerfahren ist, und das ...“

„Christian, du machst mir Angst.“

Er legte den Spaten zur Seite und kam auf sie zu. „Entschuldige, das möchte ich nicht. Es ist bloß ... ich ...“

Zauberformeln, Krähenschnäbel. Mit einem Mal jagte ein kalter Schauer Christian über den Rücken. Hatte Simon sich vielleicht auch gefragt, wie er seinen Eltern von alledem erzählen sollte? Von seinen Albträumen der vergangenen Wochen? Von den Bildern, die ihn im Schlaf heimgesucht hatten?

„Was grübelst du denn nur?“ In Jessica wuchsen Verzweiflung und Ungeduld weiter an. „Nun sag mir schon, was ich wissen muss. Was ich wissen will.“

Doch Christian verfiel wieder in sein grüblerisches Schweigen, und Jessica verlor alle Geduld. „Dann eben nicht!“, kreischte sie so laut, dass zwei Spatzen, die auf dem Dach die Szene verfolgten, sich umgehend in die Lüfte erhoben und flüchteten. Rasend vor Wut drehte sich Jessica auf dem Absatz um und lief zurück ins Haus. „Simon?“

Jetzt!, fuhr es Christian in den Sinn. Die wenigen Sekunden, die ihm bis zu Jessicas Rückkehr blieben, könnten vielleicht schon ausreichen.

Er ließ sich auf die Knie fallen und grub seine Finger in die feuchte Erde, bis er das umklammerte, was er für die Lösung seines Problems hielt. Das, was ihm seinen Sohn wiedergeben sollte. Mit einem kräftigen Ruck zog Christian eine kleine Kiste aus der Erde heraus. Eine Zigarrenkiste: alt, vermodert und morsch.

Nach einem prüfenden Blick zur Hintertür des Hauses, wo noch alles ruhig war, öffnete Christian den Deckel der Kiste und förderte ein graues Stück Stoff zutage sowie eine Krähenfeder und ein Taschentuch, in das sorgfältig etwas eingerollt war.

Christian bettete das Tuch in seine linke Hand und strich mit der rechten beinahe liebevoll darüber.

Er hatte geglaubt, dies nie wieder in die Hand nehmen zu müssen.

Vor seinem geistigen Auge liefen noch einmal Bilder aus einer Zeit vor ihm ab, die wie aus einem anderen Leben auf ihn wirkten. Doch er würde es wieder wagen, dieses Leben zu betreten.

Für seinen Sohn!

Hektisch rollte er das Taschentuch aus. Eine Raubtierkralle kam zum Vorschein, und Christian wurde bei diesem Anblick regelrecht feierlich zumute.

Er hörte wieder die Worte der kleinen Krähe, die sie ihm an der Reling des Seelensammlers ins Ohr geflüstert hatte, nachdem sie ihm die Raubtierkralle in die offene Hand gelegt hatte: „Ein kleines Stück Segeltuch und eine Krähenfeder, mehr benötigst du neben dieser Kralle nicht zur Wiederkehr auf dieses Schiff. Die Feder und die Kralle werden den Zauber auslösen. Und das Segeltuch wird dir den Weg hierher weisen."

„Benötige ich keinen Zauberspruch?", hatte Christian damals verblüfft gefragt, und die Antwort der Krähe klang immer noch in ihm nach, als habe sie diese Worte erst gestern ausgesprochen: „Die Formeln werden wie von selbst aus dir hervorkommen, solange du nur wirklich und aus voller Überzeugung zurückkommen willst."

Christian schüttelte sich. Gerade so, als könne er all diese Erinnerungen von sich abwerfen. Er nahm die Kralle in die

Finger seiner rechten Hand, legte die Spitze auf die Handfläche seiner linken und zog sich die Kralle kräftig durch die Haut. Sofort floss Blut aus der Hand.

Christian bündelte all seine Gedanken. Er rief sich das Schiff in Erinnerung, den Seelensammler. Er spürte bereits die Sehnsucht in sich, dieses Schiff und die kleine Krähe wiederzusehen. Und tatsächlich, plötzlich kamen Worte über seine Lippen. Begriffe, die er selbst nicht kannte. Formeln, deren Sprache er nicht einmal einzuschätzen wusste.

Der Zauber wirkte. Nur noch wenige Augenblicke – würde er dann seinen Sohn in den Armen halten können?

Schon wollte er das Blut seiner rechten Hand auf die Krähenfeder und das Stück Segeltuch tropfen lassen, als er wieder die Stimme seiner Frau vernahm: „Christian, was ist hier los? Simon ist nicht in seinem Zimmer. Und du kniest hier auf der Erde und erzählst mir von Geheimnissen, die ich nicht kenne und … Was machst du da?"

Christian wandte sich zu ihr um. Sein Herz schlug so heftig gegen seinen Brustkorb, dass er schon befürchtete, es könnte die Rippen sprengen.

Wie hatte er so unüberlegt handeln können! Was für ein Glück, dass seine Frau ihn gestört hatte. Gerade in diesem Moment.

Wie hatte er nur den Rückweg vergessen können? Beinahe hätte Christian sich auf die Reise zu seinem Sohn begeben, ohne dafür zu sorgen, dass sie auch den Weg zurück finden konnten.

„Danke!", hauchte er Jessica entgegen.

„Danke? Wofür?" Sie sprach beschwörend auf ihn ein: „Bitte Christian, sag mir doch, was all das hier zu bedeuten hat."

Christian trat nahe an sie heran. Er brauchte etwas, das ihn zurückbrachte. Etwas, das seinem Zauber den Weg zeigte, wenn er gemeinsam mit seinem Sohn zurückkehren wollte.

„Entschuldige“, sagte er liebevoll zu seiner Frau. „Das alles hier muss schrecklich verwirrend für dich sein. Doch vertrau mir. Ich werde dir das später erklären. Aber erst, wenn ich wieder zurück bin.“

„Zurück? Was hast du vor?“

Er berührte mit einer Hand sanft ihre Haare. „Vertrau mir bitte“, flehte er sie noch einmal an. Dann zog er die Raubtierkralle hervor und schnitt mit einem kurzen Hieb eine Haarsträhne von ihrem Kopf.

„Au! Was soll …“

„Vertrau mir. Bitte.“ Er beugte sich vor und gab ihr einen Kuss. „Ich werde dir alles erklären.“

Damit wandte er sich um, ließ die blonde Haarlocke seiner Frau in der Hosentasche verschwinden und kniete sich erneut auf die Erde. Er spürte bereits, wie die magischen Worte wieder aus seinem Mund strömten. Er spürte, wie alles um ihn herum zu verschwimmen begann. Er hörte seine Frau nur noch wie aus weiter Ferne auf ihn einreden.

Dann berührte der Blutstropfen die Feder und das Segeltuch, und Christians Reise begann. Das Letzte, was er sah, war der überraschte und sorgenvolle Blick seiner Frau, deren Anblick wie in einem Dunst vor ihm verschwand.

Und Christian wurde wieder einmal bewusst, wie sehr er seine Familie liebte.

Schon stürzte der Säbelzahntiger aus seinem Versteck auf den Strand und brüllte dem Schattengreifer dort wütend entgegen.

Der Magier hinter Simons Rücken erklärte: „Ich war wieder zurückgereist in der Zeit. Zu dem Moment, in dem dieser Säbelzahntiger den Jungen meines Stammes erschreckt hatte. Ich wollte verhindern, dass die beiden aufeinandertrafen. Ich wollte meinen Fehler von einst wiedergutmachen."

Noch einmal brüllte der Säbelzahntiger laut auf, dann ging ein Ruck durch seinen Körper, und er rannte auf den Schattengreifer am Strand zu.

Der wartete ab. Er sah das riesige Tier auf sich zukommen, ohne sich zu rühren.

Simon hielt den Atem an.

Schließlich sprang der Tiger auf den Schattengreifer zu, und im gleichen Moment hob dieser nur seine Hände in die Höhe und schrie ein einziges Wort.

Noch in der Luft krümmte sich der Tiger schreiend zusammen, dann fiel er auf die Erde, direkt zu Füßen des jungen Magiers.

„Ich hatte ihn betäubt", vernahm Simon die Erklärung. „Denn ich wollte ihm seine Kraft nehmen."

Simon sah, wie der Junge sich über den Tiger beugte und ihm die Krallen aus den Pfoten riss. Dann erlosch das Bild.

„Es hatte nicht funktioniert", gab der Schattengreifer zu, und echte Enttäuschung klang in seiner Stimme mit. „Vielleicht hätte ich den Tiger töten müssen. Vielleicht hätte ich ihn früher aufsuchen müssen. Ich konnte den Jungen nicht mehr retten. Noch immer steckt sein Leben in der kleinen Krähe. Du kennst sie ja."

Simon nickte.

„Ich nahm die Krallen als Trophäe an mich. Und als Warnung. Eine Kralle fügte ich in die Zeitmaschine ein. Als Kompass. Nie wieder wollte ich einen Zeitpunkt verpassen. Und die Kralle dieses Tigers in der Maschine sollte mich daran erinnern."

„Und die anderen Tigerkrallen?"

„Ich habe sie aufbewahrt. Bis auf eine. Die habe ich verschenkt. Einst …"

Simon konnte nun eine Frage nicht mehr unterdrücken. Er fühlte, dass er noch nie so nahe daran war, die ganze Wahrheit zu erfahren. Und deshalb wagte er den Vorstoß: „Warum sind die Jugendlichen auf dem Schiff? Wofür benötigt Ihr die Zeitenkrieger?"

Der Schattengreifer zeigte sich weiter amüsiert. „Nun nähern wir uns langsam den Fragen, die dir auf der Seele brennen, nicht wahr?"

Der Schattengreifer ließ die Knochen seiner Finger knacken. Es machte ihm sichtlich Spaß, Simon noch etwas auf die Folter zu spannen. Doch plötzlich beugte er sich tief zu Simon vor und sah ihn aus seinen dunklen Augen so eindringlich an, dass Simon eines bewusst wurde: Der Schattengreifer wollte ihn tatsächlich in sein Geheimnis einweihen.

„Eine neue Zeit", gab er von sich, ohne die Lippen zu bewegen. „Eine neue Welt!"

Er richtete sich wieder auf und ließ seine Finger erneut lautstark knacken. „Ich möchte eine Welt erschaffen, in der es keine Kriege mehr gibt. In der Streitigkeiten mit Worten und mit Intelligenz gelöst werden, statt mit Waffen und mit Hass." Er legte eine Hand auf Simons Schulter. „Und du und die Zeitenkrieger – ihr seid der Schlüssel zu alledem. Ihr und der Seelensammler."

Zu gern hätte Simon etwas erwidert. Doch ihm war klar, dass dies ein Moment war, in dem er besser schwieg. Der Magier stand ihm gegenüber wie ein Theaterspieler, der die gespannte Erwartung vor der Aufführung genoss. Und gewiss sammelte der Schattengreifer gerade seine Gedanken, um sich Simon endlich anzuvertrauen.

„Anfangs hat mich mein Plan selbst erschreckt", begann der Schattengreifer seine Rede. „Doch dann wurde mir mehr und mehr bewusst, dass es keinen besseren Weg zur Rettung der Menschen gab als diesen. Und so verschrieb ich mich mit meinem ganzen Tun und meinem Sein diesem Vorhaben."

Er ließ den Blick nach oben schweifen, als sehe er in die Ferne. Als könne er das, was er gerade beschrieb, vor seinen Augen entstehen sehen. Doch die Wand blieb leer.

„Nachdem ich den Seelensammler geschaffen hatte, schien alles ganz leicht. Ich benötigte nur noch meine Krieger – meine Zeitenkrieger. Kämpfer für eine neue Zeit. Allerdings ohne Gewalt. Das Ziel schien bereits zum Greifen nahe. Doch ich täuschte mich. Ich beging Fehler."

„Zum Beispiel, als Ihr den Ersten auf das Schiff geholt habt?"

Der Magier ließ den Kopf wieder sinken und blickte Simon erstaunt an. „Du weißt davon? Du weißt von …"

„… meinem Vater. Ja. Auch davon, dass Ihr ihn auf dem Schiff nicht halten konntet."

Der Schattengreifer verzog das Gesicht. „Es tut mir heute noch leid, was geschehen ist. Ich hatte alles falsch eingeschätzt. Ich dachte … ich hoffte …"

„Ihr habt meinen Vater entführt."

„Seine Fähigkeiten auf dem Wasser waren einzigartig. Du kannst es noch nicht wissen, doch eines Tages wird ein geniales Rudermanöver nach deinem Vater benannt werden."

Simon riss erstaunt die Augen auf. „Was?"

„Ja. Wie du weißt, habe ich schon immer auch die Zukunft bereist. Und so habe ich mich selbstverständlich mit dem Leben deines Vaters beschäftigt. Wenn er ein alter Mann ist, wird er wie ein Held verehrt werden, denn seine außergewöhnliche Ruderkunst wird diesen Sport beeinflussen."

Simon war sprachlos. Sein Vater?

Der Schattengreifer führte seine Rede unbeirrt weiter: „Er sollte der Erste sein auf meinem Schiff. Seine Fähigkeiten konnte ich gut gebrauchen. Er sollte der Schiffslenker des Seelensammlers sein. Doch dann …"

„Er wehrte sich …"

„Er floh. Damit hatte ich nicht gerechnet. Und auch nicht damit, dass er mir Rache schwören würde. Doch die Zeit hat wohl alle Wunden geheilt. Ich habe nichts mehr von ihm gehört."

Simon überlief es bei diesen Worten eiskalt. Der Schattengreifer würde auch *ihn* nicht mehr gehen lassen! Aber würde er ohne die Hilfe des Schattengreifers nach Hause zurückkehren können? Und wie viel Zeit verging inzwischen bei Simon zu Hause? Nach der ersten Begegnung mit dem Schattengreifer hatte der Magier Simon nach Hause gebracht, und Simon war genau zu genau dem Zeitpunkt zurückgekehrt, als er in das Abenteuer gestartet war. Niemand hatte sein Verschwinden bemerkt damals.

Doch jetzt? Dieses Mal würde der Schattengreifer ihm diesen Gefallen sicher nicht erweisen, und Simons Eltern machten sich gewiss schon Sorgen. Simon versuchte, diese bedrückenden Gedanken abzuschütteln. Der Schattengreifer durfte auf keinen Fall ahnen, was in Simon vorging.

„Und die Zeitenkrieger?", fragte er daher den Schattengreifer, um das Thema zu wechseln. „Basrar, Moon, Salomon, Neferti,

Nin-Si, Caspar und der australische Junge? Wofür werden sie gebraucht? Was habt ihr mit ihnen vor?"

„Sie sind der Schlüssel zu allem. Sie werden mir helfen, meinen Zauber durchzuführen. Nur durch sie kann die neue Zeit entstehen."

Der Schattengreifer öffnete seine Hand und ließ wieder das Bild des Seelensammlers vor Simons Augen entstehen. Simon blickte zu der Wand und erkannte seine Freunde auf dem Schiffsdeck, wie sie nachdenklich um ihn und um den Schattengreifer standen und sich berieten.

„Was fällt dir auf, wenn du sie betrachtest?"

Simon wusste nicht recht, worauf der Magier hinauswollte.

„Sie sind unterschiedlich. Alle. Auch Basrar und der Aborigine, die nicht mehr an Bord sind. Sie alle …"

„… stammen aus verschiedenen Epochen, aus Ländern quer über die Kontinente hinweg. Sieh sie dir an. Sie kommen aus allen Phasen der menschlichen Geschichte."

Er wies auf Neferti. „Hast du gewusst, dass ihr Volk bereits Kenntnisse besaß, um Menschen zu operieren? Und nicht nur das. Die Ägypter verfügten über ein unglaubliches Wissen über die Sterne, über den Tod und auch über den Verlauf der Zeit." Sein Finger wanderte zu Nin-Si. „Selbst ihr Volk besaß bereits ein immenses Wissen. Und dabei stammt sie aus der Stadt Ur, der ersten Zivilisation, die es gab. Dennoch hatten sie bereits Städte geplant und Häuser gebaut. Oder denk an Basrar und die wunderbaren Errungenschaften seines Volkes in Karthago, der prächtige Hafen, die wunderschönen Skulpturen. Und sieh dir Salomon an. Zu seiner Zeit wussten die Menschen bereits über das Weltall Bescheid. Und noch weit mehr als das!"

Seine Stimme hob sich. Wut stachelte ihn an. „Doch was haben die Menschen getan mit ihrem enormen Wissen? Mit all ihren bedeutenden Entdeckungen und ihren Erfolgen in der Forschung? Kriege wurden geführt. Die Herrschenden haben meist nur an sich gedacht. Die ganze Wissenschaft wurde mit Füßen getreten. Und wo das Wissen der Menschen unterdrückt wird, da werden Menschen unterdrückt."

Simon hörte aufmerksam zu. Doch er spürte, wie der Schattengreifer seiner Frage auswich. Wie er die Antwort umging. Und deshalb hakte er noch einmal nach: „Wofür braucht Ihr die Zeitenkrieger?"

Der Schattengreifer dachte einen kurzen Moment nach, dann öffnete er seine Klaue so, dass er auf alle Jugendlichen zeigte, die sich gerade an Bord des Schiffes befanden. „Ich werde mir all ihr Wissen zunutze machen", sagte er, und seine Stimme beruhigte sich wieder. „In diesen Jungs und Mädchen steckt das Wissen ihrer gesamten Kultur. Und sie sind sich dessen nicht einmal bewusst." Er zog die Klaue wieder zurück. „Hör mir gut zu, Simon, und verstehe! Als kleines Kind geht der Mensch wie ein Schwamm durch unsere Welt und saugt alles auf, was ihn umgibt. Was er hört und sieht, was er schmeckt und riecht, all das kann er zwar noch nicht verstehen, doch er ist offen dafür und speichert es in seinem Gehirn. Ohne es zu ahnen, trägt jedes Kind also alles Wissen seiner Zeit und seiner Welt in seinem Kopf mit sich.

Später dann, wenn ein Mensch älter wird, beginnt er zu vergessen, was nicht unmittelbar mit ihm selbst zu tun hat. Er interessiert sich nur noch für sich selbst. Alles andere ist uninteressant und wird vergessen."

Wieder legte er eine Hand auf Simons Schulter. „Versteht du: All das Wissen einer Kultur, das in Kinderköpfen steckt, alle

Geheimnisse und Eindrücke – sie werden einfach vergessen! Doch deine Freunde auf dem Seelensammler sind noch jung. Sie haben alle Eindrücke noch frisch in ihren Köpfen."

Er wandte sich zur Wand um und blickte nun beinahe liebevoll auf seine Zeitenkrieger. „Darum sind sie hier. Jede und jeder von ihnen stand kurz davor, erwachsen zu werden, als ich sie mit mir genommen habe. Noch befindet sich alles Wissen ihrer Kulturen in ihren Köpfen. Und dieses Wissen wird am Tage meines Triumphes auf mich übergehen. Wenn ich mit meinem Zauber die Zeremonie einleite, in dem Moment, in dem ich der Herrscher über Zeit und Raum werde, dann werde ich alle Kulturen in mich aufsaugen, und ich werde gerüstet sein für das, was mich erwartet."

Er wies auf Neferti: „Von ihr werde ich das Wissen über die Kultur der Toten erfahren und über die Techniken, diesem Tod zu begegnen. Mit den Pyramiden und ihren Bräuchen sind die Ägypter dem Tod so nahe gekommen wie kaum eine andere Kultur. Dieses Wissen wird mir weiterhelfen."

Nun zeigte er auf Moon und fuhr dann fort: „Er wird mir die Naturverbundenheit und die Erfahrung im Umgang mit der Umwelt schenken." Sein dürrer Finger wanderte weiter, von Zeitenkrieger zu Zeitenkrieger: „Dem Mädchen aus Ur werde ich die fundamentalen Kenntnisse um Architektur und Baukunst verdanken. Und von Caspar werde ich den Kampfesgeist und den eisernen Willen erben, der von dem Jungen und seiner Zeit ausgeht. Dann werde ich gerüstet sein. Dann wird meine Zeit entstehen. Dann werde ich über die Welt herrschen. Die Menschen werden mir unterworfen werden. Ich werde über sie regieren. Und es wird keinen Krieg mehr geben und keinen …"

„Aber … aber das ist doch Wahnsinn!“, schrie Simon heraus. „Ihr könnt doch nicht alle Menschen unterwerfen. Ihr könnt doch nicht …“

„Verstehst du noch immer nicht? Es geschieht einzig und allein zum Nutzen der Menschheit. Sie selbst können nicht auf sich Acht geben. Und so benötigen sie jemanden, der dies für sie übernimmt! Ich werde für sie sorgen. Ich werde sie in meiner neuen Welt …“

„Aber jeder Mensch hat einen freien Willen“, widersprach Simon. „Jeder Mensch ist frei und hat ein Recht darauf …“

„Hah!“ Der Schattengreifer schrie auf. „Ein Recht auf seine Freiheit? Was haben sie denn gemacht, die Menschen, mit all ihrer Freiheit? Statt füreinander da zu sein, bekriegen sie sich und gehen aufeinander los.“

„Aber nicht alle Menschen sind so.“

„Darauf kann ich keine Rücksicht nehmen. Ich werde mir die Welt untertan machen, und es wird vor allem eines regieren: der Frieden.“

Simon fasste sich mit beiden Händen an den Kopf. „Aber das ist doch verrückt. Irrsinn ist das. Ihr werdet die Menschen zu Gefangenen machen. Zu Sklaven Eurer Welt.“

„Und es wird ihnen besser gehen!“

Simon erschrak zutiefst über die Entschlossenheit des Schattengreifers. Wenn seine Absicht vielleicht auch gut war, so konnte er doch nicht die ganze Menschheit unterwerfen. Er konnte doch nicht der Welt seinen Willen aufzwingen.

In was für einen Albtraum war Simon hier bloß geraten!

Der Schattengreifer drehte sich um. „Ich denke, nun hast du deine Antworten auf all deine Fragen. Nun weißt du, dass ich nur Gutes im Schilde führe. Dass mein Plan eine bessere Welt zum Ziel hat. So hoffe ich, dass du den Kampf gegen mich einstellst und dich mit mir gemeinsam für mein Vorhaben starkmachst."

Mit einer weit ausholenden Geste seines linken Arms ließ der Schattengreifer die Wand um sie beide verschwinden, und Simon war erstaunt, dass sie sich wieder in der Höhle befanden. Er stand vor den Kohlestrichen an der Wand, die ihm mittlerweile so vertraut vorkamen.

Simon streckte vorsichtig eine Hand danach aus und berührte den kalten Stein. Kein Zweifel: Dies war keine Illusion. Der Schattengreifer hatte ihn an diesen Ort geführt, um ihn in alle Geheimnisse einzuweihen.

Doch was für einen schrecklichen Plan hatte Simon zu hören bekommen. Er wusste noch immer nicht, wie er reagieren sollte. Er ...

„Komm! Es ist Zeit." Der Schattengreifer ging voraus, dem Ausgang der Höhle entgegen. Simon folgte ihm nach. Er suchte nach Worten, mit denen er den Schattengreifer vielleicht umstimmen konnte. Mit denen er dem Magier bewusst machen konnte, welchem Wahnsinn er verfallen war.

Die ganze Menschheit unterdrücken für eine bessere Welt? Dies war doch auch eine Form der Gewalt. Dies ...

Eine Brise wehte ihm kühl ins Gesicht, und Simon atmete tief ein. Es tat gut, aus der Höhle herauszukommen. Das Meer vor ihm schickte Wellen an den Strand, wie einen kleinen Gruß.

Simon blickte sich um. Zu seiner Rechten erkannte er den Wald, an dessen Rand er vorhin die Geburt des Schattengreifers und dessen ersten wirklichen Zauber miterleben durfte. Dann ließ er seinen Blick zur Linken schweifen. Dorthin, wo ihm vorher der Schattengreifer die Sicht versperrt hatte.

Er erschrak. Eiskalt lief es ihm durch den ganzen Körper. Es war ihm, als risse die Erde unter ihm auf.

Fassungslos starrte Simon auf das Gebirge, das am Ufer zu seiner Linken aus dem Meer herausragte. Simon blickte verstört auf die hohen Felsen, auf das rote Gestein – auf die Klippe, die wie ein großer roter Kopf über die Wellen hinausragte.

„Die … die Rotkopf-Klippe“, stammelte er. „Das … das ist …“ Er rang nach Atem. „Hier hat alles begonnen?“

„Nun bin ich dir näher, als du jemals gedacht hast, nicht wahr?“, erwiderte der Schattengreifer. „Hier, nahe deinem Zuhause, hat alles seinen Anfang genommen. Ich … du … mein Plan.“

Simon zwang sich zur Ruhe. In seinem Kopf wirbelten tausende Gedanken durcheinander. Doch er konzentrierte sich. Er durfte jetzt nicht die Nerven verlieren. Er musste sich beherrschen. Gerade jetzt!

Mit Mühe gelang es ihm, wieder zur Ruhe zu kommen. Noch immer hielt er irritiert den Blick auf die Klippe gewandt. Doch in seinem Kopf formte sich bereits eine Frage. Eine Frage, die Simon schon lange auf der Seele brannte und die er nun – im Angesicht dieser Klippe – zu stellen wagte: „Was … was ist mit mir? Welche Rolle habt Ihr für mich ausersehen? Ich bin auf das Schiff gekommen, ohne dass Ihr mich entführt habt. Meinen Schatten habt Ihr mir nicht geraubt. Das hat doch eine Bedeutung, oder? Bitte sagt mir: Was habt Ihr mit mir vor?“

Der breite Mund verzerrte sich zu einem Lächeln. Dieses Mal bewegte der Schattengreifer die Lippen bei jedem Wort, das er sprach. Und jedes seiner Worte betonte er so scharf, dass es Simon tief in seinem Inneren wie ein Messer schnitt: „Du bist die Krönung des Ganzen. Du, als Sohn deines genialen Vaters, mit all dem Mut, den du bisher bewiesen hast, wirst einen ganz besonderen Platz in meiner Welt einnehmen."

Er lächelte noch einmal, dann zog er die Hand von Simons Schulter und wies auf die Wand.

„Sieh selbst!"

Die Zeitenkrieger verblassten, und statt ihrer erschien Simons Gesicht übergroß auf der dünnen Wand vor ihm. Er hatte die Augen geschlossen. Wind schlug ihm ins Gesicht und fuhr ihm durch die Haare.

Simon bemerkte, dass etwas mit seinem Ebenbild auf der Wand nicht stimmte. Etwas war anders. Er konnte nur noch nicht erkennen, was es war.

Schon veränderte sich das Bild. Nun war nicht mehr nur der Kopf zu sehen, sondern bereits die Schultern und sein Brustkorb. Simon stand auf dem Dach des Seelensammlers, das erfasste er sofort. Ihm auf der Schulter saß die kleine Krähe und blickte angestrengt in die Ferne.

Schon war er vollständig zu sehen. Irgendetwas störte ihn bei diesem Anblick, doch Simon wusste noch immer nicht, was es war. Er sah sich selbst auf dem Dach der Kajüte stehen, vor dem Steuerrad des Schiffes, mit geschlossenen Augen. Und etwas, irgendetwas war anders als sonst.

Irgendetwas …

Etwas …

Simon blickte genauer hin.

Mit einem Mal zuckten hinter ihm am Himmel Blitze auf, und Simon in der Illusion öffnete die Augen und griff nach dem Steuerrad.

In diesem Moment stieß Simon vor der Wand einen entsetzten Schrei aus. Ein Schrei tief aus seinem Inneren. Ein Schrei seiner Seele selbst.

Nackte Panik erfasste ihn, als er die tiefen dunklen Augen seines Gegenübers erblickte und die Klaue, mit der dieser Simon auf dem Schiff das Steuerrad ergriff. Die weiße Klaue, mit spindeldürren Fingern daran.

„So tut doch etwas!" Neferti war völlig außer sich.

„Simon!" Moon streckte ebenfalls die Finger nach ihm aus, doch auch er zog seine Hand schnell wieder von dem brennend heißen Körper zurück. „Hörst du mich, mein Freund?"

Simon reagierte nicht.

Neferti geriet in Panik. „Wir müssen was tun! Wir müssen doch etwas tun! Wir können doch nicht …"

Die Ägypterin hielt diese Ohnmacht nicht mehr aus. „Wir müssen …" Sie trat so nahe an Simon heran, dass sie die Hitze spüren konnte, die von ihm ausging. Dass sie sich dabei auch dem Schattengreifer hautnah näherte, ignorierte sie dabei. All ihre Sorge galt Simon.

Vorsichtig streckte sie wieder die Hände nach ihm aus. Sie berührte mit den Fingerspitzen seine Augenlider und versuchte, nicht auf die Hitze zu achten, die ihr wie Blitze durch die Adern jagte. Sacht hob sie Simons Augenlider an, um vielleicht auf diese Art zu sehen, wie es um ihn stand. Doch der Anblick ließ sie laut aufschreien. Auch Simons Augen waren bereits blutunterlaufen. Von dem Weiß um die Augäpfel war nichts mehr zu erkennen.

Schnell riss Neferti ihre Hände zurück.

In diesem Moment drehte Simon langsam den Kopf. Seine roten Augen stierten die Ägypterin an, die ängstlich einen Schritt zurückwich.

„Simon …“

Er sah sie an, mit einem entsetzten Blick, der seine Furcht und Hilflosigkeit verriet. Dann durchzuckte es seinen Körper. Er riss den Mund weit auf, wie zu einem Schrei. Sein Gesicht verzerrte sich zu einer einzigen Maske der Verzweiflung. Er riss die Arme hoch, stürzte sich Hilfe suchend auf Neferti, doch seine Beine versagten, und er fiel vor ihr auf die Knie. Flehend sah er an ihr hoch, die Hände verzweifelt erhoben, den Mund noch immer weit für den stillen Schrei geöffnet.

Dann sank er zusammen und fiel polternd auf das Holz des Schiffsdecks.

Hinter den Mauern der schwarzen Stadt

Etwas Weiches strich ihm über das Gesicht. Ein Gefühl, das seinen ganzen Körper angenehm durchströmte. Simon kostete diesen kurzen Moment gänzlich aus. Am liebsten wäre er so liegen geblieben. Hätte alles um sich herum vergessen und nur noch dieses Gefühl genossen.

Doch eine vertraute Stimme holte ihn sacht zurück in die Realität.

„Er kommt zu sich", hörte er Neferti flüstern. „Welch ein Glück."

Mit einem Schlag wurde Simon wieder die ganze Situation bewusst. Er riss die Augen auf und kniff sie im gleichen Moment wieder zu, weil ein unbändiger Schmerz durch sein Gehirn fuhr.

„Langsam", mahnte Nin-Si. „Du bist noch nicht bei Kräften."

Noch einmal öffnete Simon die Augen. Dieses Mal vorsichtiger. Um ihn herum standen alle Zeitenkrieger und blickten ihn besorgt an. Neferti kniete auf der Erde, hatte Simons Kopf auf ihre Beine gelegt und ihre Hände an seinen Schläfen.

Nin-Si versteckte hinter ihrem Rücken ein blutgetränktes Tuch. Simon konnte nicht ahnen, wie lange er hier schon lag. Und die Zeitenkrieger hatten untereinander besprochen, dass er es auch nicht erfahren sollte. Sie wollten ihn nicht beunruhigen. Sie wollten ihm nicht verraten, dass er bereits Stunden hier lag und dass sie ihm das Blut von der Haut und aus der Kleidung gewaschen hatten.

„Wie geht es dir, Freund?", fragte Moon. Er lächelte Simon aufmunternd zu.

„Wir müssen reden!", brachte Simon mühsam hervor. „Lasst uns keine Zeit verlieren. Ihr werdet kaum glauben, was ich erfahren habe." Er blickte sich zögerlich um. „Ist er hier?"

„Der Schattengreifer?“, hakte Caspar nach. „Nein. Nachdem du schreiend zu dir gekommen bist, hat er sich einfach abgewendet und ist von Bord gegangen. Ohne ein Wort. Er wirkte erschöpft.“

„Das ist gut“, antwortete Simon. „Er wird sich ausruhen wollen. So gewinnen wir Zeit. Lasst uns reden!“

Mit Salomons Hilfe gelang es Simon aufzustehen. Nin-Si gelang es noch, unbemerkt das Tuch über Bord zu werfen, bevor sie sich bei den anderen einfand. Sie alle bildeten unwillkürlich einen engen Kreis, und während sie nah beieinanderstanden, begann Simon zu berichten. Er zählte alles auf, was der Schattengreifer ihm erklärt und gezeigt hatte. Von der Geburt des Magiers über die Geschehnisse am Strand und die Zeitreisen bis hin zu dem Plan des Magiers, die Menschheit im Namen des Friedens zu unterwerfen. Einzig das letzte Bild, das ihn als Nachfolger des Schattengreifers auf diesem Schiff gezeigt hatte, verschwieg er seinen Freunden. Die Erinnerung an diese Illusion machte ihm noch immer Angst.

„Dann … dann möchte er Frieden schaffen?“ Die Überraschung in Nefertis Stimme war unüberhörbar. „Das ist sein Plan?“

„Eine neue Zeit“, grübelte Salomon. „Eine Zeit ohne Krieg, das also hat er damit immer andeuten wollen.“

„Frieden?“ Caspar trat aus dem Kreis der Jugendlichen zurück und wiederholte ungläubig: „Frieden? Aber … aber dann verstehe ich nicht, wieso ihr ihn bekämpfen wollt.“

Auch Moon zog sich zurück. „Wenn es das ist, was er möchte, dann werde ich mich nicht mehr gegen ihn stellen. *Wowahwa* – Frieden.“

„Wartet!“ Simon hob beide Hände. „Das ist doch kein echter Frieden, wenn die Menschen dafür ihre Freiheit aufgeben.“

„Hah – Freiheit!", brüllte Caspar ihn an. „Was haben sie denn getan, die Menschen, mit ihrer Freiheit?", fragte er, und Simon war überrascht, dass Caspar beinahe dieselben Worte benutzte wie der Magier vorhin. „Er hat es dir doch gezeigt: Sie führen Kriege …"

„Und sie verfolgen Menschen …", ergänzte Salomon.

„… und sie töten ihre eigenen Kinder", gab Nin-Si schluchzend von sich. Mit Tränen in den Augen wandte sie sich ab, und Simon überlegte wieder einmal, was ihr wohl zugestoßen war in ihrer Zeit. Damals, kurz bevor sie auf dieses Schiff gekommen war. Doch im Moment musste er sich um anderes kümmern: Er musste den Schattengreifer aufhalten. Und es schien beinahe so, als verliere er seine Mitstreiter.

„Nicht alle Menschen sind auf Streit aus", widersprach er. „Viele von ihnen …"

„Sind es wirklich so viele?", fragte Neferti. „Mein ganzes Leben war geprägt von der Angst vor denen, die den Pharao stürzen wollten. Es gab keinen ruhigen Moment. Immer lebten wir in Furcht."

„Ihr habt gesehen, wozu die Menschen fähig sind", warf Moon ein. „Sie schießen aufeinander. Und dennoch …"

Salomon wandte sich Simon zu: „Gefällt dir der Gedanke nicht? Eine Welt ohne Gewalt?"

Simon schüttelte schnell den Kopf. „Versteht ihr nicht? Er macht euch etwas vor. Der Schattengreifer macht sich selbst etwas vor. Alle Menschen unter seinem Willen. Niemand wäre mehr frei in seinen Gedanken und seinem Handeln."

„Du redest …" Caspar stockte und schwieg. Simons Worte hatten ihn überrascht und zum Nachdenken gebracht.

Auch die anderen blickten betroffen zu Boden.

Rasch redete Simon weiter: „Menschen ihren Willen zu nehmen und ihre Freiheit – das ist auch eine Form von Gewalt. Ich sage bestimmt nicht, dass die Welt gut ist, so wie sie ist. Aber niemandem ist geholfen, wenn nur *ein* Mensch Macht über alle hat. Nicht einmal im Dienst des Friedens." Er blickte sich um. „Erinnert euch doch nur einmal an die Menschen, die euch wichtig waren im Leben. Waren sie hasserfüllt und gierig? Oder habt ihr nicht vor allem Liebe erfahren und Mitgefühl? Natürlich gibt es Menschen, die nur an sich denken, die Kriege anzetteln, um ihre Ziele durchzusetzen. Aber es gibt eben auch die anderen. Die, denen Freundschaft wertvoll ist und die füreinander da sein wollen. Ich bin sicher, dass diese Menschen in der Überzahl sind."

Betroffenes Schweigen war die Antwort. Und so setzte Simon nach: „Stellt euch doch einmal ein Leben vor, in dem die Freiheit nicht mehr zählt. In dem euch gesagt wird, was ihr zu tun oder zu denken habt. Ein Leben, in dem für dich entschieden wird, statt dass du selbst entscheidest. Ist es wirklich das, was ihr wollt?"

Caspar spielte nervös an seinem Messer. Moon ballte die Fäuste und öffnete sie wieder, nur um sie im selben Moment wieder zu ballen. Simon sah jedem einzelnen Zeitenkrieger an, wie er mit sich kämpfte. Nach allem, was ihnen geschehen war, klang das Versprechen von einer Welt des Friedens zu verheißungsvoll.

Simon trat einige Schritte zurück. Er stellte sich an den Bug, dorthin, wo vorhin der Schattengreifer in seine Welt zurückgegangen war. Der Junge streckte einen Arm aus und betonte jedes Wort, als er sagte: „Ich möchte den Kampf gegen den Schattengreifer weiter ausfechten. Ich möchte für die Freiheit eintreten. Doch allein habe ich Angst. Ich brauche euch an meiner Seite. Ich … ich will euch nicht verlieren. Bitte: Wer geht mit mir?“

Moon öffnete und schloss noch immer grübelnd seine Fäuste. Neferti und Nin-Si vergruben sich in ihren Gedanken, vielleicht sogar in ihren Erinnerungen. Jeder von ihnen erforschte sein Herz.

Salomon war schließlich der Erste, der auf Simon zukam. „Mein Volk hat jahrhundertelang für Werte wie Freiheit gekämpft. Du hast mich an deiner Seite.“ Und damit legte er eine Hand auf Simons.

Sekunden später trat auch Nin-Si an die beiden heran und besiegelte ebenfalls mit ihrer Hand den Bund. „Für die Freiheit“, sagte sie.

Auch Neferti kam zu ihnen. „Würde ich wirklich die Angst in meinem Leben verlieren, wenn ich es allein einer Person anvertraue?“, murmelte sie, während sie ihre Hand auf Nin-Sis legte. „Oder würde ich mich nur für ein Leben in einer *anderen* Angst entscheiden?“

Ihre Worte riefen Moon aus der Erstarrung. „Schon einmal haben uns weiße Männer Frieden versprochen“, sagte er und kam näher an sie heran. „Und während sie sprachen, standen sie hinter Kanonen und zielten mit Gewehren auf uns.“

Alle Blicke richteten sich auf Caspar. Er hielt zitternd den Griff seines Messers in der Faust. „Es klingt zu schön“, brachte er hervor. „Die Menschheit endlich in Frieden. Davon haben wir alle geträumt. Wir alle, die wir uns dem Kinderkreuzzug angeschlossen hatten. Doch das, was uns als Frieden versprochen worden war, bestand doch wieder nur aus Eroberung, aus Kämpfen und Unheil. Das alles ist so sinnlos.“

„Und der Friede, der dir jetzt versprochen wird?“, forschte Salomon vorsichtig nach.

Caspar wurde ganz rot vor Aufregung. „Unterdrückung im Namen des Friedens bleibt Unterdrückung. Wenn ich eines gelernt habe in diesem Kreuzzug, dann ist es die Erkenntnis, dass Frieden nicht befohlen werden kann.“ Er steckte sein Messer ein und kam auf die anderen zu. „Frieden kann nur entstehen, wenn die Menschen sich die Hände reichen.“

„Egal, wer sie sind“, stimmte Neferti ihm zu.

„Und egal, woher sie kommen“, pflichtete Nin-Si bei.

„Oder aus welcher Zeit sie stammen“, schloss Caspar den Gedanken, und mit entschiedenem Blick legte er seine Hand auf die seiner Freunde. „Was sollen wir jetzt also tun?“

„Wir müssen an unserem Plan festhalten“, sagte Neferti, und Simon nickte zustimmend. „Wir sind das Zentrum seines Plans. Ohne uns ist der Schattengreifer machtlos. Wir müssen weiter versuchen, in unsere eigene Zeit zurückzukehren.“

Caspar sah sie skeptisch an. „Das nennt ihr einen guten Plan?“, fragte er ungläubig. „Wird der Schattengreifer nicht für jeden von uns, den wir nach Hause zurückbringen können, wiederum jemand anderen holen? Warum zerschlagen wir nicht einfach das Herz des Schattengreifers?“ Er deutete mit einem Wink auf die Bodenluke über der Zeitmaschine. „Wir brauchen nur die Glaskugel zu zerstören, in der sein Herz steckt, eines meiner Messer hineinzujagen, und dann hat der Spuk ein Ende!“

„Denk doch mal nach!“, erwiderte Salomon. „Was geschieht wohl, wenn wir das Herz zerstechen?“

„Sag ich doch: Der Schattengreifer ist dann bald nur noch Asche.“

„Und weiter?“

Caspar dachte angestrengt nach. „Seine ganze Magie und sein Zauber …“ Er zog erstaunt eine Augenbraue hoch. „Oh!“

„Genau: oh!“, ulkte Salomon. „Seine ganze Magie geht mit ihm unter. Also auch dieses Schiff und alles, was er geschaffen hat. Und damit würden auch wir untergehen. Das Universum des Schattengreifers würde zerreißen und wir gleich mit. Glaub mir, Caspar: Bevor wir nicht noch mehr über ihn wissen, gibt es keine andere Möglichkeit, ihn zu bekämpfen, als ihm das zu nehmen, was er vor allem braucht: seine Zeitenkrieger. Wir müssen uns von Bord retten.“

Nin-Si nickte bestätigend: „Und du bist der Nächste, Salomon. Wir werden in deine Zeit zurückreisen!“

Salomon blickte ergriffen zu ihr auf. „In meine Zeit …“, brachte er mit rauer Stimme hervor.

„Lasst uns nicht länger warten“, schlug Simon vor. „Lasst uns die Zeitmaschine vorbereiten!“

Und endlich kam Leben in die Gruppe. Jeder von ihnen bezog seinen Platz. Das Schiff und die Zeitmaschine wurden für die Reise vorbereitet.

Allerdings herrschte eine andere Stimmung unter ihnen. Dieses Mal waren sie nicht so hoch gestimmt wie vor ihren bisherigen Reisen. Statt Tatendrang und Optimismus empfanden sie doch eher Zweifel und Unsicherheit. Während sie in die Taue griffen oder die Segel setzten, fragte sich jeder von ihnen, ob sie nicht vielleicht doch einen großen Fehler begingen.

Simon zitterte, als er seinen Fuß zum ersten Mal auf die fremde Erde setzte. Doch dieses Mal zitterte er nicht vor Kälte wie bei der Zeitreise in Moons Epoche.

Der Vollmond stand als helle, kreisrunde Scheibe am sonst pechschwarzen Himmel und tauchte die Gegend in ein unwirkliches graues Licht. Dünne Nebelschwaden waberten knöchelhoch am Boden. In der Ferne schrie ein Kauz.

Dieses Mal lag kein langer Fußmarsch vor ihnen. Dieses Mal hatten sie mit dem Seelensammler ganz in der Nähe von Salomons Stadt vor Anker gehen können. Der Junge hatte seinen Freunden kurz vor dem Zeitensprung genau erklären können, wo sie das Schiff hinmanövrieren mussten, wenn sie zu ihm gelangen wollten. Und von dort war es nur ein Katzensprung bis zu Salomons Heimatort. Die Stadt lag direkt am Meer, und der Seelensammler ruhte sich vor dem Strand von seiner Zeitreise aus.

Doch Salomon hatte ihnen nicht nur den Weg erklärt, den sie nehmen mussten. Er hatte ihnen auch noch einmal eindringlich von den Begebenheiten und den Geschehnissen seiner Zeit berichtet. Und genau das war es, was Simon jetzt erzittern ließ. Salomons Bericht hatte sie alle sehr aufgewühlt und verunsichert. Mit einer Angst in sich, wie er sie bei den anderen Zeitreisen nicht gefühlt hatte, bewegte sich Simon neben seinen Freunden auf die fremde Stadt zu, deren Dächer und Türme sich bereits als schwarze Silhouetten vor ihnen abzeichneten.

Simon war tief in seine Gedanken versunken. Bisher hatten sie es immer mit Menschen aufnehmen müssen. Doch dieses Mal stellten sie sich zudem einer Krankheit, einer Seuche, an der in den wenigen Jahren von 1347 bis 1353 ein Drittel der Bevölkerung Europas erkranken und sterben würde, wie Simon aus seinen Geschichtsbüchern erfahren hatte.

Eine Seuche, dachte Simon jetzt für sich. Wie sollte man sich gegen eine Krankheit wehren? Menschen waren zumindest in einem gewissen Maße berechenbar. Eine Krankheit dagegen erschien ihm wie ein völlig unkalkulierbarer Gegner. Er fühlte sich unvorbereitet, schutzlos. Und das machte ihm Angst.

Allmählich näherten sie sich der Stadt. Die Türme reckten sich wie ausgestreckte dünne Finger zum Himmel. Die Dächer waren kaum noch zu erkennen, denn die hohe Schutzmauer nahm den Jugendlichen mit jedem Schritt mehr die Sicht auf die Stadt. Über drei Meter schätzte Simon die Höhe der grauen Wand, die sich nach allen Seiten vor ihnen erstreckte.

„Unheimlich!“, brachte Neferti hervor.

Ein Schrei riss ihn aus dem Schlaf: Das Krächzen einer Krähe.

Schwach, erschöpft, zwang er sich, die Augen zu öffnen.

Sein Schädel rebellierte. Selbst das matte, düstere Licht in seinen Gemächern schmerzte in seinen Augen.

Mit größter Anstrengung hob er den Kopf und erblickte den krummen Schnabel an dem Tier, das ihm gegenüber, auf einem erloschenen Kerzenhalter, Platz genommen hatte.

Das Tier starrte ihn an.

Und der Magier verstand sofort: Etwas geriet aus den Fugen.

Und die große Krähe war hier, um ihn zu warnen.

Er streckte einen Arm aus und ließ die Krähe darauf Platz nehmen.

Seine Augen suchten ihren Blick. Und seine Gedanken verloren sich im Bewusstsein der Krähe. Er konnte sehen, was sie sah.

Er konnte fühlen, was sie fühlte.

Doch was er zu sehen bekam, war für ihn unfassbar.

Der Junge!

Nach allem, was er ihm gezeigt hatte …

Mit einem entsetzlichen Aufschrei der Wut sprang er auf, bereit, seinen Fehler rückgängig zu machen.

Die Stille an diesem Ort war beinahe mit Händen greifbar. Simon und seine Freunde hatten anderes erwartet. In einer Stadt, in der angeblich eine totbringende Krankheit umging, hätten sie niemals eine solche Ruhe vermutet. Auf Schreie, Rufe, Befehle, vielleicht sogar auf das Knistern von Feuer waren sie vorbereitet. Doch diese alles umfassende Stille überraschte sie völlig.

„Ob wir hier überhaupt richtig sind?" Nin-Si war sicher nicht die Einzige, in der diese Befürchtung aufstieg. „Vielleicht haben wir die falsche Richtung eingeschlagen und gehen gerade auf die falsche Stadt zu."

„Salomons Beschreibungen waren eindeutig", widersprach Caspar. „Wir haben uns bestimmt nicht geirrt."

„Warum ist eigentlich die kleine Krähe nicht mit uns gekommen?", fragte Neferti. „Sie könnte uns jetzt vorausfliegen, über diese Mauer hinweg, und sich für uns in der Stadt umsehen."

„Sie hielt es für besser, auf dem Schiff zu bleiben, um die große Krähe im Auge zu behalten", erklärte Simon. „Sie befürchtet, dass die große dem Schattengreifer sofort Bericht erstatten wird."

„Das macht Sinn", sagte Caspar. „Dennoch schade, dass sie jetzt nicht hier ist."

Sie hatten die Stadtmauer nun beinahe erreicht, und in dem einheitlichen Grau, in das die Mauer vom Nachtlicht getaucht war, konnten sie allmählich Konturen erkennen: Schießscharten und sogar einzelne Fenster.

„Dort ist ein Tor!", rief Nin-Si plötzlich aus und rannte darauf zu. Die anderen folgten ihr.

Es war riesig, von einem hohen Bogen aus Mauersteinen eingefasst. Moon sah sich noch einmal nach den anderen um, dann schlug er mit der Faust kräftig gegen das dunkle Holz des Stadttores. Caspar umfasste mit seinen Händen die Messer, die an seinem Gürtel hingen.

Es brauchte eine kurze Weile, dann wurde ein winziges Fenster geöffnet, das in das Tor eingelassen war. Zwei Augen tauchten darin auf, deren Weiß im Licht der Nacht hell schimmerte. Eine tiefe, dröhnende Stimme war zu hören: „Wer da?“

„Wir sind Wanderer und bitten um Einlass“, sagte Simon so freundlich er konnte. Die Wortwahl verdankte er den vielen Ritter-Romanen, die er gelesen hatte.

„Einlass? Um diese Zeit?“, dröhnte es von der anderen Seite. „Geht weiter eures Weges.“

Doch Simon ließ nicht locker: „Die Nacht ist kalt. Wir frieren.“

„Was interessiert das mich? Um diese Zeit gelangt niemand in die Stadt.“

„Aber ...“

„Sind euch schon die Ohren abgefroren? Hört ihr mich nicht? Packt euch und klopft morgen wieder an. Bei Tageslicht. Dass ich euch auch zu sehen bekomme!“

Simon hatte bereits geahnt, dass die Wache sie im Licht der Nacht nicht erkennen konnte. Sonst hätte sie bestimmt schon eine Bemerkung zu ihrem Alter fallen lassen.

Mit einem lauten Scharren schloss sich das kleine Fenster wieder. Für die Wache war dieses Gespräch beendet.

„Aber ... hört doch ...!“

Plötzlich trat Caspar von hinten an Simon heran. „Du magst ja eine Menge aus deinen Büchern gelernt haben. Aber über den Umgang mit diesen Leuten stand wohl nicht viel darin, oder?“ Grinsend schob er Simon zur Seite. „Lass mich mal!“ Er sah sich nach den beiden Mädchen um. „Habt ihr irgendetwas von Wert bei euch?“

Nin-Si schüttelte den Kopf. „Bis auf mein Kleid, das sehr wertvoll ist, besitze ich ja nichts.“

„Aber ich“, fuhr Neferti dazwischen. Sie griff sich in die Haare und zog ihr Stirnband hervor, dessen edler goldfarbener Stoff, aus dem es gefertigt war, selbst im fahlen Mondlicht hell aufschimmerte.

„Aber …“ Nin-Si blickte sie erstaunt an, „… du liebst dieses Band! Du sagst doch selbst oft, dass es dich an dein Zuhause erinnert. An deine Zeit in Amarna, als der Pharao selbst es dir geschenkt hat.“

Neferti schüttelte den Kopf. „All das ist unwichtig. Hinter diesen Mauern wartet ein Freund.“ Sie hielt Caspar den Schmuck entgegen. „Hilft dir das?“

„Ja!“ Caspar warf ihr einen dankbaren Blick zu. „Und du bist sicher?“

Sie nickte, doch als er sich zu Tür wandte, drehte sich Neferti schweigend um. Niemand sollte ihre Tränen bemerken. Aber weder Simon noch den anderen war die Trauer der Ägypterin um ihr geliebtes Band entgangen.

Caspar schlug noch einmal gegen das Tor. Schon im gleichen Moment öffnete sich das kleine Fenster erneut, und die Augen der Wache tauchten darin auf. Gerade so, als habe der Mann nur auf das neuerliche Klopfen gewartet.

„Was gibt es noch?“, dröhnte die Wache. „Ich habe euch doch klare Instruktionen gegeben.“

„Ich klopfe ja auch nicht um Einlass an“, erwiderte Caspar.

Die Stimme der Wache klang überrascht: „So? Warum dann?“

Caspar trat einige Schritte zurück und legte an den Rand des Weges deutlich sichtbar Nefertis Stirnband auf die Erde. „Ich habe hier etwas Wertvolles liegen sehen", sagte Caspar. „Und ich wollte wissen, ob es nicht vielleicht Euch gehört."

Was für ein geschickter Bestechungsversuch, dachte Simon beeindruckt.

„Ich verstehe dich." Die Wache hatte den Köder wohl geschluckt. „Wertvoll sagst du?", hakte er nach.

„Ich schätze, es ist aus purem Gold", war Caspars Antwort.

„Nun, es ist wohl das Beste, wenn ich mir das anschauen komme. Ich werde dazu die Tür für einen Moment offen stehen lassen."

Caspar grinste. „So dachte ich es mir."

Scharrend schloss sich das Fensterchen erneut. Nur wenige Sekunden darauf hörten die Freunde, wie auf der anderen Seite des Tores Riegel entfernt oder verschoben wurden. Dann öffnete sich das Tor einen Spaltbreit. Die Wache trat heraus.

„Ich werde meine Augen auf dieses funkelnde Stück richten", sagte der Mann. „Dabei kann ich selbstverständlich nicht sehen, was sich hinter meinem Rücken tut." Damit trat er aus dem Tor heraus und ging auf Nefertis Stirnband zu.

Caspar und Moon huschten rasch durch den Spalt. Auch Nin-Si schlüpfte hektisch hindurch. Nur Neferti beobachtete den Wächter, wie er sich Schritt um Schritt ihrem Schmuck näherte. Sie seufzte leise.

Simon griff sacht nach ihrer Hand. „Komm."

Sie ließ sich von ihm durch das Tor führen, wo die anderen bereits warteten. Sie standen dicht gedrängt in einer Nische der Stadtmauer, um sich Schutz zu suchen.

Neferti und Simon eilten zu ihnen. Plötzlich hielt sich Simon beide Hände vor das Gesicht.

„Oh, was für ein Gestank!“

Caspar kicherte unterdrückt. „Da, wo du herkommst, riecht es anders, oder?“

Auch Neferti hielt sich ein Tuch vor die Nase. „Das ist ekelhaft!“

„Caspar kicherte noch einmal so leise, wie er nur konnte. „Stinkt nicht jede Epoche auf ihre Art?“

„Hier ist es noch immer so still“, unterbrach Nin-Si die anderen. „Vielleicht haben wir ja doch einen Fehler gemacht.“

„Das haben wir bestimmt nicht. Ich bin mir sicher, dass wir Salomon hier finden werden“, beruhigte Moon sie. „Kommt!“ Er schlich vorsichtig aus der Nische heraus und führte die anderen entschlossen an.

Sie duckten sich hinter dem Indianer in die Schatten dieser düsteren Stadt und huschten zwischen zwei hohen Gebäuden in eine schmale Gasse.

„Und jetzt?“ Caspar blickte sich aufmerksam um. Aber bis jetzt schien niemand die Freunde bemerkt zu haben.

„Salomon sprach doch von einem jüdischen Viertel“, gab Simon zur Antwort. „Das müssen wir finden.“

Moon führte sie wieder an, durch die Gassen und Straßen hindurch. Sie huschten geduckt von Winkel zu Winkel, um nicht doch noch gesehen zu werden. Doch ihre Vorsicht war unbegründet. Nicht ein Mensch war auf der Straße zu sehen. Hinter den Fenstern der Häuser war es dunkel. Die Stadt schlief.

„Wir sind hier falsch!“, beharrte Nin-Si. „Wir haben uns in der Richtung geirrt, als wir vom Schiff …“

„Pst!“, mahnte Caspar. An einer Hausecke ging er in die Hocke. Etwas hatte seine Aufmerksamkeit erregt. „Ich glaube nicht, das wir hier falsch sind“, sagte er. Dann erhob er sich, trat zur Seite und gab den Blick frei auf das, was er entdeckt hatte: Im Graben neben dem Haus lag eine tote Ratte. Ihre Augen waren weit geöffnet, ihr ganzer Körper war merkwürdig verdreht, und die Zunge hing aus ihrem Maul. Sie war schwarz.

„Hatte Salomon nicht gesagt, dass es mit den Ratten begann? Hatten sie nicht die Pest in die Städte gebracht?“

Alle blickten erschrocken auf das tote Tier. Nun glaubten sie schon eher, dass sie in der richtigen Stadt waren. Vielleicht waren sie bereits in Salomons Nähe. Und vielleicht waren sie schon von der Pest umgeben.

Ein unbehagliches Gefühl.

Wiederum war es Moon, der seine Freunde aufrüttelte: „Wir müssen weiter. Kommt!“

Mit bangen Gefühlen folgten sie ihm durch die Stadt.

Bald schon entdeckten sie eine zweite Ratte an einer Hauswand, dann eine dritte. Alle waren so entstellt und verkrümmt wie das erste Tier, das sie gesehen hatten.

Plötzlich vernahmen sie ein Geräusch. Moon blieb stehen und gebot seinen Freunden mit einem Handzeichen, ebenfalls zu verharren. Sie spitzten die Ohren. Erst war es nur ein leises Summen, das sich monoton über die Stille der Nacht legte. Doch als Moon ihnen ein Zeichen gab, sich weiterzubewegen, wurde das Geräusch lauter, mit jedem Schritt, den sie wagten. Es waren Stimmen. Menschliche Stimmen, die alle gemeinsam wie in einem Chor sprachen.

Vorsichtig schlichen die Freunde näher. Als sie um eine Hauswand bogen, fiel ihr Blick sofort auf einen Lichtschein auf dem Straßenpflaster. Das Licht kam von einer Kerze, die in einem Fenster stand, und nun wurden auch die Stimmen lauter und lauter. Sie kamen aus dem Haus, in dessen Fenster die Lampe stand.

Simon und die Zeitenkrieger stellten sich eng beieinander unter das Fenster, dann reckten sie ihre Köpfe und blickten in den Raum. Menschen knieten auf dem Boden. Sie hatten die Augen geschlossen und die Hände vor der Brust ineinandergeschlungen. Sie beteten.

In der Mitte des Raumes stand ein Bett, in dem ein Mensch lag. Ebenfalls mit geschlossenen Augen und gefalteten Händen. Die schwarzen Flecken auf seiner Haut waren unübersehbar. Finger, Hände und auch das Gesicht waren übersät mit den typischen dunklen Malen der Pest.

Rasch duckten sich die Jugendlichen wieder unter das Fenster, gerade so, als befürchteten sie, die Seuche könnte sie am Fenster entdecken und zu ihnen nach draußen kommen.

Simon schüttelte es. „So etwas … habe ich … noch nie …“ Er sprang auf, rannte zur Hausecke zurück, stützte sich mit einer Hand noch ab, beugte sich vor und übergab sich.

Caspar kam und stellte sich an seine Seite. Er überlegte, was er Simon Ermutigendes sagen konnte, doch er zog es lieber vor, zu schweigen und seinem Freund einfach nur eine Hand auf den Rücken zu legen. Simon wusste die Geste zu schätzen. Er rappelte sich wieder auf.

„Danke, Caspar. Geht schon wieder!“

Die beiden schlichen zu ihren Freunden zurück.

„Entsetzlich, oder?“, fragte Nin-Si.

„Wie geht es denn jetzt weiter?“, hakte Neferti ein. „Wie sollen wir das jüdische Viertel finden? Mitten in der Nacht? Ohne

Licht? Und niemand ist auf der Straße. Wir können ja nicht bis morgen warten, um jemanden nach dem Weg zu fragen. In dieser Nacht wird der Schattengreifer Salomon mit sich nehmen. Wir müssen ihn heute noch finden."

Simon nickte. „Was mich beschäftigt, ist diese Ruhe in der Stadt. Salomon hatte doch von der Hatz auf die Juden erzählt. Dass der Schattengreifer ihn in dem Moment aufgesucht hat, als Salomons Leben bedroht war. Aber in dieser Stadt wird niemand bedroht. Hier ist niemand, der ..."

„Still!", fuhr ihm Moon plötzlich dazwischen. „Ich höre etwas!"

Die anderen hielten den Atem an. Und tatsächlich: Schritte näherten sich.

„Vielleicht der Nachtwächter der Stadt?", vermutete Caspar.

Moon überlegte noch, ob sie flüchten sollten, doch die Schritte klangen bereits so nahe, dass die fünf erst recht aufgefallen wären, wenn sie jetzt rennend ihren Platz verlassen hätten. Also gab Moon ihnen zu verstehen, dass sie sich langsam an der Wand entlangbewegen sollten.

Neferti stand an der Spitze der Gruppe. Immer mit dem Rücken zur Wand, setzte sie langsam einen Fuß neben den anderen. Die Freunde taten es ihr nach, den Blick ängstlich zu der Hausecke gerichtet, aus der die Schritte zu hören waren.

Sie kamen näher.

Neferti blieb stehen. Eine Flucht schien ausgeschlossen. Es galt nun, Ruhe zu bewahren. Simon wünschte sich, er hätte durch die Wand verschwinden können. Starr vor Angst blickten sie alle zu der Hausecke, an der in diesem Moment jemand hervortrat.

Im Dunkel der Nacht konnten sie nur Umrisse erkennen. Ein erwachsener Mensch stand dort, so viel war zu erkennen.

Und er schien einen Umhang zu tragen, doch das war in der Dunkelheit nicht klar auszumachen.

Die Gestalt verharrte kurz an der Ecke, dann bog sie in die Gasse ein, in der die Freunde verzweifelt versuchten, sich zu verbergen.

Die Person kam weiter auf sie zu. Sie näherte sich dem Lichtkegel der Laterne im Fenster des Hauses, aus dem noch immer die eintönigen Stimmen der Menschen drangen, die für ihren verstorbenen Angehörigen beteten.

Als der Fremde sich ins Licht stellte, um ebenfalls einen Blick in das Fenster zu werfen, schrie Nin-Si auf. Mit diesem Krähengesicht auf dem hageren Körper und dem langen schwarzen Mantel hatte sie nicht gerechnet. Keiner von ihnen hatte damit gerechnet. Nicht hier. Nicht jetzt. Nicht in dieser Form – halb als Krähe, scheinbar noch in dem Zauber gefangen, mit dem der Schattengreifer den Weg hierher angetreten hatte.

Doch warum jetzt schon? Nach Salomons Bericht würde der Magier doch erst in einigen Stunden diese Stadt aufsuchen.

Durch Nin-Sis Schrei aufgeschreckt, drehte sich der Krähenkopf zu den Jugendlichen um. Für einen Moment dachte Neferti nun doch an Flucht. Aber dann hielt die ungewohnte Stimme des Fremden sie davon ab.

„Wer seid ihr?“, erkundigte sich die Person im Lichtschein. Und ihre Stimme klang völlig anders als die des Magiers. Weicher. Menschlicher. Lebendiger. „Wer, in Gottes Namen, seid ihr?“

Die Jugendlichen zögerten. Keiner von ihnen wusste, wie sie sich verhalten sollten. Schließlich trat Simon aus der Gruppe hervor. „Wir sind fremd in dieser Stadt“, sagte er.

Die Person am Fenster kam auf Simon zu. Als sie aus dem Lichtschein der Laterne trat, war sie für einen Moment nicht zu sehen. Dann stand sie vor den Jugendlichen, und allen wurde bewusst, dass sie einem ganz normalen Mann gegenüberstanden. Er trug über dem Gesicht eine Maske in der Form eines Krähenkopfes mit einem langen Schnabel und einer dunklen Brille darauf, sodass Simon die Augen des Mannes nicht erkennen konnte. Über den Kopf hatte er sich eine Kapuze gezogen, die zu einem langen glänzenden Umhang gehörte.

Natürlich, der Mann trug eine Pestmaske! Simon ärgerte sich über sich selbst. Er hatte in seiner Schulbibliothek doch oft genug über dem Lexikon gesessen und sich das Bild mit der Maske angesehen! Seine Angst vor dem Schattengreifer war wohl doch größer, als er sich es selbst eingestehen wollte.

„Fremd in dieser Stadt?", wiederholte der Mann nun. „Dann verschwindet wieder. Ihr habt es irgendwie in diese Stadt hinein geschafft, dann gelingt es euch gewiss auch, wieder hinauszugelangen. Glaubt mir: Diese Stadt ist verflucht. Und ebenso ein jeder, der sich in diesen Mauern aufhält. Flieht, solange ihr es noch könnt."

Simon nahm all seinen Mut zusammen. „Wir können nicht gehen", gab er zur Antwort. „Wir suchen einen Freund."

Hinter der Maske blieb es stumm. Der Fremde stand Simon gegenüber und schien ihn nachdenklich anzustarren.

Nun lösten sich auch die Zeitensegler aus ihrem Versteck an der Hauswand und stellten sich hinter Simon auf.

Der Kopf des Mannes ruckte kurz zur Seite. Er besah sich wohl die Jugendlichen. Und endlich redete er wieder: „Einen Freund sucht ihr?", sagte er nur knapp. „Echte Freundschaft ist in diesen Zeiten wertvoller als alles andere."

Bevor Simon ihn um Hilfe bitten konnte, streifte sich der Mann die Handschuhe von den Händen, griff an seine Maske und zog sie mit einem Ruck über den Kopf. Ein verschwitztes Gesicht kam darunter zum Vorschein. Das Gesicht eines Mannes, den Simon auf etwa dreißig Jahre schätzte. Sein schwarzes Haar klebte ihm an Stirn und Schläfen.

Jetzt, ohne die Gläser der Maske vor den Augen, besah er sich die Freunde erneut. „Ihr seid wirklich nicht von hier", sagte er. „Ihr kommt nicht einmal aus unserer Gegend, oder? Eine Gruppe wie euch habe ich noch nie gesehen."

„Das ist eine lange Geschichte", antwortete Simon, der endlich alle Angst verloren hatte. „Wir …"

Der Fremde hob die Hand. „Für lange Geschichten gibt es in dieser Stadt keine Zeit mehr. Seid wachsam. Findet euren Freund, und dann verlasst diese Mauern, so schnell ihr nur könnt. Haltet euch an keiner Ecke lange auf."

Neferti löste sich aus der Gruppe. Sie kam auf den Mann zu und berührte mit ihrer Hand die Maske des Mannes. „Wer seid ihr?"

Der Mann hob die Maske in die Höhe. „So etwas habt ihr noch nie gesehen? Ihr müsst ja wirklich von sehr weit her kommen. Ich bin Arzt." Er ließ die Maske sinken und klang plötzlich sehr betrübt: „Zumindest war ich einmal Arzt. Ich bin einst angetreten, um Menschen zu helfen. Um Not zu lindern. Um Krankheiten auszuräumen. Doch seht mich an, was aus mir geworden ist." Er hielt den Jugendlichen die Maske vor die Augen. „Ich bin ein Handlanger des Todes geworden. Wenn man mich ruft, dann ist es meist schon zu spät. Dann kann ich nur noch faulende Haut versorgen, die Eiterbeulen zählen und versuchen, Schmerzen zu lindern. An Hilfe oder gar Rettung ist nicht mehr zu denken."

„Und diese Maske?", erkundigte sich Moon.

„Sie soll mich vor Ansteckung schützen. Seht, in diesem Schnabel stecken Kräuter und Gewürze, die mich schützen und die verhindern, dass ich den Geruch der Pest ertragen muss. Ich muss euch ganz schön erschreckt haben mit meiner Erscheinung." Er versuchte, ihnen ein freundliches Lächeln zu schenken, doch es war ihm anzusehen, dass er alle Übung im Lachen verloren hatte. „Nennt mich Adam!"

Auch die Jugendlichen stellten sich vor. „Ungewöhnliche Namen", stellte der Arzt fest. „Ihr seid ungewöhnliche Leute. Wie also kommt es, dass ihr gerade in dieser Stadt einen Freund sucht?"

„Er ist hier geboren", erklärte Caspar. „Er lebt in dieser Stadt."

„Und wie heißt er, den ihr sucht?"

„Salomon. Der Sohn von David und Rachel. Er lebt im jüdischen Viertel."

Der Arzt hob die Augenbrauen. „Salomon? Ist er etwa so alt wie ihr? Schwarzer Lockenkopf?"

Neferti strahlte den Mann an. „Ihr kennt ihn?"

„Er wohnt nur einige Straßen von meinem Haus entfernt. Ich kenne ihn recht gut. Sein Vater und ich, wir haben viel miteinander zu tun. David, der Kaufmann. Er besorgt mir Kräuter für Tees, für Verbände und für … für …", er senkte den Blick wieder auf die Schnabelmaske, „… für meine verfluchte Pestmaske."

In den Jugendlichen keimte Hoffnung auf. „Könntet Ihr uns zu ihm bringen, zu Salomon?"

Adam nickte. „Ich bin auf dem Weg nach Hause. Ihr dürft mich gern begleiten. Dann zeige ich euch, wo Salomon lebt."

Es tat gut, nicht mehr völlig ahnungslos durch die Stadt eilen zu müssen. Die Jugendlichen ließen sich von Adam durch die

Straßen führen, in denen sie aus den Häusern nun doch immer öfter Wehklagen vernahmen oder das murmelnde Geräusch betender Menschen. Die Pest hatte bereits eine ganze Menge Menschen befallen.

Je tiefer sie in das Stadtinnere vordrangen, desto öfter kamen sie an Häusern vorbei, deren Fenster und Türen mit Bretten vernagelt worden waren.

„Spuren der Pest", erklärte Adam, als ihm Simons Blicke auffielen. „Hinter diesen Mauern hat die Krankheit mehrere Seelen mit sich genommen. Oder sie ist gerade dabei, sich ihrer zu bemächtigen. Eine schlimme Zeit."

Simon zwang sich, nicht mehr darauf zu achten. Er hielt es kaum aus, dieses ganze Elend, die Klagen der Erkrankten und ihrer Angehörigen. Zudem fiel es ihm immer noch schwer, sich an den unerträglichen Geruch zu gewöhnen. Doch damit war er nicht allein. Auch Neferti, Nin-Si und Moon kämpften mit sich. Einzig Caspar schien das alles nur wenig auszumachen.

„Wir haben es jetzt bald erreicht, das jüdische Viertel", gab Adam schließlich bekannt, nachdem sie eine Weile gegangen waren. „Nicht mehr lange, und wir haben …"

Er stockte und hob die Hand, um die Jugendlichen zu warnen und zum Stehen zu bringen. „Leise", zischte er. „Da vorn bewegt sich etwas!"

Tatsächlich erkannte Simon auf den Pflastersteinen der Straße das Schimmern von Fackeln. Und im gleichen Moment vernahmen sie auch schon Stimmen. Aufgebrachte, wütende Menschen. Erst waren sie nur aus weiter Ferne zu hören, doch schnell wurden die Stimmen lauter und lauter. Auch der Schein der Fackeln auf den Pflastersteinen wurde heller und breitete sich rasend schnell aus. Wie viele Menschen sich gerade vor ihnen versammelten, das konnte Simon nicht einschätzen. Doch dem Lärm nach zu urteilen, waren es viele. Sehr viele. Und sie waren außer sich vor Wut.

„Was ist los?“, erkundigte sich Caspar flüsternd. „Was geschieht dort?“

Adam drehte sich kurz und mit einem seltsamen Gesichtsausdruck zu ihm um – so als hätte er für einen Moment vergessen, dass die Jugendlichen hinter ihm standen. Rasch hielt er sie davon ab, um die Hausecke zu schauen. „Ich kann kaum glauben, was dort geschieht“, sagte er und blickte wieder nach vorn zu dem Schein der Fackeln. „Natürlich, es wurde darüber gesprochen. Aber dass sie sich wirklich …“

„Was?“, hakte Simon nach. „Was wurde besprochen? Wovon genau sprecht Ihr?“

„Heute Nachmittag … müsst ihr wissen, da gab es eine Prozession durch den Ort. Die Menschen beteten darum, dass die Pest ein Ende finden sollte. Sie flehten um Hilfe und Erbarmen. Doch hinter all den Kerzen und den frommen Gebeten gab es auch Stimmen, die sich ganz anderes erhofften. Keine Hilfe von oben.“

Er wandte sich noch einmal zu den Jugendlichen um, heftete dann seinen Blick aber wieder auf das Geschehen am Marktplatz. Gerade so, als hoffe er, alles sei nur Einbildung gewesen.

„Erst war es nur Gerede, dann jedoch machte es die Runde in der Prozession. Man beschuldigt die Juden, an der Pest schuld zu sein.“

„Aber das ist doch Unsinn“, warf Neferti ein. „Die Ratten haben die Krankheit in die Stadt gebracht. Wir wissen es genau. Salomon hat es uns selbst gesagt.“

Der Arzt nickte. „Aber es ist sehr schwierig, die eigene Wut und die Angst auf Ratten zu übertragen, und die Menschen dort vorn brauchen einen Schuldigen."

Simon erinnerte sich an die erste Nacht, als er die Zeitensegler auf ihrem Schiff kennengelernt hatte. Daran, was Salomon ihm gesagt hatte: „Die Menschen lenkten ihren Hass auf den, der schon seit ewigen Zeiten seinen Kopf hinhalten musste: den Juden."

Die Stimmen wurden immer lauter und aufgeregter. Manche Menschen brüllten bereits. Die Menge peitschte sich gegenseitig hoch. Wenige Meter vor ihnen baute sich die Judenhatz auf, von der Salomon erzählt hatte. Die Jagd, aus der ihn der Schattengreifer gerettet hatte.

„Und heute Nachmittag …", fuhr Adam weiter fort, „… in der Prozession, flüsterten sich einige zu, dass die Juden die Brunnen vergiftet hätten. Sie sagten, dass dies der Grund für die Pest in der Stadt sei."

„Die Brunnen vergiftet?", fragte Moon. „Aber sie schöpfen doch selbst ihr Wasser aus diesen Brunnen. Dann müssten doch auch …"

Adam hob die Hand. „Solch eine Meute denkt nicht nach, junger Freund. Endlich haben sie einen Schuldigen für alles, was hier geschieht." Er blickte sich noch einmal um, und dieses Mal war pure Angst aus seinem Gesicht herauszulesen. „Sie machen wirklich ernst", sagte er noch einmal. „Sie werden gegen die Juden vorgehen. Und ich weiß nicht, ob sie aufzuhalten sind."

In diesem Moment erhob sich ein durchdringender Ruf aus dem Stimmengewirr der Menge heraus, und Simon durchfuhr es wie ein Stich, als er die Worte „Juden" und „Rache" heraushörte.

Adam packte Simon an beiden Armen, und aufrichtige Sorge schwang in seinen Worten mit, als er Simon anflehte: „Lauft! Vergesst euren Freund. Rettet euer Leben. Dies ist keine Nacht für Fremde in der Stadt. Wenn solch ein Pöbel einmal losgelassen ist, mit aller Wut und allem Hass der Menschen, ist das wie eine freigelassene Bestie. Wie ein riesiger Hund, der nur noch aus Gebiss und Krallen besteht. Ohne Hirn. Ohne Mitgefühl. Ihr müsst fliehen. Jetzt. Kommt mit mir, ich führe euch zum Stadttor zurück. Ihr …"

„Wir gehen nicht ohne unseren Freund", widersprach Simon energisch, und er hoffte, dass seiner Stimme die Angst nicht anzumerken war.

Der Mann sah ihn mit entsetztem Blick an. „Ich bitte euch. Seid vernünftig. Ich weiß nicht, woher ihr kommt, aber dass ihr gute Menschen seid, das habe ich sofort erkannt. Rennt! Lauft davon! Diese Meute hier … Sie werden euch … Allein euer Aussehen ist doch schon verdächtig. Diese Leute mit ihren Fackeln und ihrem Groll werden nicht lange fragen, wer ihr seid oder was ihr wollt. Ihr seid Fremde hier. Und das reicht aus. Fremdes macht Angst. Gerade in einer solchen Situation."

„Ich danke Euch für Eure Sorge", erwiderte Simon. Und auch wenn er zu gern den Rat dieses Arztes befolgt hätte, dachte er an seinen Freund und gab zur Antwort: „Doch es bleibt dabei: Wir gehen erst, wenn wir Salomon gefunden haben."

Adam wirkte jetzt geradezu verzweifelt. „Junge, hör doch …" Aber Simons entschlossener Blick ließ ihn den Widerstand aufgeben. „Wie ihr wollt", sagte er ermattet. „Aber ich garantiere nicht für eure Sicherheit. Euer Mut und eure Liebe zu eurem Freund beeindrucken mich. Doch gleichzeitig bange ich um euer Leben."

„Könntet Ihr uns denn sagen, wo wir Salomon finden?", erkundigte sich nun Neferti.

Der Arzt seufzte. „Er lebt im jüdischen Viertel, wie ihr ja bereits wisst. Wir müssen zusehen, dass wir noch vor dieser Meute ..."

Ein erneuter Schrei hallte vom Marktplatz herauf. Adam riss den Kopf herum und schaute wieder um die Hausecke. Und ob es ihm recht war oder nicht, jetzt lugten auch die Jugendlichen in Richtung des Marktplatzes.

Es mussten Hunderte sein, die sich dort versammelt hatten, mit ihren Fackeln in den Händen und ihrem Hass in den Gesichtern. Einige Messerklingen blitzten im Widerschein der Fackeln auf. Manche Menschen hielten Knüppel und Steine in ihren Fäusten.

Der, der geschrien hatte, stand vor der Menschenmenge, mit dem Rücken den Zeitenkriegern zugewandt. Es war ein hochgewachsener Mann, der sehr gepflegt wirkte in seiner schwarzen Kleidung. Der Mann hob eine Hand, und endlich kam Ruhe in die Menge. Der Anführer geduldete sich noch einen Augenblick, dann sprach er zu der Menge: „Ich danke euch allen, dass ihr gekommen seid. Ich weiß natürlich, dass ein jeder von uns sich lieber in seinem Heim verschanzt hätte, um sich vor der Krankheit zu verstecken. Doch glaubt mir, es ist gut, dass ihr gekommen seid. Denn wir haben uns lange genug versteckt. Zu lange haben wir nur zugesehen, wie der schwarze Tod unsere Freunde und Familien von uns genommen hat. Heute Nacht werden wir endlich handeln. Heute Nacht werden wir das Unglück, das über diese Stadt hereingebrochen ist, beenden. Die Schuldigen werden ihre Strafe erhalten. Sie werden Buße tun müssen für das, was sie uns angetan haben."

Die Menschenmenge johlte urplötzlich auf, als Geste der Zustimmung und als Zeichen ihrer Entschlossenheit.

„Zu lange haben wir gewartet. Zu lange haben wir die Schuldigen zwischen uns wohnen lassen. Doch das Ende aller Not ist nahe. Noch in dieser Nacht werden wir diese Stadt befreien! Kommt, Freunde. Folgt mir!"

Wieder brandete Jubelgeschrei auf, dann setzte sich der Mob in Bewegung, seinem Anführer hinterher.

„Oh nein!", zischte Adam. „Wir sind zu spät. Sie gehen bereits auf das Viertel zu. Ihr könnt nichts mehr für euren Freund tun. Keinesfalls werde ich euch zu dieser Menge führen. Lieber …"

Simon blickte ihn flehentlich an: „Wir können nicht einfach wieder gehen. Wir müssen zu Salomon."

„Wahnsinn! Das ist Wahnsinn!" Adam dachte fieberhaft nach. „Wir müssen …"

Caspar trat vor. „Sagt uns doch einfach, wo Salomon wohnt. Dann werden wir alleine …"

„Nein!" Adam blickte ihn scharf an. „Das kommt nicht infrage. Durch die Pest bin ich vielleicht zum Handlanger des Todes geworden, aber keinesfalls werde ich zum Mörder. Euch allein ziehen zu lassen, das würde euren sicheren Tod bedeuten. Ihr habt die Meute gesehen, wie sie … Sie ist nicht mehr zu stoppen!" Er dachte kurz nach und sagte: „Da ihr mir keine Wahl lasst, mache ich euch folgenden Vorschlag: Ich führe euch zum jüdischen Viertel. Ich bringe euch auf einem anderen Weg dorthin, als der Mob ihn gehen wird. Versprecht mir, dass ihr flüchten werdet, sobald ihr Salomon gefunden habt."

Simon sah ihn dankbar an. „Das ist mehr, als wir erwarten dürfen", sagte er. „Ihr bringt Euch selbst in Gefahr dadurch und …"

Adam gebot ihm zu schweigen: „Wir dürfen in dieser Stadt des Elends nicht alle Menschlichkeit vergessen. Auch wenn es scheint, als habe ER uns vergessen, bin ich mir sicher, dass Gott noch immer ein Auge auf uns alle hat. Nun kommt!"

Sie liefen quer über den Marktplatz in eine Gasse hinein, die gegenüber der Straße lag, in die vorhin die aufgebrachte Menge mit ihren Fackeln gezogen war. „Wir nehmen einen Umweg", erklärte der Arzt. „Beeilt euch." Und so bogen sie immer wieder in Seitengassen und schmale Wege ab.

Die Rufe der Menschen drangen erst aus weiter Entfernung zu ihnen, doch dann wurden die Stimmen wieder lauter, und den Freunden war klar: Sie näherten sich dem Viertel. Dem jüdischen Viertel, in dem sich Salomon gewiss gerade vor der aufgebrachten Meute versteckte.

„Vorsicht jetzt!", zischte Adam urplötzlich. „Wir müssen bereits ganz in ihrer Nähe sein."

Doch die Warnung war unnötig. Die Rufe der Meute, das Klirren von Glas und die Hilfeschreie derer, die sich die Meute bereits vorgenommen hatte, waren deutlich genug zu hören. Es konnten höchstens noch ein oder zwei Straßen zwischen ihnen und dem Pöbel sein.

„Von hier ist es nicht mehr weit bis zu eurem Freund", erklärte Adam. „Wenn ihr dieser Straße noch ein Stück weiter folgt, dann kommt ihr …" Er verstummte. Erschrocken blickte er über die Jugendlichen hinweg. Die Freunde wandten sich schlagartig um und erkannten drei Männer und eine Frau, die mit dicken Stöcken in der Hand hinter ihnen aufgetaucht waren. „Wer seid ihr denn?"

„Sie gehören zu mir!", rief Adam ihnen schnell zu. „Sie sind …"

Die Frau trat auf die Jugendlichen zu. „Die habe ich hier noch nie gesehen."

„Und wie die aussehen!", brüllte einer der Männer. „Diese Nacht bringt wahrlich merkwürdige Gestalten hervor. Unsere Jagd auf das Gesindel lässt die Halunken aus ihren Löchern kriechen." Der Mann drohte mit seinem Stock. „Gehört ihr etwa auch zu den Juden, die uns Christen ausrotten wollen?"

„Aber ich sagte doch, sie gehören zu mir", wiederholte Adam hastig.

Der Mann schlug mit dem Stock wütend gegen eine Hauswand. „Die Stadt geht unter, und unser Arzt rennt mit einer Horde merkwürdiger Gestalten durch die Gassen. Ein erstaunlicher Zufall, findet ihr nicht?"

„Sie sind Freunde", brachte Adam hastig hervor. „Sie …"

„Freunde sehen anders aus", stellte die Frau fest. Vor allem Nin-Sis schmale Augen hatten ihre Aufmerksamkeit erregt.

„Wie lange haltet ihr euch schon in unserer Stadt versteckt?", erkundigte sich einer der Männer, während die beiden anderen ebenfalls nach vorne kamen. „Eine fremde Krankheit in der Stadt, und eine Handvoll fremder Leute in der Straße. He, Doktor, kann es sein, dass ihr mit den Juden gemeinsame Sache macht? Sind das vielleicht unsere Brunnenvergifter? Im Auftrag der Juden?"

Die drei rückten weiter vor. Der Arzt hob beschwichtigend die Hände.

„Ihr Leute, denkt doch einmal nach. Warum sollte überhaupt jemand die Brunnen vergiften?"

„Ich habe gehört, dass eine Judenfrau in Frankreich genau das gestanden hat. Sie hat zugegeben, im Auftrag ihres Mannes Gift in den Dorfbrunnen geschüttet zu haben."

Adam schüttelte den Kopf. „Dann hast du vielleicht auch gehört, dass ihr Geständnis erzwungen war. Erst nach stundenlanger Folter, als sie unter all den Schmerzen keinen anderen Ausweg mehr gesehen hatte, gab sie alles zu. Denkt doch bitte einmal …"

„Die Zeit des Denkens und des Redens ist vorbei", widersprach der Mann mit dem Stock. „Heute Nacht wird gehandelt. Alles, was uns gefährlich erscheint, wird ausgemerzt. Und da gehört ihr ganz bestimmt dazu!" Und damit holte er weit aus und schlug nach Caspar, der am nächsten vor ihm stand. Doch dank seiner Geschicklichkeit konnte sich der Junge blitzschnell ducken, drehte sich auf dem Absatz herum und trat dem Mann den Stock aus der Hand.

„He!", herrschte der ihn an.

Im gleichen Moment wurde Caspar von hinten von der Frau gepackt. „Ich hab ihn!", kreischte sie mit triumphierender Stimme, als Caspar sie in den Finger biss. „Ah, du missratener Bursche! Ich werde dich lehren …"

Nun stürmten auch die anderen vor. Caspar und Moon ließen sich auf die Erde fallen und krochen schnell zwischen den Beinen der Angreifer hindurch. Simon, Nin-Si und Neferti drehten sich um und liefen an Adam vorbei die Gasse entlang.

„Sollten wir uns verlieren, treffen wir uns auf dem Schiff!", brüllte Caspar den beiden Mädchen und Simon noch zu, dann rannte er mit Moon davon.

Der Arzt stellte sich den Angreifern entgegen. „Haltet doch ein. Ihr begeht einen schrecklichen Fehler!", hörte Simon ihn noch rufen, dann flüchtete er mit den beiden Mädchen um die Hausecke. Doch schon in der nächsten Sekunde blieben sie wieder stehen. Sie hatten die falsche Richtung gewählt. Sie waren geradewegs in eine Straße gelaufen, in der die Judenhatz bereits in vollem Gange war.

Vor einem hohen Fachwerkhaus stand eine Gruppe schimpfender Menschen. Fenster wurden eingeworfen, und Simon sah einen etwa gleichaltrigen Jungen, der jauchzend seine Fackel in das zerstörte Fenster warf. Sekunden später loderte das Feuer in dem Raum auf. Zwei Männer zerrten eine Frau an ihren langen Haaren aus dem Haus, wo bereits Mitglieder ihrer Familie von zwei Frauen und einem Mann mit Stöcken bedroht und in Schach gehalten wurden. Die Frau aus dem Haus wurde in Richtung der anderen Familienmitglieder gestoßen und von einem grauhaarigen Mann, den Simon für den Familienvater hielt, aufgefangen.

„Raus, ihr Pack!", brüllte eine der beiden Frauen. „Wir räuchern euch aus! Und mit euch räuchern wir die ganze Pest aus! Ohne euch wird diese Stadt …"

Ihr Blick fiel auf Simon, Neferti und Nin-Si.

„Ja, wer seid ihr denn?"

Sofort hatten die drei die Aufmerksamkeit der ganzen Gruppe auf sich gelenkt.

„Juden sind das nicht!", brüllte einer der Männer.

„Aber vielleicht deren Handlanger", warf ein anderer ein. „Weg mit ihnen!"

Mit erhobenen Stöcken kamen sie auf die Freunde zugerannt. Simon, Nin-Si und Neferti wandten sich um und flüchteten wieder in die engen Gassen.

Caspar schrie auf und fiel der Länge nach auf die Erde. Moon blieb stehen und half ihm wieder auf die Beine.

„Mein Rücken!", rief Caspar aus. „Der Knüppel dort …"

Der Mann, der Caspar seinen dicken Stock nachgeworfen hatte, kam bereits auf ihn zugelaufen. „Stehen bleiben, ihr!"

Caspar zog ein Messer aus seinem Gürtel und schleuderte es dicht an dem Gesicht des Mannes vorbei gegen den Bretterverschlag vor einem Fenster, wo das Messer steckenblieb. Doch das Manöver verfehlte seine Wirkung. Statt sich zu erschrecken, wurde der Mann nur noch wütender. Er zog das Messer aus dem Holz und warf es nun in Caspars Richtung. Allerdings fehlte ihm jegliches Geschick darin. Das Messer landete eine Armlänge neben Caspar auf der Erde. Schnell griff der Junge danach, während der Mann wieder mit lautem Gebrüll auf ihn zugestürzt kam.

Moon riss Caspar in die Höhe, und gemeinsam liefen sie, so schnell ihre Beine sie tragen konnten. Caspar erkannte aus den Blickwinkeln nur noch, wie Adam sich aus dem Griff von zwei anderen Männern befreien konnte. Simon und den beiden Mädchen war es offensichtlich schon gelungen, das Weite zu suchen.

Wieder hatte Simon die falsche Richtung gewählt. Abrupt blieb er stehen. Auch Neferti und Nin-Si hielten plötzlich inne. Nur wenige Schritte vor ihnen erblickten sie dieselbe Szenerie wie in der Straße zuvor. Wieder wurden Menschen aus ihren Häusern geschleift und beschimpft.

Und wieder wurden die Freunde entdeckt.

„Seht nur, dort!", kreischte ein Mädchen.

Eine Gruppe von mindestens zwanzig Menschen wandte sich zu ihnen um. Doch dieses Mal reagierten sie nicht mit Hass auf die Fremden. Entsetzt wichen sie vor ihnen zurück, ihre Blicke fassungslos auf die drei gerichtet.

„Was ist das?“, schrie eine Frau aus der Menge heraus. Sie wies mit der Hand auf die Freunde.

Simon und seine Freunde blickten sich verwundert an. Bis Simon auffiel, dass die Frau nicht auf die Freunde zeigte, sondern auf etwas, das sich hinter ihnen befinden musste. Vorsichtig wandte sich Simon um. Und augenblicklich verstand er.

Auf einer hohen Hauswand warfen die Fackeln der Menschen einen hohen Schatten an die Wand: Simons Schatten. Doch von Neferti und Nin-Si gab es keinen Schatten an dem Haus, obwohl sie dicht bei Simon standen.

„Was ist das nur?“, kreischte die Frau erneut. Und eine Stimme aus der Menge brüllte als Antwort: „Das ist Hexerei! Diese beiden sind Hexen! Und er ist ihr Meister!“

„Auf sie!“, schrie die Frau. „Raus mit ihnen aus unserer Stadt, bevor sie uns noch Schlimmeres als die Pest in unsere Mauern bringen!“

Augenblicklich war der erste Schreck der Menge verschwunden. Kreischend stürzten sie auf Simon und die beiden Mädchen zu.

Caspar und Moon rannten um ihr Leben. Sie schlugen Haken wie flüchtende Kaninchen, bogen immer wieder in neue Straßen ein und rannten aus ihnen heraus. Bloß fort von dem Stimmengewirr der aufgebrachten Menschenmassen …

… bis Moon im Laufen seinem Freund auf einmal einen kräftigen Stoß gab, der Caspar in eine offene Scheune stolpern ließ. Schnell sprang Moon ebenfalls in das Gebäude. Die beiden krochen in eine der hinteren Ecken.

„Still!“, warnte Moon seinen Freund. „Noch können wir nicht sicher sein, dass wir sie abgehängt haben.“

Und wie auf ein Zeichen waren bereits die Stimmen ihrer Verfolger zu hören: „Verfluchtes Pack!“, schimpfte einer der Männer. „Wo können sie sein?“

„Die haben mir richtig Angst eingejagt“, gab die Frau zu. „So etwas Unheimliches habe ich noch nie gesehen. Hast du die Augen des einen Mädchens bemerkt?“

„Oder der andere Junge, der mit den langen schwarzen Haaren. Ganz wohl war mir auch nicht dabei!“

Moon und Caspar hielten den Atem an. Zitternd lauschten sie den Worten ihrer Verfolger.

„Ach, die sind weg!“, klagte schließlich die Frau. „Die finden wir hier nicht mehr. Wir sollten lieber wieder zu den anderen zurückgehen.“

„Ja, ich möchte doch dabei sein, wenn es den Juden an den Kragen geht.“

„Ob wir das wirklich so handhaben werden wie die Franzosen?“, fragte die Frau, und aus ihrer Stimme war bereits Vorfreude herauszuhören. „Ob wir wirklich ein paar von denen verbrennen?“

„Es gibt schon einen Scheiterhaufen“, antwortete der Mann.

„Dann wird's heute Nacht ein Feuerchen geben“, überlegte sie. „Und ich weiß auch schon, wen ich gern brennen sehen möchte: den Jacob.“

„Den Geldverleiher?“

Die Frau kicherte. „Pest hin oder her. Wenn der Jacob heute Nacht brennt, dann bin ich meine Schulden bei ihm los. Ich hatte mir bei ihm eine Stange Geld geliehen.“

Der Mann wirkte überrascht. „Das ist gut! Das ist sogar sehr gut. Ich wüsste auch schon jemanden, den ich ins Feuer schicken würde.“

„So?“

„Ja, ich schulde David und Rachel Geld.“

„David, der Kräuterhändler? Den kenne ich auch.“

Caspar und Moon spitzten die Ohren. Dort wurde über Salomons Familie gesprochen.

Vor der Scheune wurde man sich einig. „Wir helfen uns gegenseitig“, schlug die Frau vor. „Wir sorgen dafür, dass Jacob und David auf den Scheiterhaufen kommen.“

„Und ihre Familien gleich mit!“, gab der Mann zufrieden von sich. „Das müsste zu machen sein.“

„Dann komm! Die Zeit drängt!“

Moon und Caspar konnten in ihrem Versteck hören, wie sich die Schritte die beiden entfernten.

„Hast du das gehört?“, keuchte Caspar entgeistert. „Salomons Familie …“

„Das ist die Notlage, in welcher der Magier erscheinen wird“, gab Moon zurück. „Wir müssen Salomon vor dem Schattengreifer bewahren. Und vor dem Scheiterhaufen!“

„Diese Halunken!“, schimpfte Caspar. „Wie kann man nur so niederträchtig sein? Sie töten diese unschuldigen Menschen, nur um ihre Schulden los zu sein!“

„Komm!“ Moon half seinem Freund auf die Beine. Vorsichtig schlichen sie aus der Scheune heraus und folgten in sicherer Entfernung dem Mann und der Frau die Straße hinunter.

Simon hechtete durch die engen Gassen der Stadt. Gefolgt von Neferti und Nin-Si. Der Abstand zu ihren Verfolgern wurde größer und größer.

Adam hatte die Menschenmeute mit einem gewalttätigen, brutalen Tier verglichen. Allerdings, so dachte Simon jetzt, eine

Masse von Menschen war vielleicht gefährlich wie ein Raubtier, sie war aber auch so träge wie ein Elefant.

Und deshalb schöpfte Simon Hoffnung, dass sie schon bald außer Gefahr sein könnten.

Wieder bog er um eine Hausecke und strahlte. „Seht ihr das?", rief er den beiden Mädchen zu. „Ich kenne diese Ecke. Hier sind wir vorhin mit Adam gewesen. Dort vorn, hinter dem gelben Haus ..."

„... befindet sich der Marktplatz!", rief Nin-Si zurück. „Ja, ich erinnere mich ebenfalls."

„Gut", sagte Neferti erleichtert. „Von dort können wir den Weg gehen, den Adam uns gezeigt hat, und uns erneut auf die Suche nach Salomon machen. Vielleicht stoßen wir auch auf Moon und Caspar. Ich mache mir wirklich Sorgen!"

Simon rannte nun noch schneller. „Genau! Wenn wir denselben Weg einschlagen wie ..."

Kurz vor dem gelben Haus prallte Simon heftig gegen die Brust eines Mannes, der dort stand, und verlor den Halt. Er stürzte zu Boden und sah an dem Mann hinauf. Über einem langen schwarzen Mantel war die Pestmaske zu sehen.

„Adam!", rief Simon erleichtert aus. „Wie gut, Euch hier zu sehen."

Neferti und Nin-Si halfen Simon auf die Füße. „Welch ein Glück", sagte die Ägypterin. „Ihr seid also auch diesen Menschen entkommen."

„Geht es Euch gut?", fragte Nin-Si besorgt.

Hinter der Maske herrschte Schweigen. Dann hoben sich die Hände, die tief in den Ärmeln des Mantels versteckt waren, und griffen nach der Maske. Langsam wurde sie vom Kopf gezogen, die Ärmel von den Armgelenken gestreift, und aus den drei Freunden wich jede Hoffnung, als sie den bleichen Schädel unter der Maske erblickten und die dünnen Fingerspitzen aus dem Mantel auftauchen sahen.

Die tiefen dunklen Augen des Schattengreifers blickten ihnen im Licht der Nacht entgegen.

Caspar und Moon mussten dem Mann und der Frau nicht lange folgen. Schon wenige Straßen weiter gerieten sie wieder mitten in eine aufgebrachte Menge. Die gesamte Stadt schien in dieser Nacht auf den Beinen zu sein, angetrieben von der blinden Wut auf die jüdischen Mitbewohner. Aggression und Hass beherrschten den ganzen Ort.

„Hier!“, schrie der Mann plötzlich dem aufgebrachten Pöbel entgegen, während er mit einer Hand gegen die Tür eines Hauses schlug. „Hier lebt auch ein verdächtiger Jude! Ich bin mir sicher, dass Jacob …“

Seine Worte gingen im Geschrei der Menge unter. Es brauchte nicht einmal Lügen, um die Menschen gegen die Juden aufzubringen. Allein die Erwähnung eines weiteren Juden reichte ihnen bereits aus.

Caspar und Moon suchten sich Schutz hinter einer Mauer und beobachteten, wie innerhalb von Sekunden die Tür aufgebrochen wurde und mehrere Männer in das Haus stürmten, um kurz darauf einen Mann und eine Frau herauszuzerren, die völlig verwirrt um sich schauten und versuchten, die Lage zu verstehen. An dem hinterhältigen, zufriedenen Grinsen im Gesicht der Frau, die Caspar und Moon von der Scheune bis hierher verfolgt hatten, konnten sie ablesen, dass es sich bei dieser Familie um Jacob und seine Frau handeln musste.

Ihr Komplize schlug nun gegen die Tür eines anderen Hauses. „Und hier wohnen ebenfalls Leute, bei denen wir davon ausgehen, dass sie in unsere Brunnen …"

Das gleiche Bild: Geschrei, eingetretene Türen und hasserfüllte Männer, die eine ganze Familie auf die Straße warfen.

„Sieh doch nur!" Caspar wies auf einen Jungen, der hinter seinem Vater auf das Straßenpflaster fiel. „Salomon!"

Das Lächeln der intriganten Frau wurde immer breiter. Ihr Plan schien aufzugehen.

„Raus aus der Stadt!", kreischte sie. „Ins Feuer mit ihnen!"

Und unter lautem Jubelgeschrei wurde der völlig verstörte Salomon mit seiner Familie durch die Straße gezerrt, unmittelbar an den Augen seiner beiden Freunde vorbei, die in diesem Moment machtlos das Geschehen mit ansehen mussten.

Simon fand nur langsam seine Fassung wieder. „Ihr seid hier? Wie konntet ihr …"

„Glaubst du, es genügt, eine winzige kleine Krähe als Wachposten auf dem Schiff zu lassen?", raunte der Schattengreifer. „Du unterschätzt mich, Simon."

„Was ist mit Adam?", wagte Neferti zu fragen und starrte auf die Pestmaske in den Händen des Magiers. „Was habt Ihr mit dem Arzt getan? Ihr habt ihn doch nicht etwa getötet, nur um an seine Maske zu gelangen und uns zu täuschen?"

„Auch du schätzt mich wohl falsch ein", unterbrach sie der Schattengreifer. „Glaubst du, mir ist an seinem Tod gelegen? Er schläft. Und morgen wird er sich an nichts erinnern. Nicht an mich und auch nicht an euch."

Nun wandte er sich wieder an Simon. „Und du! Du enttäuschst mich. Was tust du hier? Nach allem, was ich dir gezeigt habe! Nach allem, was ich dir berichtet habe, wagst du es, weiter meine Pläne zu durchkreuzen? Habe ich dir mit meiner Vision von einer Welt voller Frieden nicht Hoffnung gemacht?" An dem Zittern in seiner Stimme hörte Simon heraus, dass der Schattengreifer sich nur mühsam beherrschte.

„Ihr wollt den Menschen doch nur Euren Willen aufzwingen", entgegnete Simon. Auch seine Stimme zitterte, allerdings vor Angst.

„Ruhe!" Der Magier schien kurz davor, Simon anzufallen. „Ich habe dieses Geschwätz nun schon zu oft gehört. Ich dachte, ich hätte in dir einen Verbündeten gefunden. Ich dachte, mit dir an meiner Seite könnte ich eine neue Welt entstehen lassen. Doch ich habe mich geirrt. Und ich bin bereit, meinen Fehler wiedergutzumachen."

Die dunklen Augen verengten sich zu Schlitzen. Der Schattengreifer hob die Arme in die Höhe, den Blick fest auf Simon gerichtet.

Der Junge machte einen weiteren Schritt zurück. Doch dann stockte er. Auf dem Schädel des Schattengreifers spiegelte sich rötliches Licht. Der Widerschein von zahllosen Fackeln tanzte auf der weißen Stirn des Magiers. Und gleichzeitig waren aufgebrachte Rufe und Laute zu hören. Stimmen der Wut.

Die Meute, vor der Simon, Neferti und Nin-Si geflüchtet waren, hatte sie gefunden. Anscheinend waren sie die vergangenen Minuten durch die Straßen gezogen, um die drei zu suchen. Und nun tauchten sie auf dem Marktplatz auf.

„Dort sind sie!", schrie eine Frau schrill.

Der Schattengreifer zog sich schnell die Pestmaske über. „Ich habe sie gefunden!", rief er aus der Maske heraus. „Ich habe sie aufhalten können! Überlasst sie mir! Ich werde sie aus der Stadt vertreiben!"

Doch er hatte die Menschen falsch eingeschätzt. „Sie gehören uns!", schrien einige aufgebracht.

„Sie sollen büßen für das, was sie dieser Stadt angetan haben!", kreischten andere.

Und ein Mann zeigte auf die beiden Mädchen und brüllte: „Das sind Fremde. Sie machen gemeinsame Sache mit den Juden! Sie sollen brennen!"

Seine Worte ernteten wilden Jubel.

Der Schattengreifer zog sich zurück. „Dann überlasse ich sie euch. Tut mit ihnen, was immer ihr für richtig haltet."

Simon konnte es nicht fassen. Der Schattengreifer überließ sie ihrem Schicksal? Er hätte diese Menschen leicht mit einer einzigen Bewegung seiner Hand verjagen können. Doch stattdessen lieferte er ihn und die beiden Mädchen dem Mob aus.

„Ich habe abgeschlossen mit euch", raunte er Simon noch zu. „Von nun an gehört ihr nicht mehr zu mir und meinem Schiff. Ihr seid nicht mehr Teil meines Plans. Ich werde mir neue Zeitenkrieger suchen müssen."

Und damit wandte er sich um und ging davon. Er ließ sich nicht einmal Zeit zuzusehen, wie Simon, Neferti und Nin-Si gepackt und über den Marktplatz gezerrt wurden.

Caspar und Moon folgten der Menge durch die Nacht. Sie hielten einigen Abstand zu den Menschen, die gerade die fünf Juden durch die Straßen trieben. Keinesfalls durften sie auffallen. Doch so konnten sie auch nur selten einen Blick auf Salomon werfen. Einzig einen Blick auf dessen verängstigtes Gesicht hatte Caspar bisher erhaschen können.

„Sie treiben sie vor die Stadt", sagte Moon und zeigte auf das riesige Stadttor, von dem sie in der Ferne den gewaltigen Torbogen aus Stein erkennen konnten. „Caspar, was sollen wir nur tun?"

Caspar sah ihn hilflos an. „Wenn nur die Krähe da wäre."

Sie folgten weiter der grölenden Menge.

„Ins Feuer mit den Pest-Bringern!", wurde immer wieder gerufen, und Caspar hatte den sicheren Eindruck, dass vor allem die Frau am lautesten rief, die sie vor der Scheune belauscht hatten.

„Sie bringen uns vor das Stadttor!", rief Neferti ihren Freunden über das Geschrei der randalierenden Menschen hinweg zu.

Schon konnten sie sehen, wie das Tor langsam geöffnet wurde. Simon erschrak. Die sich öffnenden Türflügel gaben den Blick frei auf lange Holzpfähle, die gegeneinander aufgeschichtet waren: der Scheiterhaufen!

Das Geschrei wurde lauter. Das Licht der Fackeln nahm zu.

„Es werden immer mehr Menschen", stellte Caspar fest, und er sprang in die Höhe, um zu sehen, was weiter vorn vor sich ging. „Aus einer Seitengasse kommen weitere Leute mit ihren Fackeln", berichtete er und sprang noch einmal in die Höhe. „Und ... Nein! Sie bringen Simon und Neferti." Noch ein Sprung. „Nin-Si ist auch bei ihnen. Sie treiben sie an. Sie bringen sie ebenfalls vor die Stadt."

Moon erschrak. „Das kann nur eines bedeuten", sagte er, und Caspar nickte: „Sie sollen ebenfalls ins Feuer!"

Simon blickte hektisch um sich. Aus allen Straßen strömten Menschen auf sie zu und schlossen sich denen an, die Simon,

Neferti und Nin-Si aus der Stadt trieben. Als sie den Wachposten passierten, der sie eingelassen hatte, zog über dessen Gesicht ein breites Grinsen. Aus seiner Tasche blitzte Nefertis Stirnband heraus. Für ihn war es ein guter Abend gewesen. Er hatte den Schmuck, und gleich würde er noch ein feuriges Erlebnis geboten bekommen, das ihm die Langeweile der Nacht vertreiben konnte.

Die Meute trieb die Freunde bis vor den Scheiterhaufen.

„Ins Feuer mit ihnen!" Dieser Ruf wurde immer lauter. Dicht neben dem Scheiterhaufen stand bereits ein Mann mit seiner Fackel, bereit, das Holz zu entzünden, wenn die Jugendlichen darauf standen.

Nun wurden auch die beiden jüdischen Familien gebracht.

„Salomon!", rief Simon aus. Es schnitt ihm tief ins Herz, seinen Freund hier zu sehen. „Es tut mir leid", sagte er noch. Denn wieder waren sie alle gescheitert. Moon hatten sie nicht retten können, und zusammen mit Salomon sollten nun auch sie selbst ihr Leben verlieren. „Es tut mir so leid", wiederholte Simon.

„Kenne ich dich?", erkundigte sich Salomon überrascht.

Simon wunderte sich inzwischen nicht mehr über diese Frage. „Auch wenn ich dir fremd erschienen mag, ich kenne dich sehr gut", sagte er nur. „Das musst du mir glauben."

„Aber ich habe dich noch nie gesehen", antwortete Salomon.

„Nicht hier. Nicht in dieser Stadt."

Salomon ließ seinen Blick verständnislos über die grölende Menge schweifen. „Weißt du, was hier passiert? Was haben diese Menschen gegen uns? Glauben sie wirklich, dass wir für die Pest verantwortlich sind?"

Simon wollte ihm gerade antworten, als die Menschenmassen urplötzlich schwiegen. Der Anführer dieser Nacht war vorgetreten. Er baute sich vor den Gefangenen auf und verkündete: „Brüder! Schwestern! Es ist gelungen, die Schuldigen für unser Unheil ausfindig zu machen. Und wir werden sie gleich ihrer gerechten Strafe zuführen. Seht diese acht Menschen, die hier stehen. Sie sind angeklagt, Krankheit in unsere Stadt gebracht und …"

„Wo bleibt der Prozess?", unterbrach ihn plötzlich eine Stimme.

Der Mann blickte sich in der Menge um. „Wer spricht da zu mir? Trete vor!"

Die Menschen bildeten jetzt eine schmale Gasse in ihrer Mitte, und hervor trat – Caspar. Er fiel in seiner Kleidung kaum zwischen all diesen Menschen vor dem Stadttor auf.

„Was hast du gerade gerufen, junger Mann?"

„Wenn ihr sie beschuldigt, benötigt ihr einen Prozess", gab Caspar unumwunden zur Antwort.

Freudig überrascht hob Simon den Kopf. Caspar und Moon waren ihnen gefolgt! Und wie schon so oft bewunderte Simon seinen Freund wieder einmal für seinen ungebrochenen Mut.

Auch der Anführer blickte Caspar mit einer Mischung aus Anerkennung und Skepsis an. „Du bist nicht von hier, oder?", fragte er Caspar. „Ich bin der Bürgermeister dieser Stadt. Mein Wort genügt, um Recht von Unrecht zu unterscheiden. Und ich sage dir: Diese Menschen sind schuldig. Die Fremden haben Unglück über uns gebracht. Und diese fünf Juden dort haben unsere Brunnen vergiftet. Wir verfügen über genügend Zeugen, die das bestätigen."

„Jawohl!", kreischte eine Stimme aus der Menge. Caspar brauchte sich nicht nach ihr umzudrehen, um zu wissen, dass es wieder die Frau war, die er und Moon vorhin belauscht hatten. Sie konnte es wohl nicht erwarten, den Scheiterhaufen endlich brennen zu sehen.

„Und wenn ich das Gegenteil behaupte?“, wagte Caspar noch einen Vorstoß, doch der Bürgermeister winkte ab. „Dein Mut gefällt mir, junger Mann. Doch du kommst zu spät. Diese Menschen hier werden sterben für das, was sie uns angetan haben.“

Kalter Schweiß stand Simon auf der Stirn. Nur ein Wunder konnte sie jetzt noch retten. Doch es war keines in Sicht.

Plötzlich stieß ihm Neferti mit ihrem Ellenbogen in die Seite. „Dich kennenzulernen war das größte Glück in meinem Leben“, flüsterte sie Simon zu.

Er sah sich zu ihr um. „Ich verstehe nicht, was du damit sagen willst.“

„Behalte mich in guter Erinnerung“, gab sie ihm nur knapp zur Antwort, dann trat sie einen Schritt vor und rief der Menge zu: „Ihr braucht diese Menschen nicht zu töten! Ich allein bin für das verantwortlich, was hier geschehen ist!“

„Nein!“ Simon sprang mit einem Satz an ihre Seite. „Neferti, was tust du?“

„Rette Salomon und seine Familie!“, gab sie ihm nur flüsternd zurück. Dann trat sie wieder näher an die erstaunten Menschen heran. „Ich gestehe, dass ich mit meiner Hexenkraft diese Menschen dazu gebracht habe, das zu tun, was ihr ihnen vorwerft. Ihr müsst nur mich bestrafen, dann wird das Unheil von euch genommen. Von euch und von diesen Leuten hier an meiner Seite.“

Noch immer starrten die Menschen sie fassungslos an.

„Ihr glaubt mir nicht?“, rief Neferti. „Ich zeige es euch.“ Sie ging vor, zu dem Mann, der mit der brennenden Fackel am Scheiterhaufen stand. Der Mann wich ängstlich vor ihr zurück. Neferti griff nach der Fackel und ging damit die wenigen Schritte zur Stadtmauer. Auch hier wichen die Menschen zurück. Die Aussicht, einer wahren Hexe gegenüberzustehen, nahm ihnen allen Mut.

Neferti stellte sich an die Mauer und hielt sich die Fackel vor das Gesicht. Ein Aufschrei ging durch die Menge. Es war gespenstisch mit anzusehen, wie die Flammen ihr Licht auf der Mauer tanzen ließen, ohne dass Neferti einen Schatten warf. Selbst diejenigen aus dem Mob, die Simon und die Mädchen bereits durch die Stadt getrieben hatten, zuckten bei diesem unheimlichen Anblick erneut zurück.

„Den Schatten habe ich mir weggehext, um nicht entdeckt zu werden, wenn ich um eure Häuser schleiche", log Neferti. „Und die Pest habe ich euch geschickt, weil ich eure Stadt für mich haben möchte. Was glaubt ihr, was ich mit jedem Einzelnen von euch machen kann?!" Und damit trat sie mit der Fackel in der Hand auf die Menge zu. Die Menschen drängten zurück. Neferti hob eine Hand und verengte ihre Augen zu Schlitzen, um die Wirkung noch mehr zu steigern. Und tatsächlich: Die Menschen entfernten sich von ihr. Weiter und weiter von dem Scheiterhaufen und der Stadt weg. Simon und die anderen am Scheiterhaufen waren auf einmal vergessen. Die Menge hatte ihre Aufmerksamkeit allein auf die Ägypterin gerichtet.

Doch plötzlich ertönte ein Ruf aus der Menge: „Sie hat gestanden!", schrie eine Stimme auf.

„Sie ist eine Hexe!", war eine andere Stimme zu hören.

„Ins Feuer mit ihr, bevor sie uns verhexen kann!"

Blitzartig schlug die Stimmung zwischen den Menschen von Angst in Raserei um. Neferti begann zu rennen. Mit der Fackel in der Hand und mit einem lauten Schrei erschreckte sie die wenigen Menschen, die ihr noch im Weg standen, so sehr, dass diese zur Seite sprangen.

„Nein!“, kreischte eine Stimme wieder. „Haltet sie fest! Ergreift sie!“ Doch Neferti war es bereits gelungen, auf das freie Feld zu flüchten.

Die Menge stürmte ihr kopflos hinterher und ließ Simon mit den anderen beim Scheiterhaufen zurück. Einzig die Stadtwache und ein Mann mit einem Messer bauten sich vor ihnen auf.

„Hiergeblieben!“, brüllte der Wachmann. „Ihr werdet uns nicht davonlaufen!“

Er senkte die Spitze seiner Lanze und hielt sie Simon entgegen. Der andere Mann richtete sein Messer auf die Gruppe: „Ruhig halten. Wir wollen euch doch hübsch brennen sehen!“

Er grinste breit. Doch dann verging ihm plötzlich sein Lachen, als er die Spitze von Caspars Messer am Rücken spürte. Gleichzeitig kam Moon aus dem Hinterhalt gesprungen und entriss der überraschten Wache die Lanze. Alles ging so rasend schnell, dass die beiden Männer keine Chance hatten zu reagieren.

„Schnell!“, rief Caspar seinen Freunden zu. „Lauft! Rennt um euer Leben!“

„Danke!“ Salomon blickte erstaunt um sich. „Ich kenne euch nicht, aber …“

„Nicht reden! Laufen!“, mahnte Caspar hektisch. „Nimm deine Familie und flieh. Lauft! Das ist eure einzige Chance!“

„Danke!“ Salomon nahm seinen Vater und seine Mutter an der Hand, und gemeinsam mit Jacob und seiner Frau rannten sie die Stadtmauer entlang.

„Und nun zu dir“, brummte Caspar dem Mann mit dem Messer zu. „Lauf du besser auch!“

Der Mann nickte nur, dann rannte er in wilder Eile davon, den Menschenmassen hinterher.

Einzig die Wache stand jetzt noch am Scheiterhaufen, von Moon mit der Lanze in Schach gehalten.

Caspar kam auf Simon zu: „Komm! Lass uns auch flüchten!"

Doch Simon konnte sich nicht vom Fleck rühren. Er blickte ängstlich der Meute nach, die Neferti jagte. „Wir können sie doch nicht hier zurücklassen!"

„Du kannst ihr aber auch nicht helfen!", gab Nin-Si zur Antwort. „Komm! Sie hat diese List gebraucht, damit wir uns und Salomon mit seiner Familie retten."

„Wenn du jetzt hier stehen bleibst", ergänzte Caspar, „dann war alles umsonst."

Simon konnte nicht. Er konnte Neferti nicht einfach so der Meute überlassen. Widerwillig ließ er sich von Caspar ein paar Schritte mit sich ziehen, doch dann blieb er auf einmal stehen und lächelte die anderen erleichtert an.

„Natürlich! Die sieben Leben!", rief er. „Neferti steht doch unter dem Schutz ihrer ägyptischen Katzengöttin. Und sie hat sieben Leben. Das sagt sie selbst immer wieder." Überglücklich blickte er seinen Freunden ins Gesicht. „Versteht ihr? Sie möchte nur Zeit gewinnen."

Nin-Si lächelte ebenfalls. „Ich weiß. Ich hatte das sofort verstanden. Und nun komm mit uns. Sie wird schon wissen, was sie tut."

„Was?" Caspar blickte von ihr zu Simon und wieder zu Nin-Si. „Ich verstehe kein Wort."

„Lass es dir von Nin-Si erklären", gab Simon zurück. „Bringt Salomon und seine Familie weg, zusammen mit diesen anderen beiden. Versteckt sie. Sorgt dafür, dass ihm nichts geschehen kann. Und dann rettet euch. Ich helfe Neferti."

Nin-Si zog die Schultern in die Höhe. „Wie du meinst. Wir sehen uns auf dem Seelensammler!"

Und damit wandte sie sich um und lief an Caspars Seite Salomon hinterher. Moon warf die Lanze in hohem Bogen fort und folgte den Freunden.

Simons Gedanken galten jetzt nur noch Neferti. Er rannte los, der Meute nach. Doch schon nach wenigen Schritten wurde er gestoppt. Der Wachtposten hatte ihn eingeholt und hielt ihn am Arm fest. „Warte, Bursche! So leicht kommst du mir nicht davon!"

Es brauchte einige Sekunden, bis Caspar, Nin-Si und Moon die jüdischen Familien eingeholt hatten. Noch immer rannten sie die Stadtmauer entlang. Doch kaum hatten die Jugendlichen die Flüchtenden eingeholt, bog Salomons Vater in den Wald ab.

„Ein guter Freund von mir wohnt auf der anderen Seite des Waldes", keuchte er, beinahe atemlos vor Anstrengung. „Dort können wir uns heute Nacht verstecken. Und morgen sehen wir dann weiter."

„Vater, gib mir einen Moment!", rief Salomon ihm zu. Er blieb stehen und drehte sich den drei Freunden zu. „Ich kenne euch zwar nicht, aber ihr seid mir in den vergangenen Stunden die größten Freunde gewesen. Wie kann ich euch nur danken?"

„Rettet euch", antwortete Nin-Si. „Das wäre unser größtes Glück." Tränen rannen ihr inzwischen über die Wangen. Sie hasste Abschiede. Zärtlich nahm sie Salomon in die Arme. „Mach es gut, lieber Salomon. Und vergiss uns nicht."

Salomon erwiderte dankbar die Umarmung. Auch Moon und Caspar drückten ihn fest an sich. Dann war es für den Jungen Zeit, mit den anderen weiterzuflüchten.

„Ganz bestimmt werde ich euch nie vergessen“, sagte er noch, dann rannte er hinter seinen Leuten tiefer und tiefer in den Wald hinein.

Die Freunde sahen ihm noch nachdenklich hinterher. Bis Caspar schließlich sagte: „Lasst uns den Seelensammler vorbereiten!“

Simon versuchte, sich zu befreien, doch der Wachmann hatte seine Hand fest um Simons Arm geschlungen. „Du wirst mir jetzt einiges erklären“, sagte er und zog Simon zu sich heran.

Simon sah nur noch einen Ausweg. Blitzschnell ließ er eine Hand vorschießen und stach mit einem Finger dem Mann direkt in ein Auge.

Der schrie auf, ließ Simon los und hielt sich beide Hände vor das Gesicht. „Ah, du verfluchter Teufel!“

Simon tat es beinahe leid, ihn so verletzt zu haben, doch er nutzte die Schrecksekunde, um erneut zu fliehen. Er rannte der Wache davon, und der Mann ließ ihn laufen. Fluchend und schimpfend stand er auf dem Feld und hielt sich sein Auge.

Jetzt endlich konnte Simon der Meute folgen. Wie er Neferti innerhalb dieser Menschenmenge erreichen sollte, das wusste Simon nicht. Auch nicht, wie er ihr beistehen könnte. Erst einmal war es wichtig, in ihre Nähe zu gelangen.

Beim Anblick all dieser rennenden Menschen fiel Simon wieder Adams Vergleich einer aufgebrachten Meute mit einem rasenden Tier ein, und er dachte nur: Wie Schafe. Die Menschen hier rennen wie Schafe gedankenlos dem Ersten in der Herde nach.

Es dauerte nicht lange, und er hatte die Gruppe erreicht. Allerdings rannten die Menschen nicht mehr. Sie standen dicht beieinandergedrängt, grölten wieder und johlten, gerade so, als stachelten sie irgendwen an. Dabei war ihre Aufmerksamkeit auf etwas gerichtet, das sich unmittelbar vor ihnen abspielen musste. Simon sah nur Köpfe und Rücken. Er konnte bei der Masse an Leuten nicht erkennen, was dort vorn geschah. Zu gern wäre er nach vorn, an die Spitze dieses Menschenauflaufs gerannt, doch er musste Acht geben, dass er nicht entdeckt wurde.

Er reckte und streckte sich, um irgendetwas zu entdecken, doch es war vergebens. Die Leute verstellten ihm die Sicht.

Da sah er einen Baum, dessen unterste Äste für ihn erreichbar schienen. Also rannte er auf den Baum zu und kletterte ein Stück nach oben.

Sein Herz setzte aus. „Neferti!"

Zwar sah er die Ägypterin nicht selbst, doch er sah Stöcke durch die Luft wirbeln. An der Spitze der Meute wurde auf jemanden eingeschlagen. Und Simon war augenblicklich bewusst, wen der Mob sich zum Opfer ausgesucht hatte.

Mit einem Satz war Simon von dem Baum herunter. In einem weiten Bogen umrundete er die Menschenmassen, um nach vorn zu gelangen.

Die ersten Zuschauer verließen bereits ihre Position, um zurück zur Stadt zu gehen. Sie hatten wohl genug gesehen.

Das Gejohle und Gekreische ebbte allmählich ab. Die Leute hatten tatsächlich genug. Immer mehr von ihnen wandten sich zum Gehen um. Bis ein lauter Ruf durch die Nacht hallte: „Seht nur, dort vorn, unsere Wache!"

Inzwischen war der Wachposten bei ihnen angelangt. „Sie sind weg!", brüllte er. „Geflohen!"

Endlich kam wieder Bewegung in die Gruppe. Empört wandten sich alle zum Stadttor um, und augenblicklich lief die Horde Schafe nun in Richtung Stadtmauer, wo sich der Scheiterhaufen befand.

Simon verbarg sich hinter einem hohen Gebüsch und wartete, bis auch die Letzten gegangen waren. Dann rannte er zu der Stelle, an der er zuvor die Stockspitzen hatte wirbeln sehen.

Auf der Erde lag Neferti. Blut lief ihr über das ganze Gesicht.

Simon ließ sich neben ihr auf den Boden fallen. Er hob ihren Kopf an. „Neferti. Neferti, hörst du mich?"

Sie gab keinen Laut, keine Regung von sich.

Simon blickte in die Richtung der Stadt, von wo er aufgeregte Rufe und erboste Schreie hörte.

„Ihr habt sie erschlagen!", rief er aus, und heiße Tränen strömten über sein Gesicht. Er sah wieder auf sie. „Neferti!"

Vorsichtig hob er sie auf. Es war zu gefährlich, hier zu verweilen. Was, wenn die Meute nun zurückkäme? Wenn sie doch noch ihr Feueropfer haben wollten!

Simon hob Neferti hoch und schleppte sich mit ihr an den nahen Wald. Im Schutz der Bäume und Büsche trug er sie um die Stadtmauer herum, nur wenige Schritte von der brüllenden Meute entfernt. Er hoffte nur, dass die Menschen sein verzweifeltes Schluchzen nicht hören konnten.

Caspar kletterte als Erster über die Reling und sprang auf das Schiffsdeck. Sein erster Blick galt der Zeitmaschine. Im oberen Glas der Sanduhr befand sich noch ausreichend Sand. Simon blieben also einige Stunden, um zum Schiff zu gelangen.

„Seht nur, dort! Die kleine Krähe!" Nin-Si hatte jetzt das Deck betreten, und nun lief sie an den vorderen Schiffsmast.

Der Vogel lag wie schlafend auf dem Deck, den Schnabel weit geöffnet.

Nin-Si nahm die Krähe vorsichtig in ihre Hände und streichelte sacht über das Gefieder.

Der Vogel kam zu sich. Er blickte sich um, versuchte zu sprechen, schaffte es aber nicht.

„Was ist geschehen?“, fragte Nin-Si. „Geht es dir gut?“

Noch einmal versuchte der Vogel zu reden, doch nur ein heiseres Krächzen kam aus seinem Hals.

Moon rannte in den Mannschaftsraum und kam mit einem Becher Wasser nach oben. Er gab der Krähe zu trinken.

Endlich fand sie ihre Stimme wieder: „Er hat mich verhext!“, krächzte sie gebrochen.

„Der Schattengreifer war hier?“, fragte Moon überrascht, doch die Krähe schüttelte den Kopf. „Das war nicht nötig. Durch die Augen der großen Krähe hat er mir seinen Zauber ins Gefieder geschickt. Er hat mich bewusstlos gemacht, noch bevor ich verstand, was mit mir geschah. Die große Krähe muss ihn gewarnt haben. Ich weiß nur nicht, wie. Sie hat das Schiff nicht verlassen.“

„Vielleicht braucht sie das nicht mehr“, gab Nin-Si zur Antwort. „Seine Macht ist so stark geworden, dass die alten Gesetze nicht mehr gelten. Er kann uns inzwischen ausspionieren, ohne an Bord zu sein. Es reicht ein Blick durch die Augen der großen Krähe.“

Der kleine Vogel sah sich um. „Wo ist Simon? Wo ist Neferti?“

Moon machte ein bedrücktes Gesicht. „Sie sind noch an Land. Ich hoffe nur, sie finden den Weg hierher.“

Simon blickte sich suchend um. Wo mochte sich nur der Seelensammler befinden? Aus welcher Richtung waren sie gekommen? Er trug sie weiter um die Stadtmauer herum, nur wenige Schritte von der brüllenden Meute entfernt. Ein riesiger Tumult war entstanden. Sie schrien sich an und beschimpften sich. Jeder machte den anderen dafür verantwortlich, dass die Gefangenen entkommen waren. Die Leute waren so mit sich selbst beschäftigt, dass in dieser Nacht wohl kein Mensch mehr brennen würde.

Endlich erkannte Simon den Torbogen. Jetzt wusste er wieder, wo er sich befand, und vor allem, in welcher Richtung das Schiff lag. So schnell er konnte, durchquerte er mit dem Mädchen den Wald. Er keuchte. Nefertis Gewicht wog immer schwerer in seinen Armen. Doch er würde sie nicht enttäuschen. Er wollte sie weiter tragen, weg von dieser Stadt, wenn es sein musste, bis zu dem Schiff. Er würde ihr beistehen, bis sie wieder zu Bewusstsein kam.

Plötzlich stieß er mit einem Fuß gegen eine Wurzel. Er verlor das Gleichgewicht und kippte vornüber. Instinktiv drehte er sich noch auf die Seite, dann fiel er auf die Erde, und Neferti landete auf seinem Oberkörper.

Sein Bein schmerzte. Doch der Ägypterin war nichts geschehen. Simon seufzte erleichtert. Das war das Wichtigste.

Er setzte sich auf und hielt ihren Kopf in seinem Schoß. „Neferti!"

Eine Träne fiel aus seinem Auge auf ihr Gesicht. Er legte eine Fingerspitze darauf und wischte ihr mit dem kleinen Tropfen etwas von dem Blut von ihrer Haut. Mit der anderen Hand fing er eine zweite Träne und wischte damit erneut Blut aus Nefertis Gesicht. Wieder einmal fiel ihm auf, wie schön sie war.

Er beugte sich vor. Seine Hand strich ihr übers Gesicht, und mit den Lippen berührte er ihre Stirn. Es war das erste Mal in seinem Leben, dass er ein Mädchen küsste. Bisher hatte ihn das alles nicht interessiert.

„Danke!", hauchte sie leise, und Simon riss die Augen auf.

„Du lebst wieder!"

„Hast du daran gezweifelt?" Sie lachte ihn an, verzog aber sofort wieder das Gesicht.

„Schmerzen?", erkundigte sich Simon.

„Es geht schon. Katzen erholen sich schnell."

„Katzen. Ja." Simon schüttelte bewundernd den Kopf. „Deine sieben Leben. Das war überaus tapfer und mutig von dir."

„Wie geht es Salomon?"

„Du hast ihn gerettet. Er konnte fliehen. Dank deiner List und all der Schmerzen, die du ertragen musstest."

„Wenn er gerettet ist, war es das wert", gab sie zur Antwort.

Simon zog eine Hand unter ihrem Kopf hervor. Er fischte etwas aus seiner Hosentasche. „Es gibt da etwas, das dich vielleicht tröstet", sagte er und hielt ihr das goldene Stirnband vor die Augen.

Nefertis Gesicht hellte sich auf. „Mein Band!", sagte sie. „Wie hast du es zurückbekommen?"

Simon grinste frech: „Sagen wir so: Die Stadtwache sollte das nächste Mal aufmerksamer sein, wenn sie sich mit uns anlegt. Ich konnte dem Mann das Band in letzter Sekunde aus der Tasche ziehen, bevor ich vor ihm davongelaufen bin."

„Du bist ein Dieb!", lachte sie.

„Nicht der einzige in dieser Stadt, die ich nie wieder betreten möchte", gab er lachend zurück.

„Ich danke dir, Simon. Das ist wirklich ein großer Trost für mich."

Er legte ihr vorsichtig das Band an, nahm noch einmal seinen Mut zusammen, beugte sich zu ihr nach vorn und küsste sie erneut auf die Stirn, direkt unter das goldene Band.

Sie lächelte ihn an. Dann zog sie sein Gesicht zu sich herunter und drückte ihm einen Kuss auf die Lippen. „Ich danke dir noch einmal", sagte sie. „Du hast mich gerettet. Ich habe nur noch dieses eine Leben. Wenn mich diese Meute ein zweites Mal in die Finger bekommen hätte, hätte ich es vielleicht nicht überstanden."

Simon erschrak. An diese Möglichkeit hatte er gar nicht gedacht.

„Ab sofort musst du besser auf dich Acht geben", sagte er, dann zeigte er zum Wald. In die Richtung, in der das Schiff wartete. „Wir sollten aufbrechen. Lass uns zu dem Seelensammler zurückgehen. Die anderen brauchen uns." Er half ihr auf die Beine. „Geht's?"

Neferti nickte. „Wir können ja langsam gehen."

Simon wollte ihr gerade zustimmen, als sich eine schnarrende Stimme hören ließ: „Ihr werdet gar nicht gehen!"

„Wo bleiben sie nur?" Caspar suchte schon seit einiger Zeit das Ufer nach Simon und Neferti ab. Seine Blicke streiften die zerklüfteten Klippen an dem Strand und wanderten weiter zu der Baumgruppe auf der Anhöhe der Klippe. Dorthin, wo der Wald seinen Anfang nahm, der bis zu der unglückseligen Stadt führte.

Moon kniete vor der Zeitmaschine und beobachtete die Sanduhr. „Sie haben immer noch Zeit", sagte er, doch er spürte selbst, wie wenig überzeugend sich das anhörte.

„Wir können doch nicht einfach hier stehen und warten!“, sagte Nin-Si. „Was, wenn diese Menschen sie in ihre Finger bekommen haben?“ Sie blickte nun ebenfalls zu den Klippen. „Was, wenn sie unsere Hilfe brauchen?“

Blanker Hass sprach aus den Augen des Magiers.

Wie schnell doch Anerkennung umschlagen kann, dachte Simon. Noch gestern wollte er mich an seiner Seite haben. Und heute wäre es ihm recht gewesen, wenn der Pöbel in der Stadt uns beseitigt hätte.

„So, konntet ihr also fliehen“, sagte der Schattengreifer. „Mein Kompliment, Neferti, das war mutig von dir. Doch leider auch völlig umsonst. Ich werde euch mit mir nehmen. Euch, eure Freunde auf dem Schiff und auch Salomon. Ihr werdet mit mir in meine Welt kommen. Ihr sollt Zeugen des Augenblicks sein, wenn ich der Welt den Frieden schenke. Meinen Frieden.“

„Ihr wollt uns auf Eurer Festung gefangen halten?“ Simon versuchte zu verstehen, was der Schattengreifer vorhatte. „Es kann eine Ewigkeit dauern, bis Ihr eine neue Schiffsmannschaft gebildet habt. Ihr könnt uns doch nicht …“

„Daran hättest du früher denken müssen“, gab der Schattengreifer zurück.

Simon blickte noch für einen Moment zu ihm hoch, dann schrie er Neferti zu: „Lauf!“

Sie wandten sich um und rannten davon.

„Das wird euch nichts nützen!“, hörten sie den Schattengreifer rufen, als neben Simon urplötzlich ein Blitz in einen Baum einschlug und diesen in Brand setzte. Die Flammen schossen grünlich aus dem Holz hervor.

Simon blickte sich um. Der Schattengreifer hielt beide Hände in die Höhe. Zwischen den Fingern formte sich bereits eine grüne Kugel.

„Ducken!“, schrie Simon. Er und Neferti warfen sich auf die Erde, und im gleichen Moment schoss die grüne Kugel über sie hinweg, schlug wiederum wie ein Blitz in einen Baum vor ihnen ein und ließ grüne Flammen um seinen Stamm tanzen.

Simon und Neferti sprangen auf die Beine und rannten geduckt und möglichst dicht an Büschen und Bäumen vorbei, damit sie der Schattengreifer nicht treffen konnte.

Der Magier jedoch folgte ihnen in einigem Abstand und verhielt sich erstaunlich ruhig. Immer wieder schickte er ihnen seine Kugeln nach, immer wieder gingen Bäume in grünlichen Flammen auf.

In Simon keimte der Verdacht, dass der Magier nur mit ihnen spielte. Er schien sich seiner Sache sehr sicher zu sein.

Endlich hatten sie die Klippen erreicht. Lange Wolkenbahnen verschleierten inzwischen den Horizont, und die untergehende Sonne tauchte die Welt in ein leuchtendes Rot. Simon und Neferti sahen das im Abendlicht schimmernde Meer – und den Seelensammler, der wartend vor Anker lag!

Sogar Caspar konnten sie auf die Entfernung entdecken. Er stand an der Reling und begann gerade, freudig zu winken. Moon und Nin-Si kamen zu ihm geeilt und winkten ebenfalls. Bis sie ihre Hände zurückzogen und Simon und Neferti erschrocken etwas zuriefen. Ihre Worte waren nicht zu verstehen, doch die beiden wussten auch so, dass ihre Freunde den Schattengreifer entdeckt haben mussten.

Atemlos und erschöpft sprangen sie die Felsen hinunter. Sie gaben sich gegenseitig Halt, rutschten mehrfach aus, doch bald hatten sie den Strand erreicht.

Simon blickte sich um. Zwischen den Klippen, die er mit Neferti zur Flucht genutzt hatte, erschien der Schattengreifer. Seine dünne Klaue hob sich von dem Grau der Steine ab und war eindeutig zu erkennen.

„Ich werde euch mit mir nehmen", hörten die beiden seine Stimme in ihren Gedanken. „Eure Flucht ist sinnlos. Bis zum Schiff werdet ihr es niemals schaffen."

„Neferti! Schnell!" Simon trieb sie weiter zur Eile an. Schon berührten ihre Füße das Meereswasser.

Neferti gab einen Schrei von sich: „Er hat recht, Simon! Wir schaffen es niemals bis zum Schiff!"

Simon zerrte an ihr. „Komm!"

Sie wateten bereits knietief im Wasser. Doch so sehr sie sich auch anstrengten, es schien beinahe, als sei das Schiff unerreichbar.

„Richte deinen Blick auf die Fackeln am Mast", riet Simon. „Schau nicht nach hinten! Konzentriere dich auf …"

Etwas fauchte hinter ihnen, und ein Donner grollte. Wie im Reflex drehten die beiden sich um. Sie erblickten den Schattengreifer, wie er, noch immer zwischen den Klippen stehend, die Hand nach ihnen ausstreckte. Ein unheimliches Licht umgab seine Klaue. Ein anderes Licht als das, vor dem sie im Wald geflüchtet waren.

Simon verstand sofort. Der Magier hatte zwischen den Bäumen tatsächlich nur mit ihnen gespielt. Jetzt aber machte er ernst. Das Licht, das sich gerade in seiner Hand bildete, stellte die größte Bedrohung für die beiden Flüchtenden dar. Wollte er sie betäuben, um sie mit sich zu nehmen? Oder hatte er es sich doch anders überlegt und gar Schlimmeres mit ihnen vor?

Das Licht in seinen Händen dehnte sich aus. Es wurde heller, und plötzlich schoss es als gleißender Strahl auf Simon und Neferti zu. Ein stechender Schmerz durchzuckte ihre Körper. Die beiden schrien auf. Ihre Beine waren plötzlich wie gelähmt. Als wären ihre Füße tief im Meeresboden versunken, standen Simon und Neferti hilflos im Meer und kamen nicht voran. Gleichzeitig spürten sie, wie eine gewaltige Kraft tief in ihrem Inneren anschwoll.

Neferti geriet in Panik. „Was ist das?"

Simon packte sich ängstlich an die Brust. „Ich ... ich weiß nicht ..."

Der Zauber des Schattengreifers nahm ihnen alle Kraft, gerade so, als weiche alles Leben in ihnen der Magie, die sich in ihren Körpern ausbreitete.

Die kleine Krähe kam vom Seelensammler zu ihnen geflogen. Sie drehte eine Schleife über den beiden, dann flog sie zu den Klippen. Sie schrie, sie kreischte, so, als wolle sie auf den Schattengreifer einreden. Doch der Magier schenkte ihr keine Beachtung. Er hielt die Klaue ausgestreckt und kam langsam die Klippen herunter, in der Gewissheit, die beiden Flüchtenden in seiner Gewalt zu haben und sie in wenigen Minuten endlich seiner Rache auszuliefern zu können.

Das Gefühl in Simon weitete sich aus. Schon glaubte er, sein Kopf müsse zerplatzen. Neferti packte sich an die Stirn. Ihr erging es wohl ebenso.

In dem Gesicht des nahenden Schattengreifers spiegelte sich wieder blanke Wut. Er schien zu allem bereit. Nie zuvor hatte

Simon eine vergleichbare Fratze gesehen. Eine Fratze rasender Wut.

„Wir … schaffen … das … niemals … zum … Schiff!“ Neferti keuchte. Auch in ihr schien alles zum Bersten bereit.

Simon griff nach ihrer Hand und versuchte noch einmal, auf das Schiff zuzugehen, doch vergeblich. Sie steckten fest. Gefangen in der Magie des Schattengreifers, der Schritt um Schritt näher auf sie zukam.

Der Druck in ihren Körpern war jetzt unerträglich geworden. Simon war sich augenblicklich sicher, dass der Schattengreifer ihnen nach dem Leben trachtete. Und wie zu einem allerletzten Gruß – wie zum Abschied – hob Simon die Hand und streckte sie dem Seelensammler entgegen. Dem Schiff, das beinahe zum Greifen nah, aber doch für die beiden Freunde unerreichbar fern, vor ihnen auf dem Meer wartete. Und seinen Freunden, die hilflos und ohnmächtig an der Reling um sie bangten.

Doch in diesem Moment kam plötzlich Leben in das Schiff. Der Seelensammler regte sich. Simon glaubte schon zu halluzinieren, doch tatsächlich: Der Flügel an der Bordwand bewegte sich. Erst wippte er leicht auf und ab, dann plötzlich krümmte sich der Flügel vor den überraschten Augen der Freunde.

Und nicht nur das. Der Schnabel des Krähenkopfes am Bug öffnete sich. Mit einem gewaltigen, ohrenbetäubenden Schrei drehte sich der Krähenkopf. Die Bugfigur wandte sich langsam um und schaute mit ihren flammenden Augen in die Richtung von Simon und Neferti. Ein Ruck ging sichtbar durch das gesamte Schiff. Die Holzflügel wurden in die Höhe geworfen, und der Bug richtete sich auf, gerade so, als wolle die Krähe davonfliegen. Der gesamte vordere Bereich bäumte sich so weit auf, dass Simon den Kiel des Schiffes sehen konnte.

Die Ägypterin schrie auf. Auch Simon rang nach Fassung. Doch in diesem Moment ließ der Druck in ihnen urplötzlich nach.

Simons Kopf wirbelte herum. Der Schattengreifer stand völlig irritiert am Ufer und blickte auf das Schiff.

Simon verstand sofort. Es war nicht der Zauber des Magiers, der den Seelensammler zum Leben erweckt hatte. Ganz im Gegenteil: Das Schiff erhob sich gegen den Schattengreifer, um Simon und Neferti beizustehen. In diesem Augenblick richtete sich die Schöpfung gegen ihren Meister.

Der Anker wurde wie von Geisterhand in die Höhe gezogen. Der Seelensammler setzte vorn wieder auf, und mit einem nochmaligen Schrei der Bugfigur nahm das Schiff in einer pfeilschnellen Geschwindigkeit Kurs auf die beiden Freunde.

Simon und Neferti konnten endlich wieder ihre Beine bewegen. Der Seelensammler hatte den Zauber des Schattengreifers gebrochen.

War es die Überraschung des Magiers, der angesichts dieser Situation die Kontrolle über seinen Zauber verloren hatte? Oder war ihm vielleicht doch noch der Wahnsinn seines Vorhabens bewusst geworden?

Simon wusste keine Antwort darauf. Und im Moment war ihm dies auch nicht wichtig. Simon packte Neferti an der Hand und schwamm mit ihr zum Schiff, das jetzt einladend längsseits vor ihnen Halt machte. Er kletterte hinter ihr die Strickleiter hinauf, dicht gefolgt von der kleinen Krähe, die krächzend über sie hinweg auf die Spitze des Vordermastes flog.

Der Seelensammler wandte sich knarrend um, und mit einem letzten ohrenbetäubenden Schrei aus dem Schnabel der Bugfigur nahm das Schiff Kurs auf das offene Meer.

Keiner hatte bisher einen Ton gesagt. Und das, obwohl sie bereits seit fast einer Stunde wieder auf dem Meer waren. Sie alle standen noch unter dem Eindruck dessen, was geschehen war.

Simon stand am Bug und strich mit seiner Hand dankbar über das Holz des Krähenkopfes, der bereits wieder in gewohnter Weise auf die endlosen Wellen starrte. Alles Leben war in dem Moment aus der Figur herausgefahren, als sie das offene Meer erreichten. Wie von selbst hatten sich die Segel gebläht, und das Schiff hatte einen eigenen Kurs eingeschlagen.

Der Sand war durch die Uhr der Zeitmaschine geronnen, ohne dass irgendetwas geschehen war. Normalerweise hätte der Zeitensegler von selbst die Reise zurück in die Gegenwart angetreten, aber nichts passierte. Alle Gesetze, die bisher galten, schienen gebrochen worden zu sein. Und das nahm den Jugendlichen ihre Fassung. Verwirrt standen sie auf dem Deck und versuchten zu begreifen, was sie erlebt hatten.

Simon dachte an Salomon. Er fehlte ihm. Ebenso wie Basrar. So glücklich er über die Befreiung seiner Freunde war, so groß war doch auch stets die Sehnsucht danach, sie wieder hier an Bord zu haben. Selbst den Jungen aus Australien, der nur sehr kurz an Bord war und der kein Wort mit ihnen gesprochen hatte, wünschte sich Simon wieder hierher zurück.

Nachdenklich blickte Simon um sich. Moon und Caspar saßen Rücken an Rücken auf dem Deck und hingen ebenfalls ihren Gedanken nach. Nin-Si stand an der Bordwand und beobachtete grüblerisch das Meer. Keiner von ihnen ließ die anderen seine Angst vor dem Erscheinen des Schattengreifers erkennen. Doch dass der Magier sie aufsuchen würde, daran gab es keinen Zweifel.

Neferti stand am Vordermast. Als sich ihre Blicke trafen, sahen sie beide blitzschnell nach unten. Seit dem Kuss im Wald waren beide verlegen und wussten nicht, was sie sich sagen sollten. In Simons Bauch rumorte es. Vergleichbare Gefühle hatte er noch nie erlebt.

Simon beschloss, sich ein Herz zu fassen und zu ihr zu gehen. Es sollte ihm doch leicht fallen, ein Gespräch zu beginnen, nach allem, was sie erlebt hatten. Er drehte sich zu ihr um. Neferti hatte es bemerkt und blickte schnell in eine andere Richtung. Den Mast hinauf. So als hielte sie Ausschau nach der kleinen Krähe. Doch Simon entging natürlich nicht, dass sie ihn aus den Augenwinkeln heraus beobachtete.

Die Beine wurden ihm schwer. Beinahe wie vorhin bei ihrer Flucht, als der Schattengreifer sie im Meer festgehalten hatte. Simon seufzte. Er hatte den Mut, sich dem mächtigsten Magier entgegenzustellen. Doch bei dem Versuch, ein Mädchen anzusprechen, machte er sich beinahe in die Hose.

Er atmete tief ein. Das war doch lächerlich. Was sollte denn schon geschehen? Er kratzte seinen Mut zusammen und ging auf sie zu. Gleichzeitig bemerkte er, wie die anderen ihn interessiert ansahen. Das Blut schoss ihm in den Kopf. Dadurch wurde die Sache nicht leichter.

Neferti blickte noch immer in die Höhe. Bis sie merkte, dass dies inzwischen komisch wirken musste. Also zog sie ihren Kopf zurück und blickte Simon entgegen.

Ihm war es, als erstrecke sich der Weg zu ihr kilometerlang. Doch endlich hatte er sie erreicht.

„Du, Neferti, ich …“ Seine Zunge schien wie gelähmt.

„Ja?“

„Das vorhin … ich …“ Wieder stockte er. Doch dieses Mal war es nicht Nefertis Anblick, der ihm die Sprache raubte. Es war ein Schatten, den er am Fenster der Kajüte hatte vorbeihuschen sehen.

Sofort schoss ihm das Adrenalin in die Adern.

„Was ist mit dir?“, erkundigte sich die Ägypterin. Sie wandte den Kopf ebenfalls schnell zur Kajüte herum.

Die anderen bemerkten, dass etwas vor sich ging. Moon und Caspar sprangen auf die Füße. „Simon, was ist los?“

Auch Nin-Si kam zu ihm gelaufen. „Was hast du?“

Simon nickte kurz in Richtung der Kajüte. „Wir sind nicht allein.“

Moon sprach so leise, dass er kaum zu hören war: „Bist du sicher?“

„Ich habe jemanden hinter den Scheiben gesehen.“

Caspar griff nach seinen Messern. „Kommt!“

Langsam schritten sie nebeneinander auf die Kajüte zu, ihre Blicke fest auf das Fenster gerichtet. Und tatsächlich: Noch einmal huschte etwas hinter den Scheiben vorbei.

Die Jugendlichen hielten kurz inne. Sie wurden sich plötzlich der Gefahr bewusst.

Wieder gingen sie auf die Kajüte zu. Caspar und Moon postierten sich rechts und links des Türrahmens, während Nin-Si und Neferti Simon zur Seite standen. Der ergriff vorsichtig die Türklinke, nickte seinen Freunden noch einmal bestätigend zu, dann riss er die Tür mit einem Ruck auf.

Was er sah, ließ ihn an seinem Verstand zweifeln. Er hatte mit allem gerechnet, doch niemals mit diesem Anblick. Sein Gegenüber strahlte ihm freudig entgegen.

Simon riss die Arme hoch: „Papa!“ Und schon sprang er ihm um den Hals.

Die Zeitenkrieger blickten sich erstaunt an.

„Vorsicht!“, zischte Caspar. „Das könnte eine Illusion sein! Ein Trick des Schattengreifers!“

Doch Simon winkte schnell ab. „Nein. Das ist keine Illusion. So fühlt sich kein Zauber an. Leute, darf ich euch meinen Vater vorstellen?“

Christian trat aus der Kajüte heraus und besah sich interessiert die ungewöhnliche Schiffsmannschaft.

Caspar stieß ihm mit einem Finger in die Hüfte. „Das ist tatsächlich keine Illusion“, bestätigte er lachend. „Aber, wie kommt er hierher?“

Der Vater lachte ebenfalls. „Das ist eine lange Geschichte. Ich war schon einmal vor euch auf diesem Deck.“ Er sah belustigt in die staunenden Gesichter. „Ich denke, wir alle haben uns viel zu erzählen.“

„Dann schlage ich vor, ich bereite ein Lagerfeuer vor“, sagte Moon. „Im Anblick eines prasselnden Feuers lässt es sich am besten …“

Ein Stoß gegen das Schiff unterbrach den Indianer. Der Seelensammler knarrte laut auf. Wie ein lautes Stöhnen dröhnte es aus seinen alten Dielen. Er schwankte und begann sich zur Seite zu neigen.

„Papa, schnell! Such dir einen Halt!“

Christian krallte sich an der Tür der Kajüte fest, ebenso wie Simon. Der Schattengreifer hätte zu keinem unpassenderen Moment erscheinen können.

Das Schiff richtete sich wieder auf, und Simon schob seinen Vater in die Kajüte zurück. „Versteck dich hier“, sagte er hastig. „Was auch geschieht, komm nicht heraus.“ Normalerweise wäre es ein hoffnungsloses Unterfangen gewesen, sich auf dem Schiff vor dem Magier verstecken zu wollen. Doch nach den Attacken auf Simon und Neferti war er vielleicht zu geschwächt, um die Anwesenheit von Simons Vater sofort zu spüren. Das hoffte Simon zumindest. Laut sagte er nur: „Es hat sich sehr viel getan, seit du hier gewesen bist. Auch der Schattengreifer ist nicht mehr der, den du kennengelernt hast."

Christian zog überrascht die Augenbrauen in die Höhe. „Du weißt, dass ich schon einmal hier war?"

„Ich weiß noch viel mehr! Doch jetzt versteck dich erst einmal. Wir können später immer noch …"

Ein zweiter Stoß erschütterte das Schiff. Wieder suchten sie Halt, und wieder wurde das Schiff nicht geschont.

Am Bug entstand eine Nebelwolke, aus der wütend der Schattengreifer trat, nachdem sich das Schiff wieder aufgerichtet hatte.

Mit vor Wut funkelnden Augen baute sich der Magier vor Simon auf. „Es reicht!", stieß er hervor. „Ich bin es leid mit dir!"

Simon wollte etwas erwidern, doch der Schattengreifer hob seine Klaue und gebot ihm zu schweigen. „Genug geredet. Du hast mich enttäuscht. Und du hast dich entschieden, dich gegen mich zu stellen. Der Platz an meiner Seite sagt dir nicht zu. Nun, das ist deine Entscheidung, und ich muss sie akzeptieren. Doch gleichzeitig musst du einsehen, dass deine Entscheidung Konsequenzen haben wird!"

Simon sah, wie sich am Himmel über dem Schiff Wolken bildeten. Dichte, riesige Wolken, aus denen ein grünes Licht schimmerte, ähnlich dem, das der Schattengreifer ihnen im Wald nachgeschleudert hatte. Die Wolken breiteten sich rasend schnell aus, und Simon wurde bang. Dieses Mal hatte der Schattengreifer nicht vor zu verhandeln. Dieses Mal war er bereit, Simon seine Enttäuschung spüren zu lassen. Und wieder fragte sich Simon, was wohl mit ihm geschehen sollte.

Er blickte den Schattengreifer an, um ihn noch einmal zur Rede zu stellen, als ihm dessen überraschter Blick auffiel. Mit großen Augen starrte der Magier hinter Simon in die Kajüte hinein, und Simon war sofort klar, was das bedeutete.

Der Schattengreifer stieß Simon zur Seite. Die Wolken am Himmel verflüchtigten sich so rasch, wie sie gekommen waren.

„Du hier?“, fragte er Christian, der im Türrahmen erschienen war. „Du bist von sehr weit her gekommen, um dich an die Seite deines Sohnes zu stellen.“

„Gib ihn frei!“

Der Schattengreifer lachte nicht auf, wie Simon in diesem Moment erwartet hätte. Im Gegenteil. Er schien über Christians Forderung nachzudenken. „Ihn freigeben?“, schnarrte er. „Ihn von diesem Schiff gehen lassen?“ Er blickte verächtlich aus seinen dunklen Augen zu Simon herab. „Glaub mir, nach all der Enttäuschung durch ihn möchte ich wirklich darüber nachdenken. Ich hatte mir mehr von unserer Zusammenarbeit versprochen, Simon.“

„Es hat nie eine Zusammenarbeit gegeben!“, schrie Simon dem Magier entgegen.

„Du hast dich gegen mich gestellt“, antwortete der. „Du hast meine Zeitenkrieger gegen mich aufgebracht. Nach allem, was ich dir gezeigt hatte.“

Simon wollte gerade zu einer Antwort ansetzen, doch sein Vater kam ihm zuvor: „Dann lass ihn gehen!“

Der Schattengreifer legte befriedigt den Kopf in den Nacken und grinste über das ganze Gesicht. Dabei ließ er ein knarrendes Schnurren vernehmen. „Ich könnte darüber nachdenken“, gab er schließlich von sich.

Simon spürte einen Blick auf sich ruhen. Er wandte sich um und sah Neferti, die ihn ängstlich ansah. Wie gern hätte er ihr zu verstehen gegeben, dass er nicht die Absicht hatte, zu gehen. Er wollte ihr zu verstehen geben, dass er an ihrer Seite bleiben wollte. An ihrer und an der aller Zeitenkrieger, um weiter mit ihnen diesen Kampf auszufechten. Doch wie hätte er das tun sollen? So begnügte er sich damit, ihr zuzulächeln. Aber ihr verwirrter Blick verriet ihm, dass sie sein Lächeln nicht zu deuten wusste.

„Ihn gehen lassen …" Der Schattengreifer spielte sein Spiel weiter. „Was wäre der Einsatz?"

„Einsatz?" Simons Vater sah den Magier überrascht an. „Was heißt das?"

„Du musst zugeben, dass es einen gewissen Reiz hat, dich hier zu sehen. Du könntest deinen Sohn zur Vernunft bringen. Wir könnten uns zusammenschließen. Wir drei an vorderster Front. In eine neue Zeit, für eine neue Zeit. Das klingt doch gut, oder?"

Christian schüttelte den Kopf. „Lass ihn gehen."

Augenblicklich änderte sich die Stimmung des Schattengreifers. Ruckartig wandte er sich Christian zu: „Sag mir den Einsatz!"

„Ich verstehe nicht!"

„Wie weit bist du bereit zu gehen?", hakte der Schattengreifer nach, doch Christian verstand noch immer nicht.

Und endlich beendete der Schattengreifer das Spiel und rückte mit seiner Forderung heraus: „Ich lasse ihn gehen, deinen Sohn. Unbeschadet kann er dieses Schiff verlassen. Wenn du an seiner Stelle mit mir kommst!"

Christian trat vor. „Ich?"

„Komm mit mir zurück in die Zeit, als du der Erste warst auf diesem Schiff. Reise mit mir und den Zeitenkriegern durch die Epochen. Es ist nicht mehr weit bis zu meinem Ziel. Komm mit mir, und dein Sohn ist frei."

Christian blickte verstört auf den Magier. Doch Simon stellte sich vor seinen Vater.

„Ich werde nicht gehen!", sagte er entschieden. „Ich bleibe hier. An der Seite meiner Freunde!" Und er wandte den Kopf Neferti zu, die ihm dankbar zulächelte. Jetzt hatte sie verstanden.

„Umso besser", zischte der Schattengreifer. „Dann bleiben wir doch einfach alle hier!"

Noch bevor sich die Anwesenden über die Bedeutung dieser Worte klar werden konnten, zogen in Windeseile am Himmel schwarze Wolken auf. Blitze schwirrten durch die Luft. Das Meer um den Seelensammler herum geriet in Wallung.

„Lasst uns gemeinsam den Weg antreten!", rief der Schattengreifer belustigt. „Mit Christian an Bord fehlt mir nur noch ein Zeitenkrieger! Und dann kann eine neue Zeit beginnen. Meine Zeit!"

Er lachte schallend auf, und in diesem Moment dröhnte ein Donner aus den schwarzen Wolken, und weitere Blitze zuckten auf. Am Bug und am Heck des Seelensammlers begannen die Wellen sich aufzutürmen. Nur noch wenige Augenblicke, und der Seelensammler würde diesen Ort verlassen.

Irgendwohin.

Nirgendwohin.

Der Schattengreifer wandte sich von der Gruppe ab, um sich für diese Reise vorzubereiten.

„Du hättest nicht kommen dürfen!", schrie Simon seinem Vater zu. „Du hast dich nur sinnlos in Gefahr begeben!"

„Ich bin dort, wo ich sein wollte: an deiner Seite“, entgegnete Christian. „Und ich werde tun, wofür ich gekommen bin!“

„Wie meinst du das?“, fragte Simon skeptisch.

Christian trat an ihn heran. Er murmelte unverständliche Worte. Sie klangen wie Beschwörungsformeln. Wie ein langer Zauberspruch.

Simon trat einen Schritt von ihm fort. „Was hast du?“

Blitzschnell schoss die Hand des Vaters hervor und packte Simons Handgelenk.

„Was soll das?“

Doch statt einer Antwort strömten die unverständlichen Formeln des Vaters lauter und lauter aus seinem Mund. Inzwischen hatten die beiden auch die Aufmerksamkeit des Schattengreifers wieder erregt. Der Magier stand an der Tür zur Kajüte und blickte alarmiert zu ihnen hinüber. Er verstand augenblicklich, was vor sich ging. Blitzschnell ließ er die Türklinke los und kam an den Bug gerannt. „Nein!“

Simon starrte an seinem Vater hinauf und versuchte zu begreifen, was vor sich ging. Schließlich zog Christian die Raubtierkralle aus seiner Hosentasche, ritzte sich eine lange Wunde in die Handfläche und legte in derselben Sekunde die Haarsträhne von Simons Mutter hinein, zusammen mit der Kralle – gerade in dem Moment, in dem der Schattengreifer seine Klaue nach Simon ausstreckte.

„Vater – was …?“

Um Simon herum wurde es schwarz. Er sah nur noch, wie der Schattengreifer wutschnaubend auf ihn zustürzte. Sah, wie die Zeitenkrieger entsetzt auf ihn blickten. Wie Neferti ihm noch etwas zurief, das er nicht verstehen konnte, denn die Worte seines Vater legten sich darüber: „Ich liebe dich, mein Sohn“, als endgültig alles um ihn herum schwarz wurde und er spürte, wie die Welt sich schneller und schneller zu drehen begann.

„Simon?“

Die Stimme seiner Mutter weckte ihn sanft.

„Simon?“

Es fiel ihm schwer, zur Besinnung zu kommen. Alles in ihm schien wie erstorben. Er spürte seinen Herzschlag kaum, und es war ihm, als atme er nicht.

„Simon. Bitte!“

Sie weinte. Er fühlte etwas Warmes auf seinem Gesicht. Tränen?

„Bitte, Simon!“

Etwas tauchte in seinen Gedanken auf. Etwas suchte sich den Weg zu ihm, aus seiner Erinnerung. Etwas … Nein: jemand. Neferti. Er sah ihr Gesicht. Und das von Moon. Nin-Si tauchte auf. Und Caspar. Sie lächelten ihm zu. Und auch, wenn Simon bewusst war, dass er sie nur in seinen Gedanken sah, war er ihnen dankbar für diese Geste ihrer Freundschaft. Und jetzt verstand Simon auch Nefertis Worte. Er konnte sie von ihren Lippen ablesen, in diesem Moment, in dem er sie wieder klar vor sich sah: „Wir sehen uns wieder“. Das waren ihre Worte, als er vorhin …

„Simon …“

Hinter Neferti tauchte etwas Neues auf. Größer, mächtiger als die Zeitenkrieger. Ein Schatten.

Er.

Der Schattengreifer.

Baute sich hinter den anderen auf. Er grinste breit. Beinahe hinterlistig. Und er hatte jemanden bei sich. Einen Mann.

Simon riss die Augen auf. „Vater!“

„Oh, was für ein Glück", stieß seine Mutter erleichtert hervor. „Du lebst. Du …"

Simon sprang auf seine Füße. Er ignorierte das Schwindelgefühl, das ihn übermannte. Er warf seiner Mutter noch einen Blick zu, dann machte er sich auf den Weg. Er rannte über die Wiese, durch die enge Zauntür. Rannte den steilen Weg hinunter, an dem Bootshaus vorbei an den Meeresrand. Und dann erblickte er ihn: den Seelensammler.

Das Schiff lag ruhig auf den Wellen. Beinahe zum Greifen nahe, doch so weit entfernt, dass Simon nichts darauf erkennen konnte.

„Vater!", schrie der Junge verzweifelt. „Moon! Caspar, Nin-Si! Oh bitte – Neferti!"

Er ließ sich erschöpft auf die Knie fallen. Tränen schossen ihm in die Augen. „Nein! Bitte nicht!"

Das Wasser des Meeres umspielte seine Knie. Simon reckte dem Schiff die Hände entgegen. Gerade so, als könne er es dadurch erreichen. Doch das Gegenteil geschah. Das Bild des Seelensammlers wurde blasser. Es verschwamm.

„Nein! Caspar! Nicht! Neferti! Moon!" Die Tränen flossen ihm nun in Strömen über das Gesicht. „Nin-Si, ich bin hier. Papa!"

Nur noch ein dünner Schleier war von dem Schiff zu sehen. Ein nebelhafter Gruß. Wie ein Hauch zum Abschied. Eine letzte sanfte Berührung vor der Trennung.

„Bleibt!", brüllte der Junge über die Wellenspitzen hinweg. „Bleibt bei mir!"

Er weinte.

„Warum hast du mich bloß hiergelassen, Papa? Wieso hast du mir meine Freunde genommen?"

Simon sank in sich zusammen. „Warum?"

Etwas berührte ihn an der Schulter. Simon schluchzte und hob den Kopf. Seine Mutter hatte sich neben ihn in den Sand gesetzt. Auch ihr flossen Tränen über das Gesicht.

„Ich verstehe nicht, was hier geschieht", sagte sie. „Heute Morgen bin ich erwacht und fand mich plötzlich in einer Welt wieder, die ich nicht mehr erkenne. Ich sehe plötzlich Dinge, die ich nicht begreife." Sie rückte näher an ihn heran. „Ich habe dich rufen gehört. Alle diese Namen sagen mir nichts. Ich verstehe auch die Wut auf deinen Vater nicht. Doch eines weiß ich ganz genau: Was immer er getan hat, er tat es für dich."

Simon nickte nachdenklich. „Ich weiß es ja", flüsterte er. „Dennoch: Es war falsch. Er durfte nicht mit ihnen gehen. An meiner Stelle. Er ..."

Plötzlich überkam ihn eine Erkenntnis. Wie ein Stoß in tiefes Eiswasser. Sein Herz setzte für einen Moment aus.

„Was ist mit dir?", fragte Jessica. „Was hast du?"

Simon sah sie bestürzt an. „Er hätte es nicht tun dürfen", stieß er hervor. „Papa wurde ausgetrickst. Der Schattengreifer hat ihn überlistet. Und Vater hat es nicht erkannt!"

Sie war dem Verzweifeln nahe. „Was ...?"

Simon sprang auf die Füße. Seine Augen suchten wieder die Stelle auf dem Meer, an der er vorhin noch den Seelensammler gesehen hatte.

Das breite Grinsen des Schattengreifers vorhin in Simons Vorstellung war eindeutig – sie waren überlistet worden.

„Wie weit bist du bereit zu gehen?", hatte der Magier gefragt. Doch weder Vater noch Sohn hatten die Frage richtig verstanden. Keiner von ihnen hatte die Tiefe und die Verlogenheit dieser Frage ermessen können.

„Wie weit würdest du gehen?"

Der Schattengreifer führte Christian in eine ausweglose Situation. Mit dem Schiff waren sie bereits auf dem Weg zu einer Falle.

Wenn Christian bereit war, sich für seinen Sohn zu opfern – wenn er bereit war, an den Punkt zurückzukehren, an dem er das Schiff einst verlassen hatte, dann würde er damit die Vergangenheit verändern. Jetzt erst verstand Simon alles: Wenn Christian nicht, so wie einst, von Bord des Schiffes springen würde, wenn er auf dem Seelensammler bleiben und sich weiter in den Dienst des Magiers stellen würde, dann könnte Simon nicht geboren werden. Dann gäbe es die Gegenwart, wie sie heute war, nicht mehr. Dann wären Christian und Jessica nicht verheiratet, und sie hätten auch keinen Sohn.

Vielleicht waren sie bereits unterwegs dorthin. Vielleicht fuhren sie gerade durch die Zeit zu dem Moment, an dem Christian als Jugendlicher auf der Reling stand und im Begriff war zu springen. Und sollte es dem Schattengreifer gelingen, Christian zu überzeugen, würde Simon augenblicklich sein Leben verlieren.

War es das, was der Schattengreifer im Sinn hatte? Wollte er seinen allerersten Jugendlichen, Christian, wieder an Bord? Und wollte er sich auf diesem Weg seines einzigen Zeugen entledigen, Simon? War dies die Rache dafür, dass Simon ihm nicht gehorcht hatte?

Er, der Schattengreifer, der immer wieder durch wahre Gefühle an die Grenzen seiner Magie geraten war, hatte sich nun die wahren Gefühle eines Vaters für seinen Sohn zunutze gemacht. Der, dessen Ziele durch echte Gefühle durchkreuzt worden waren, hatte dank echter Vaterliebe seinem Vorhaben die Krone aufgesetzt.

Die Rache des Schattengreifers. Er hatte die Spielregeln einfach auf den Kopf gestellt.

Simon stand am Meer und ballte die Hände zu Fäusten. Sein Vater hatte ihn nicht gerettet, so wie er es erhofft hatte. Sein Vater hatte sie beide in Lebensgefahr gebracht.

Und Simon hatte keine Möglichkeit, ihn zu warnen.

Es gab keinen Weg zurück auf das Schiff.

Er war dazu verdammt, zu warten. Zu warten, wie sich der Vater in der Vergangenheit entschied.

Stefan Gemmel, geb. 1970, ist mit knapp 30 Veröffentlichungen der meistübersetzte Schriftsteller in Rheinland-Pfalz. Überregional bekannt wurde er vor allem durch seine originellen Lesungen und Schreibwerkstätten. Im Baumhaus Verlag erschien auch bereits sein Buch *Schattengreifer – Die Zeitensegler.*

Für seine Nachwuchsförderung wurde er mit dem Bundesverdienstkreuz ausgezeichnet. Er ist verheiratet, Vater von zwei Kindern und lebt in der Nähe von Koblenz.

Infos im Internet:
www.stefan-gemmel.de
www.schattengreifer.de